Sabine Bartsch

Sommerfest mit Fisch

AF205946

Sabine Bartsch wurde im schönen Oldenburg geboren, wo sie eine unbeschwerte Kindheit mit ihrer Freundin Pippi Langstrumpf verbrachte, bevor sie einem englischen Snob namens Somerset Maugham verfiel, der sich ihre Liebe allerdings mit dem amerikanischen Trinker Ernest Hemingway teilen musste.

Nachdem sie sich von diesen zwei heftigen Affären einigermaßen erholt hatte, studierte sie und war anschließend als Kulturmanagerin tätig.

Heute arbeitet sie als Geschäftsführerin eines Kulturzentrums in Baden-Württemberg und widmet ihre freie Zeit dem Schreiben.

Außerdem von der Autorin erschienen:

Das mit dir und mir (dtv 2014)
A Song about Love (BoD 2016)
Verlieb! Dich! Nicht! (BoD 2017)
Diese ganze Herzscheiße (ebook 2018)
Zwischen Jetzt und Morgen (BoD 2019)

Sabine Bartsch
Sommerfest mit Fisch

© 2020
Sabine Bartsch
www.sabine-bartsch.de
Lektorat: Mareike Fröhlich
Cover- und Umschlaggestaltung: Laura Newman – design.lauranewman.de
Herstellung und Verlag:
BoD - Books on Demand, Norderstedt
Printed in Germany *ISBN 9783750494978

„*D*as Arschloch hat dir einen Brief geschrieben?" Greta von Kronbach, von der nur wenige Menschen wussten, dass ein weit profanerer Namen in ihrem Pass stand, stürzte mit großer Geste einen Schluck Wein hinunter, während ihre älteste Freundin Mareike Rose sich fragte, warum sie eigentlich keinen Nervenzusammenbruch bekam. Gretas Affektiertheit ging ihr schwer auf die Nerven. Genau wie das Syrtaki-Gedudel, das einem stets in griechischen Restaurants in die Ohren geblasen wurde. In ihrer rechten Schläfe begann es zu pochen. Ein Kellner in einer dämlichen Folkloreweste räumte die Teller ab.

„Noch eine Karaffe Retsina", meinte Greta.

Mareikes Blick fiel auf die Ansammlung von Gipsfiguren, die sich auf einem Regal versammelt hatten und tadelnd auf sie herab zu blicken schienen. Sie hätte zu Hause bleiben sollen. Das Pochen in der Schläfe nahm zu.

„Rike! Der Typ hat dir nach mehr als zwanzig Jahren Ehe per Brief gekündigt!", rief Greta und trank einen weiteren Schluck.

„Greta, sei bitte leiser. Ich treffe hier manchmal Klienten zum Essen. Und sei so gut und nenn mich nicht Rike. Ich bin eine erwachsene Frau."

Mareike genoss den Moment, in dem ihre Freundin für ein paar Sekunden den Mund hielt. Versonnen blickte sie zu einer der Gipsgestalten, vermutlich Dionysos. War es nicht immer Dionysos?

„Er hätte ja auch eine WhatsApp schreiben können", sagte sie dann.

„Was?" Greta sah sie mit großen Augen an. Den Augen, die sie kurz mal in eine Vorabendserie katapultiert hatten. Kleine Rolle, lange her.

„Eine WhatsApp wäre doch die effektivste Lösung gewesen." Mareike trank einen Schluck Retsina, der ihr nicht schmeckte. „Er hätte es in unsere Freundesgruppe posten können, damit es alle gleichzeitig erfahren."

„Zynismus bringt dich auch nicht weiter, Rike."

„Mareike!"

„Du bist Mitte vierzig, da kann Karsten dich doch nicht einfach abservieren."

Jetzt wirft sie sich gleich die Haare über die Schulter, dachte Mareike. Sekunden später warf Greta ihre Haare über die Schulter, rollte mit den Augen und trank einen weiteren Schluck Wein.

„Ist denn bei dir alles in Ordnung?"

„Wieso?" Greta kicherte albern.

„Na ja, du wirkst irgendwie … komisch."

„Es geht doch jetzt nicht um mich! Die Frage ist, was du nun machen wirst."

„Nichts."

„Nichts? Dein Mann vergnügt sich mit einer Anderen!" Greta schlug mit der flache Hand auf die Tischplatte. Von einigen Nachbartischen wurde neugierig herübergeschaut.

„Greta! Entweder, wir unterhalten uns in Zimmerlautstärke, oder das Gespräch ist beendet - und zwar augenblicklich."

„Okay, okay." Greta schenkte sich mit zitternden Fingern Wein nach. Das wievielte Glas war das eigentlich?

„Darf's noch etwas sein, die Damen?" Wie aus dem Nichts stand der Kellner neben ihnen. „Eine weitere Karaffe Retsina vielleicht?"

„Gerne."

„Für mich nicht, ich darf jetzt schon nicht mehr fahren."

„Ich nicht mal Fahrrad", erwiderte Greta kichernd.

„Sag mal, probst du gerade für eine Rolle?", fragte Mareike, nachdem der Kellner wieder verschwunden war.

„Wie kommst du denn darauf?"

„Ach, nur so." Mareike kramte in ihrer Tasche, holte eine Schachtel Marlboro heraus und steckte sich eine an.

„Hier darf man bestimmt nicht rauchen, Rike."

„Ups, du hast recht." Sie drückte die Zigarette schnell auf einem Teller aus, der einer fast runtergebrannten Kerze diente. Der Kellner kam angestürmt, nahm mit angewidertem Blick den Teller, blies die Kerze aus und marschierte zurück hinter die Theke.

„Der ist jetzt sauer, Rike."

„Bitte sei so gut und hör auf, mich Rike zu nennen, okay?"

„Jaja, Frau Doktor." Gretas Lächeln verwischte leicht.

„Ist wirklich alles in Ordnung bei dir?", fragte Mareike, bevor die Freundin sich wieder auf das Fiasko ihrer Ehe stürzen konnte.

„Was? Wieso? Klar, warum fragst du?" Um Gretas Nase bildete sich ein blasser Fleck, den Mareike übersehen hätte, wäre nicht der Strahl der

Hängelampe direkt auf ihr Gesicht gerichtet gewesen.

„Ich sehe dir an der Nasenspitze an, dass dich irgendein Schuh drückt. Ich weiß nur nicht, ob es der rechte oder der linke ist."

„Beide", Greta seufzte schwer, „aber ich wollte heute wirklich nicht über …"

„Möchten die Damen vielleicht ein Dessert oder Kaffee?"

Mareike erschrak zu Tode. Wieso schlich der Typ sich so an? „Nein danke!"

„Ich möchte einen Cappuccino."

„Gerne." Der Kellner verbeugte sich leicht. „Und für die andere Dame nichts?", fragte er mit einer weiteren Verbeugung in Mareikes Richtung, die sich kurz fragte, ob sie die *andere Dame* war.

„Auch einen Cappuccino", murmelte sie, um ihn loszuwerden. Es folgte eine weitere Verbeugung.

„Und einen Ouzo, nein zwei", rief Greta.

„Ich möchte keinen."

„Zwei Ouzos!"

„Erzähl, was ist los?", fragte Mareike, nachdem der Kellner verschwunden war.

„Schrottige Beine."

„Bitte?" Das Pochen in ihrer Schläfe nahm weiter zu.

„Schrottige Beine."

„Was soll das sein? Bist du krank?"

Der Ouzo kam und Greta schnappte sich eines der Gläser vom Tablett, bevor der Kellner es auf den Tisch stellen konnte. „Auf das Scheißleben!", rief sie mit lauter Theaterstimme, hob ihr Glas in die Luft und kippte den Schnaps.

Der Keller, dessen Gesicht nicht dazu gemacht war, Missbilligung verbergen zu können, sah sie stumm an.

„Stimmt was nicht?", fragte Mareike scharf.

„Alles in bester Ordnung, die Damen", erwiderte er mit säuerlichem Lächeln und verschwand.

„Was ist denn mit dem los, der ist ja plötzlich so frostig?"

„Keine Ahnung. Was ist mit *dir* los?"

„Schrottige Beine." Sie begann wieder zu kichern und kippte den zweiten Ouzo.

„Greta, vielleicht solltest du …"

„Vielleicht sollte ich was? Mich zusammenreißen, meinst du das?" Von den wenigen besetzten Tischen wehten wieder neugierige Blicke herüber.

„Mache ich täglich, nützt nur nichts mehr."

„Greta, du machst mich wahnsinnig mit deinen Andeutungen." Mareikes Stimme war zu einem Flüstern geworden, als könne sie dadurch das laute Organ ihrer Freundin relativieren.

„Ich hab dir doch von dem Casting erzählt."

„Ja klar, der Kinofilm."

„Kinofilm, der war gut." Sie kicherte wieder und warf ihre Haare zurück. „Noch eine Karaffe Retsina!"

„Es ging doch um einen Kinofilm, oder nicht?"

„So haben die Typen das jedenfalls gepostet."

„Aber?"

„Aber die Arschkrampen haben vergessen, dazu zu schreiben, dass es Low Budget ist. Ach was, Low Budget, No Budget!"

Mareike runzelte die Stirn. „Das heißt?"

„Das heißt, man bekommt Geld, wenn der Film durch die Kinodecke geht. Also nie."

„Sowas gibt es?"

„Sowas, meine liebe ...", Greta ließ sich in den Stuhl sinken, schielte ein wenig und dachte über ihre nächste Formulierung nach, „... reiche Freundin, ist heutzutage normal."

„Reiche Freundin?"

„Jedenfalls habe ich erst am Set erfahren, dass es ein Studentenprojekt ist. Das heißt - ah, der Retsina! - dass dieser sogenannte Kinofilm in der Studiokulisse der Filmhochschule gedreht wird. Mit einem Drehbuch von Studenten, einer Dramaturgie von Studenten, einem Bühnenbild von Studenten, einer Maske von Studenten, Kostümen von Studenten und - keinem Catering. Willst du auch noch Retsina?"

Mareike schüttelte den Kopf, Greta goss ihr trotzdem nach.

„Ich dachte, ihr bekommt Drehbücher angeboten und könnt Euch dann entscheiden, ob ihr die Rolle annehmt?"

„In welcher Welt lebst du eigentlich?" Greta trank ihr Glas in einem Zug aus.

„Jedenfalls nicht in der Welt des Showbizz", erwiderte Mareike kühl. „Entweder erzählst du mir jetzt einfach, was los ist, oder ich berichte dir von meinem letzten Klienten des Tages. Urheberrechtsverletzung, wahnsinnig interessanter Fall."

Greta lachte und kippte dabei leicht zur Seite. „Noch einen Ouzo?"

„Nein, und du solltest auch …"

„Zwei Ouzos", rief sie Richtung Tresen, dann zwinkerte sie ihrer Freundin zu, „wenn du ihn nicht willst …"

„Also, was war nun mit diesem Casting?"

Greta setzte sich aufrecht hin und schob die leeren Gläser und Karaffen auf dem Tisch zu einer Formation, dessen Sinn oder Unsinn sich nur ihr erschloss. Mareike erinnerten sie an diese ominösen Kornkreise.

„Das war so - ah, die Ouzos! - ich geh da hin, perfekt vorbereitet." Greta kippte einen Ouzo und sah gedankenverloren in das Glas.

„Und was geschah dann?"

„Schrottige Beine."

„Herrjeh, Greta, nun erzähl einfach, was passiert ist!"

„Sei doch nicht so garstig, Rike. Die haben ja was Reifes gesucht. So stand das da: Eine reife Schauspielerin. Blond, groß, schlank, blaue Augen."

„Ja und?"

„Da war ich. Blond, groß, schlank, blaue Augen. Schauspielerin. Und dann sollte ich mich aus ziehen."

„Was?" Mareikes andere Schläfe begann nun ebenfalls zu pochen.

„´Mach dich ma nackig´, hat der Regisseur gesagt."

„Was du selbstverständlich nicht getan hast!"

„Klar hab ich das getan, ich brauchte den Job doch."

„Du hast doch gerade gesagt, dass du keine Gage dafür bekommen hättest."

„Das war irgendwas Künstlerisches, deshalb sollte ich mich ja auch ausziehen."

Mareike lehnte sich zurück. „Fassen wir zusammen: du gehst zu einem Casting. Du merkst, dass du getäuscht wurdest, weil sie dich gar nicht bezahlen wollten. Der Regisseur will, dass du dich ausziehst. Habe ich das soweit richtig verstanden?"

„Yes Mam!" Greta hielt sich die flache Hand an die Stirn wie ein Obergefreiter.

„Und dann hast du dich ausgezogen?"

„Yes Mam!"

„Nur eine Frage, Greta?"

„Yes?"

„Warum?"

Gretas glasiger Blick, der leicht an ihr vorbei zu huschen schien, machte Mareike klar, dass sie keine befriedigende Antwort bekommen würde.

„Warum hast du das getan? Die hätten dich doch nicht mal bezahlt", platzte sie dennoch heraus. Sofort fokussierte sich die Aufmerksamkeit des gesamten Restaurants wieder auf ihren Tisch.

Greta schwieg und sah an ihr vorbei an die Wand.

„Gut, lassen wir das *Warum* mal beiseite. Du hast dich also ausgezogen."

„Yes Mam." Greta legte den Kopf auf die Tischplatte.

„Und dann?"

„Was?", nuschelte sie mit geschlossenen Augen.

Mareike schüttelte sie an der Schulter. „Was ist danach passiert, Greta?"

„Schrottige Beine."

Mareike seufzte.

Greta richtete sich auf, strich sich fahrig das Haar aus dem Gesicht und öffnete die Augen. „Die Arschkrampen haben eine, wie hieß das noch gleich, ach ja, reife … eine reife Darstellerin versucht … ähm, gesucht."

„Ja, ich weiß."

„Ich bin eine reife Darstellerin." Greta straffte die Schultern. „Ich hab mich ausgezogen und da hat der Regisseur - der sah aus wie fünfzehn - gesagt ´die hat schrottige Beine, das geht gar nicht´." Gretas Kopf landete wieder auf der Tischplatte.

Mareike sah sich im Restaurant um - einige verlegene Augenpaare suchten schnell das Weite - und gab dem Kellner ein Zeichen.

„Ich möchte zahlen und seien Sie bitte so gut und bestellen uns ein Taxi." Der Kellner nickte nur.

Zwei Minuten später war das Taxi da. Mareike strich Greta das Haar aus der Stirn und half ihr hoch. Dann hakte sie die Freundin unter und leicht schwankend machten sie sich auf den Weg. Hoffentlich kotzt sie nicht ins Taxi, dachte Mareike, während der Kellner die Tür aufhielt und sie mit verkniffener Miene verabschiedete.

Die Luft war mild, aber es wehte ein kühler Wind. Rosa Wolken verwandelten den Himmel in eine kitschige Fototapete. Es war noch nicht mal neun Uhr abends.

Das Taxi lavierte sie durch die Münchner Innenstadt hinaus nach Schwabing. Zum Glück war nicht mehr viel los auf den Straßen. Greta hatte die Augen geschlossen und atmete schwer. In den Straßencafés saßen die Menschen noch draußen.

Eine Viertelstunde später hielt der Wagen vor einem Backsteingebäude mit einer wunderschönen Jugendstilfassade. In der Dämmerung sah man die vielen Risse nicht, die sich das Haus im Laufe der Jahrhunderte zugezogen hatte. Mareike zahlte und half der Freundin aus dem Auto.

Im Treppenhaus machte Greta endgültig schlapp. Sie lehnte sich mit dem Rücken an die Wand, seufzte und rutschte langsam zu Boden. Dann begann sie zu weinen.

„Komm schon, wir haben es gleich geschafft, oben wartet ein warmes Bett auf dich."

„Ich bin voll am Arsch", schluchzte Greta.

Und morgen wirst du auch noch voll verkatert sein.

„Greta, steh auf. Komm, ich helfe dir." Mareike wollte die Freundin hochziehen, doch die blieb schwer wie ein Sack sitzen und heulte weiter.

„Du kannst hier nicht bleiben."

„Doch."

„Stell dir vor, dich sieht einer deiner Nachbarn so."

„Mir egal."

„Nun komm, morgen, wenn du ausgeschlafen bist, ist alles wieder gut."

„Nix ist gut." Rotz lief ihr die Wange hinab.

„Glaub mir, du willst nicht wirklich, dass dich jemand so sieht, schon gar nicht deine Nachbarn."

„Meine Ex-Nachbarn."

„Wieso Ex?"

„Kündigung."

„Was?"

„Kündigung", wiederholte sie, jede Silbe betonend. „Dir wurde die Wohnung gekündigt?"

„Yes Mam."

Mareike setzte sich neben die Freundin und nahm deren Hand. Der Steinboden war arschkalt. „Das ist nicht wahr, oder?"

Greta wohnte hier schon so lange, dass die Miete für heutige Verhältnisse einem Witz gleichkam. In München eine vergleichbare Wohnung zu finden, war schlicht unmöglich. Überhaupt eine Wohnung zu finden, kam in dieser überfüllten Stadt einem Wunder gleich.

„Ich verliere meine Wohnung." Gretas Stimme war dünn, während ihr weiter Tränen über die Wangen liefen. „Man darf in diesem Land als Arschlochvermieter Kündigungen aussprechen, wie man gerade will."

„Wurde Eigenbedarf angemeldet?"

„Nee."

Mareike atmete auf. „Man kann dir nicht einfach kündigen. Warum hast du mich nicht gefragt? Eine moderate Mieterhöhung könnte dir drohen, aber …"

„Das Haus wird abgerissen."

„Scheiße!"

„Allen wurde gekündigt."

„Scheiße", flüsterte Mareike noch mal. Ihr Hintern war inzwischen so kalt, dass sie um das Wohl ihrer Nieren fürchtete. Dafür war der Schmerz in den

Schläfen wie weggeblasen. „Lass uns hochgehen und einen Kaffee trinken, okay?"

Greta nickte und rappelte sich auf. Eingehakt schafften sie es in den dritten Stock.

Die Wohnung war alt und verwohnt, aber gemütlich. Mit einem kleinen Balkon, auf dem witzige, bunte Möbel standen. Mareike hatte sich hier immer wohl gefühlt. Alles voller Bücher. Die Wände mit Theater- und Filmplakaten beklebt. Dicke Kissen und Decken verhüllten die abgeschabten Polster der Sessel und des Sofas.

Sie klopfte an das bauchige Glas, in dem ein einsamer Goldfisch seine Runden drehte. „Hallo Rüdiger." Der Fisch drehte weiter stumm seine Runden. „Rüdiger ignoriert mich."

„Das macht er mit Absicht", antwortete Greta und fing an zu lachen, bis das Lachen in ein hysterisches Schluchzen überging.

In der Küche stellte Mareike Kaffeewasser auf, während Greta sich in einen Korbstuhl fallen ließ, der empört quietschte.

„Wann musst du denn hier raus?", fragte Mareike, nachdem sie sich und der Freundin eine starke Tasse Kaffee eingeschenkt und sich ebenfalls gesetzt hatte.

„Nächsten Monat." Greta blies in ihren Kaffee und hielt den Blick gesenkt. Sie lallte noch ein wenig, hatte sich ansonsten aber überraschend gefangen. Vielleicht kann man Alkohol ja ausheulen, dachte Mareike entgegen jeder Logik.

„Wieso schon nächsten Monat? Es gibt doch Fristen, die eingehalten werden müssen."

„Die Kündigung kam vor sieben Wochen. Mehr als drei Monate Kündigungsfrist braucht es nicht bei Abriss eines Hauses, haben sie gesagt. Angeblich ist hier statisch nicht mehr alles in Ordnung. Wer´s glaubt."

„Du weißt das seit sieben Wochen?"

„Yes Mam."

„Hast du dich nach einer neuen Wohnung umgesehen?"

Greta nickte müde.

„Und?"

„Aussichtslos."

„Ach komm, nun übertreib mal nicht."

Greta sah sie an. Ihre Augen waren wirklich schön, obwohl sie gerötet und die Wimperntusche verwischt war. „Ich übertreibe nicht, ich untertreibe."

„Gut, eine Wohnung wie diese wirst du vielleicht nicht finden, aber es muss doch etwas geben ..."

„Rike ..."

„Mareike!"

„Du hast keine Ahnung, wie es auf dem Wohnungsmarkt aussieht."

„Ich weiß, dass es schwer ist, aber ..."

„Es ist nicht schwer, es ist unmöglich. Jedenfalls für jemanden wie mich. Du nennst deinen Beruf: Schauspielerin. Da wird die erste Augenbrauc hochgezogen." Greta versuchte, eine Augenbraue hochzuziehen, es misslang. „Dann musst du zugeben, dass du gerade kein festes Engagement hast. Die zweite Augenbraue geht hoch." Sie machte eine unbeholfene Grimasse und Mareike musste lachen.

„Entschuldige, es sah nur so …"

Greta winkte ab. „Glaub mir, es ist absolut aussichtslos."

„Und was ist mit dem sozialen Wohnungsbau?"

„Mit wem?"

„Na, dem sozialen Wohnungsbau. Du müsstest doch Anrecht auf eine subventionierte Wohnung haben."

„Hab ich auch. Nützt nur nichts. Es gibt keine Wohnungen. Der Markt ist leergefegt. Selbst wenn du Kohle wie Heu hast, findest du nichts." Greta lachte. „Kohle wie Heu, der ist gut."

„Aber was willst du denn machen?"

„Keine Ahnung. Vielleicht sollte ich einen Film drehen. So ein Arthaus-Ding mit nackigen Vierzigjährigen mit schrottigen Beinen. Damit mache ich dann die große Kohle und ziehe aufs Land."

„Zynismus bringt dich auch nicht weiter", klaute Mareike den Satz, den ihre älteste Freundin am Anfang des Abends gesagt hatte.

Es kam ihr vor, als sei seitdem eine Ewigkeit vergangen.

Indrani packte ihre Seminarunterlagen in den bestickten Stoffbeutel, den sie vor Jahren auf einem Markt in Kerala gekauft hatte, schaute auf ihren Wandkalender und seufzte. Gerade mal eine Woche könnte sie sich in den nächsten Monaten freinehmen. Zu wenig für Indien. Zum Glück beschäftigte sich keines ihrer aktuellen Seminare mit dem Abnehmen durch Meditation. Im Moment – wirklich nur im Moment – war sie nicht gerade ein Aushängeschild ihrer eigenen Philosophie. Irgendwas stimmte nicht mit ihren Vibes. Eine Auszeit in Indien wäre jetzt genau das, was sie wieder ins Gleichgewicht bringen würde. Scheiß Seminare!

Als sie hinunterging, verhöhnten die Treppenstufen sie mit einem spöttischen Ächzen. Durchs linke Knie schoss ein unangenehmer Schmerz. Sie fühlte sich einfach beschissen.

Zwanzig Minuten später erreichte sie mit dem Fahrrad das Zentrum, ihr Knie schmerzte so, dass sie nur humpelnd die Treppenstufen hochkam. Zum Glück war noch keine der Teilnehmerinnen da, nur Adriana, die nicht wirklich Adriana hieß, genau wie Indrani nicht wirklich Indrani hieß. Ihr Guru hatte ihr diesen Namen verliehen, weil sie - so hatte er es formuliert - von innen leuchtete wie eine Sonne. Sie war auf Wolken geschwebt. Hatte sich unverwundbar gefühlt. Ja, sie hatte wirklich geleuchtet. Wo war dieses Gefühl nur geblieben?

Sie inspizierte den Seminarraum, er war arschkalt. Adriana hatte mal wieder vergessen, die Heizkörper aufzudrehen. Seufzend drehte sie die Thermostate bis zum Anschlag, ließ die Jalousien herunter, zündete Kerzen und Räucherstäbchen an und hoffte, dass sich die Raumtemperatur durch ein Wunder innerhalb der nächsten halben Stunde um fünf Grad nach oben schrauben würde.

„Du hast die Heizung vergessen", grummelte sie, als sie zurück in die Willkommenshalle, wie sie den Flur nannten, kam.

„Wieso ich? Bin ich hier die Hausmeisterin, oder was?", schnappte Adriana zurück.

„Nein, du bist heute der Willkommensengel", erwiderte Indrani, bemüht, nicht durch die Decke zu gehen. Der Begriff *Willkommensengel* kam ihr gerade ziemlich lächerlich vor. Sie holte langsam und tief Luft, um ihre Mitte zu finden. „Das heißt, deine Aufgabe besteht darin, dass alle sich wohl und geborgen fühlen. Dazu gehören Temperaturen, in denen die Seminarteilnehmerinnen Lust bekommen, sich mit ihrem Körper zu beschäftigen. Schon vergessen?"

„Ach, leck mich doch." Adriana verzog sich schnaubend hinter den Willkommenstresen.

Indrani wollte gerade zu einer Antwort ansetzen, als die erste Seminarteilnehmerin eintraf. Adriana sprang auf und stellte sich mit einem strahlenden Lächeln hinter den Tresen. Immerhin.

„Willkommen in unserer Mitte", flötete sie der Frau entgegen, die erschrocken zurückwich. Indrani erfasste mit einem Blick, dass sie es hier nicht mit der üblichen sinnsuchenden Mittvierzigerin zu tun hatte. Die Frau trug Jeans und Shirt, wie Indrani sie in ihrer Freizeit auch trug. Nur sahen diese Jeans und dieses Shirt definitiv anders aus, als die billigen Klamotten, die sie sich in Second-Hand-Shops zusammenkaufte.

„Willkommen im Zentrum für inneres Wachstum, fühle dich hier bitte wie im schönsten Zimmer deines Zuhauses", sagte sie den Satz, den sie immer sagte. Alle sagten ihn. Die Frau runzelte die Stirn.

„Ich bin hier richtig bei dem Tantraseminar?"

„Ja, bist du", antwortete Indrani mit einem Lächeln, der es nicht ratsam erschien, den für diese Situation vorgesehenen Satz auch noch abzusondern. Diese Frau musste sich erstmal mit der Umgebung vertraut machen.

„Julie Morgenstern, ich bin angemeldet", sagte sie an Adriana gewandt, als befände sie sich in einer Arztpraxis.

„Julie, was für ein schöner Name", flötete Adriana und machte einen Haken auf der Teilnehmerliste. „Du bist die Erste, darf ich dich mit einer Energiedusche willkommen heißen?"

Indrani schloss kurz die Augen.

„Energiedusche?", fragte die Frau irritiert.

„Man kann es auch einfach Kräutersmoothie nennen", sagte Indrani augenzwinkernd.

„Ich hätte gerne einen Milchkaffee." Julie sah sich um. Indrani las ihre Gedanken, dazu brauchte sie keinerlei Intuition. Dazu brauchte sie nicht mal ihre Mitte.

Gedanke Nummer eins: Wo bin ich hier bloß hereingeraten?

Gedanke Nummer zwei: Wieso macht diese komische Gestalt hinter dem Tresen keinerlei Anstalten, meinen Milchkaffee zuzubereiten?

Gedanke Nummer drei: Wie komme ich hier ganz schnell wieder raus?

„Kaffee gibt es leider keinen, wegen der Energie", sagte Indrani mit einem verständnisheischenden Blick.

„Energie?" Die Frau blickte sie ratlos an.

Sie hatte tolle Haare. Eigentlich zu lang und zu offen für eine Frau ihres Alters, aber Indrani war beeindruckt. So sieht man also aus, wenn man Geld hat. Indrani wurde sich ihrer fadenscheinigen, indischen Gewänder bewusst und zog ihr Shirt energisch über die bunte Aladinhose. Das Shirt folgte weltlichen Gesetzen und rutschte über den dicken Hintern zurück an seinen Platz.

Zum Glück musste sie die Frage nach der Energie nicht beantworten, denn zwei weitere Frauen betraten die Willkommenshalle und forderten ihre Aufmerksamkeit.

Nach einer Viertelstunde waren alle Teilnehmerinnen da und sahen sich verlegen um. Indrani wusste, dass sie nun die coole Seminarleiterin zu geben hatte, die alles über Energiearbeit, den weiblichen Körper vor, während und nach der Menstruation, Tantra, befriedigende Orgasmen, oder was auch immer, wusste.

Scheiße, ich wäre jetzt gerne alleine in einem Café, dachte sie.

„Ich freue mich schon die ganze Woche auf euch", sagte sie.

Als sie gemeinsam den Seminarraum betraten, hatte sich an der Raumtemperatur nichts Wesentliches geändert.

„Bitte nehmt Platz", sagte Indrani mit einer einladenden Geste. Zwei Frauen setzten sich auf ihre mitgebrachten Decken, die anderen sahen sich nach Stühlen um. Es gab keine.

„Ihr habt eine Decke dabei?" Unsicheres Nicken, nur Julie Morgenstern schüttelte den Kopf.

„Kein Problem", meinte Indrani, der das Knie saumäßig wehtat. Sie ging zum Schrank, dem einzigen Möbelstück im Raum, und versuchte, nicht zu humpeln. Dann durchwühlte sie das Tohuwabohu an vergessenen Decken nach einer, die sie Julie anbieten konnte. Unauffällig roch sie kurz an der ansehnlichsten, die sie finden konnte. Sie roch nicht. Jedenfalls nicht sehr. Julie Morgenstern sah leicht angewidert auf die Decke, als Indrani sie ihr anbot. „Frisch gereinigt", log sie.

Nachdem alle Frauen ihren Platz gefunden hatten, sah Indrani sie der Reihe nach an. „Ich erkläre euch nun, worum es in diesem Seminar gehen wird."

„Um Sex, hoffe ich", warf eine gemütliche Dicke ein und erntete ein paar unsichere Lacher.

„Wir werden uns dem gesamten Gefühlsspektrum der Frau widmen. Lust und Ekstase auf der einen Seite, aber auch Traurigkeit, Wut oder Zorn. Das eine bedingt das andere. Und wenn es um weibliche

Sexualität geht, gehört natürlich das Schamgefühl dazu." Sie machte eine Pause, von der sie glaubte, dass die Frauen sie brauchten. „Deshalb werden wir zum Ende des Seminars alle nackt sein." Unsicheres Lachen. Diese Julie Morgenstern grinste, was Indrani mehr verwirrte, als alles andere. „Dabei werdet ihr erkennen, dass physische Nacktheit nicht unbedingt emotionale Nacktheit bedeutet und umgekehrt."

Das Grinsen von Julie brachte sie aus dem Konzept. „Ähm ja, das alles ist natürlich kein Zwang. Nichts in diesem Seminar ist Zwang. Du machst nur, was du wirklich machen willst." Indrani wechselte manchmal ins Singular, das hatte sie in einem Workshop gelernt, dadurch fühlten sich die Teilnehmerinnen direkter angesprochen. „Ich möchte erreichen, dass du dich am Ende des Seminars selbst fühlst, dich wertschätzt und liebst." Sie machte wieder eine Pause und sah die Frauen an. Julies Augen blitzten sie ironisch an.

„Und wenn du dich dafür bereit fühlst, dann kannst du während unserer gemeinsamen Zeit einer Frau eine tantrische Massage schenken oder von ihr empfangen." Sie wandte ihren Blick von Julie ab. Deren sichtliche Belustigung brachte sie zu sehr aus dem Konzept. Für eine Sekunde herrschte absolute Stille. Das war Indrani gewohnt, die Frauen mussten sich erstmal mit dem Gedanken vertraut machen. Indrani sah von einer Frau zur nächsten. Die ersten zwei starrten auf ihre Knie, als würde sich da etwas außerordentlich Interessantes befinden. Drei weitere sahen sie mit einem warmen

Lächeln an, die hatte sie schon in der Tasche. Dann fiel ihr Blick wieder auf Julie. In deren Gesicht konnte sie nicht lesen, was ihr bei Seminarteilnehmerinnen – es waren immer Frauen – nie passierte. Unsicherheit schloss sie aus, dazu war die Frau zu tough. Julies Lächeln wurde breiter, während Indrani ihr fest in die Augen sah. Dann begann sie laut zu lachen. Es war keiner dieser hysterischen Lachanfälle. Nein, diese Frau lachte sie aus! Anders konnte man das unmöglich deuten.

„Entschuldigung", lachte Julie, „das ist nur alles so … fremd."

Lachen war ansteckend. Nach einer Minute bebte der komplette Seminarraum.

Nachdem sich alle wieder beruhigt hatten, sah Indrani Julie an. „Danke, dass du deine fröhliche Energie mit uns geteilt hast." Ein paar Teilnehmerinnen nickten. Julie schien sich nur schwer beherrschen zu können, nicht wieder loszubrüllen.

Indrani setzte sich aufrecht in den Lotussitz. Ihr Knie rebellierte, sie versuchte es zu ignorieren. Sie musste unbedingt die Aufmerksamkeit der Gruppe wieder auf sich fokussieren. „Liebe Frauen, ich möchte euch jetzt bitten, euch flach auf den Rücken zu legen." Die Teilnehmerinnen taten, wie ihnen geheißen. Indrani stand auf, was ihr Knie ihr dankte. „Und nun legt eure beiden Hände auf euren Bauch, direkt unterhalb des Bauchnabels, dort befindet sich das Sakralchakra."

Die Teilnehmerinnen taten es und Indrani ging von Frau zu Frau, um deren Handposition zu korrigieren. Als sie sich neben Julie kniete, die die Augen

geschlossen hielt, bemerkte sie, dass deren Bauch-
decke bebte. Indrani schob es auf die Nervosität.
Auch diese Frau würde neugeboren aus dem
Seminar hervorgehen.

Jedenfalls irgendwie neugeboren.

„Und hier haben wir das Bad", sagte der Makler und wies mit großer Geste auf eine dunkle, muffige Kammer. Kein Fenster, die Beleuchtung funzelig. Angewidert sah Greta auf die dreckige Kloschüssel.
„Wird das noch renoviert?"
„Die Besitzer überlassen das ganz ihren Mietern. Da hat ja jeder einen eigenen Geschmack."
„Die Leute, die hier vorher gewohnt haben, hatten offensichtlich keinen", antwortete Greta spitz.
„Nun, das ist Ansichtssache. Dafür ist die Miete günstig."
Was der Makler als günstig bezeichnete, lag über dem, was Greta sich leisten konnte. Sie ging durch die Wohnung, während der Makler, ein unsympathischer Typ mit gegeltem Haar, einem jungen Paar Fragen beantwortete.
Die zwei Räume waren von ausgesuchter Hässlichkeit. Scheußlich gemusterte Tapeten aus den Achtzigern, ein speckiger, beiger Teppichboden, mindestens genauso alt, es stank nach abgestandenem Zigarrenrauch. Das Schlimmste war die Dunkelheit. Ringsherum hatte man neue Häuser hochgezogen, die dem alten, kleinen Häuschen jedes Licht nahmen. Selbst wenn man alles rausriss und freundliche Tapeten und neue Böden reinlegen ließe, würde man es kaum heller bekommen. Hier müsste man sogar im Hochsommer tagsüber das Licht anmachen. Die Küche war so winzig, dass

man sich in ihr nicht drehen konnte. Es gab keinen Balkon. Über der Tür der Küche hing ein Kruzifix schief an der Wand. Greta stellte sich einen alten, einsamen Mann vor, der hier vierzig Jahre oder länger seine Lebenszeit abgesessen hatte. Es war ein Gefängnis, keine Wohnung. Sie würde hier nicht leben können. Aber hatte sie überhaupt eine andere Wahl? Wenn sie nicht schnell etwas fand, würde sie ihre Mutter bitten müssen, sie übergangsweise aufzunehmen. Wie peinlich wäre das! Mal davon abgesehen, dass die Mutter sie vermutlich schon in der ersten Woche so auf die Palme bringen würde, dass ein Mord im Affekt nicht auszuschließen war. Der unsympathische Makler kam mit dem Paar ins Wohnzimmer. „Die Besitzer wohnen unten, ein sehr nettes älteres Ehepaar." Er runzelte die Stirn, was ihm das Aussehen eines Berberaffen verlieh, und sah erst Greta und dann das Paar an. „Sie legen Wert auf Ruhe und Sauberkeit." Die junge Frau, die leicht schlampig gekleidet war, nickte schnell.

Der Makler wandte sich an Greta. „Frau … ähm …" Er sah in seine Unterlagen.

„Von Kronbach." Greta zwang sich zu einem Lächeln.

„Ja richtig, so steht das hier auch. Frau von Kronberg, darf ich fragen, ob Sie die Wohnung alleine beziehen wollen?"

„Mein Name ist von Kronbach und ja, ich suche für mich allein."

„Meine Sekretärin hat ganz vergessen, Sie nach Ihrem Beruf zu fragen."

Greta sah dem Mann fest in die Augen. „Ich bin Schauspielerin." Das junge Paar sah sie neugierig an.

„Tatsächlich?", ein aufgeregtes Flackern huschte kurz über sein Gesicht, „kennt man Sie? Ich sehe viel Fern."

„Meine letzte Fernsehrolle ist schon etwas her, im Moment spiele ich Theater."

Das Flackern erlosch. „Ach so." Und dann kam die Frage, die Greta in den letzten Wochen zu hassen gelernt hatte. „Am Staatstheater?"

„Ich arbeite frei", ließ sie ihre Antwort in der Schwebe.

„Das heißt?" Der Makler runzelte die Stirn und mutierte wieder zum Affen.

„Ich habe Engagements an unterschiedlichen Theatern." Bitte jetzt nicht weiterfragen!

„An welchem im Augenblick?"

„Theater am Kreuzplatz." In der vorletzten Spielzeit hatte sie dort eine Kollegin vertreten, die sich während der Proben ein Bein gebrochen hatte.

„Das kenne ich gar nicht."

Kein Wunder, ist ja auch eine alte Kaschemme.

„Die Besitzer der Wohnung wollen eine Verdienstbescheinigung sehen, das ist ja kein Problem, oder?" Das junge Paar nickte eifrig, Greta ebenfalls. Sie würde sich eine auf Photoshop basteln. Soviel Kreativität musste erlaubt sein.

„Gut, dann lassen Sie die bitte innerhalb der nächsten zwei Tage meiner Sekretärin zukommen. Sie hören dann von uns." Damit wurden sie in den

Flur komplementiert, wo weitere Interessenten warteten.

Ich bin sowas von am Arsch, dachte Greta, als sie dem jungen Paar die schiefe Treppe hinunter folgte.

Susan Feuerbach widerstand dem Bedürfnis, sich in einer der zugepissten Hauseingänge zu verstecken. Sie, eine erwachsene Frau, mit beiden Beinen im Leben stehend, versteckt sich wie ein Kind. Das war auf jeden Fall peinlicher, als in diesem Viertel gesehen zu werden. Also ging sie mit geradem Rücken und einem verbindlichen Lächeln auf die Frau zu. „Greta, was machst du denn hier?"

„Ich … ähm … hab mir eine Wohnung angesehen."

„Hier?"

„Warum nicht?" Gretas Augen funkelten herausfordernd.

„Na ja, ist irgendwie eine komische Gegend, oder?"

„Du bist ja auch hier."

„Stimmt." Susan lächelte.

„Wie geht's dir?" Greta legte den Kopf schief, was ihrem katzenhaften Aussehen eine ironische Note gab.

„Bestens. Ich musste hier nur schnell was erledigen."

„Wollen wir einen Kaffee trinken, oder hast du keine Zeit?"

Ich hab mehr Zeit als mir lieb ist.

„Ich bin ziemlich knapp dran, aber ein Kaffee wäre toll." Susan sah sich um. „So ein richtig schnuckeliges Café gibt es in dieser Gegend sicher nicht." Sie spie *diese Gegend* förmlich aus. „Aber da vorne ist ein Bäcker." Sie wies mit dem Kinn die Straße entlang.

„Also, gehen wir zum Bäcker", antwortete Greta, die etwas blass wirkte.

„Du suchst also nach einer neuen Wohnung?" Sie hatten sich am Tresen der leicht schmuddelig wirkenden Bäckerei einen Cappuccino geholt und standen nun an einem Stehtisch aus Resopal, der seine besten Tage seit Jahrzehnten hinter sich hatte.

„Das Haus, in dem ich wohne, wird abgerissen, ich muss da raus."

„Und du kannst dir vorstellen, hierher zu ziehen? Ich meine, in diesen Stadtteil?"

„Es ist sauschwer, überhaupt eine Wohnung zu finden. Ich schaue mir mittlerweile alles an."

„Verstehe", sagte Susan und verstand nicht. „Suchst du für dich allein, oder … ?"

„Für mich allein."

„Verstehe."

„Du wohnst doch auch allein, oder?", fragte Greta spitz.

Susan lächelte beschwichtigend. „Exakt, Mr. Right hat sich auf dem Weg zu mir verlaufen und ich warte darauf, dass ihm jemand einen Stadtplan schenkt."

Greta lachte müde. „Du glaubst nicht, wie schwer es ist, eine Wohnung zu finden. Der Markt ist total leergefegt."

„Ja, das liest man immer wieder in der Zeitung." Susan fragte sich zum ersten Mal, wie lange sie ihre eigene Wohnung noch würde halten können.

„Gestern habe ich mich in einer WG vorgestellt."

„Echt? Du kannst dir vorstellen, in einer WG zu wohnen, in deinem Alter?" Susan schüttelte sich innerlich. Himmel, die WG-Zeiten während ihres Studiums waren der reine Horror gewesen.

„Was heißt, in meinem Alter?"

„Sorry, das war nicht böse gemeint. Ist nur so, dass ich mir das überhaupt nicht mehr vorstellen könnte."

„Ich nach gestern auch nicht", grinste Greta. „Das waren zwei Männer, die haben mich allen Ernstes zu einem Casting eingeladen, das muss man sich mal geben, zu einem Casting."

Susan hob fragend eine Augenbraue.

„Die wussten nicht, dass ich Schauspielerin bin. Das mit dem Casting haben die ernst gemeint."

„Und wie warst du?", fragte Susan lachend.

„Ich hab die Rolle abgelehnt. Die zwei Typen haben speziell nach einer Frau gesucht, und rate mal warum?"

„Warum?"

„Weil es in einer reinen Männer-WG immer so dreckig ist. Das haben die wirklich gesagt. Die haben eine Putze gesucht. Und die Putze sollte auch noch Miete zahlen."

„Ich fasse es nicht."

„Das war mein Satz gestern, danach bin ich ohne ein weiteres Wort gegangen."

Sie rührten schweigend in ihrem Kaffee. Was für eine trübselige Gegend, dachte Susan. „Und was war das für eine Wohnung, die du dir gerade angesehen hast?"

„Eine Scheißbude."

„Also nimmst du sie nicht?"

„Wenn ich sie bekomme, nehme ich sie. Die Alternative wäre meine Mutter."

„Deine … Mutter?"

„Ich bin die Einzige, die noch in unserem Haus wohnt. Alle anderen sind bereits ausgezogen. Der Bauzaun steht schon. In vier Wochen kommen die Bagger. Wenn ich bis dahin nichts gefunden habe, bleibt nur das Gästebett meiner Mutter."

„In vier Wochen schon?"

„That´s the problem."

„Und was passiert, wenn du einfach nicht ausziehst? Ich meine, die müssten dich doch erstmal rausklagen und diesen ganzen Scheiß. Das kann Monate dauern."

„Auf die Idee bin ich überhaupt noch nicht gekommen."

Susan zwinkerte ihr zu. „Nicht verzagen, Susan fragen."

„So richtig cool ist der Gedanke aber nicht. Stell dir vor, direkt vor meinem Wohnzimmerfenster steht ein Bagger, der das Haus abreißen soll, und ich sitze in der Wohnung, winke dem Baggerfahrer zu und hoffe, dass er es nicht tut, solange ich dort sitze und winke."

Susan lachte. „Stimmt, klingt nicht wirklich entspannt." Sie überlegte einen Moment. Diese Greta war Schauspielerin, eine Künstlerin also. Sie selbst war eine eher nüchterne Person, mit beiden Beinen auf dem Boden stehend. Ihr Freundeskreis nicht wesentlich anders. Vielleicht würde eine Schauspielerin dem Ganzen etwas Pepp verleihen? „Du kennst doch Mareike, oder?"

„Mareike Rose? Das ist meine beste Freundin. Oder war es, keine Ahnung."

„Wieso war?"

„Als wir uns das letzte Mal sahen, war ich ziemlich neben der Spur wegen dieser elenden Wohnungssuche. Warum fragst du überhaupt?"

„Ich hab sie heute Abend zum Essen eingeladen, Julie ist auch dabei. Hast du Lust? Dann quatschen wir ein bisschen darüber, wie du am schnellsten zu einer tollen, neuen Wohnung kommst."

„Ich weiß nicht. Danke für die Einladung, aber ich will mich nicht aufdrängen."

„Hallo! Ich habe dich gerade eingeladen, was ist daran denn aufgedrängt?"

„Du hast recht, also gut, ich komme gerne." Greta lächelte unsicher.

„Schön, freut mich wirklich." Susan sah auf die Uhr. „Jetzt muss ich aber. Heute Abend, zwanzig Uhr, okay?"

„Okay", kam es zögerlich, „bei dir?"

„Ja, Lilienweg 18, das ist in Schwabing."

„Ich komme gerne, danke für die Einladung."

Susan trat auf den Bürgersteig, fand sich mit einem Hundehaufen konfrontiert, der direkt vor der Bäckereitür lag, stieg angewidert darüber und ging zu ihrem Auto.

Mareike blickte in den Kleiderschrank. Die teuren Kostüme, die sie im Job trug, waren overdressed, Jeans vielleicht zu leger. Susan legte immer großen Wert auf ihr Äußeres und sie hatte keinerlei Ambitionen, sich neben ihr wie ein alterndes Aschenputtel zu fühlen. Dieses Gefühl beschlich sie in letzter Zeit ohnehin viel zu oft.

Karsten kam nur noch sporadisch nach Hause, die meiste Zeit war er wohl bei seiner Neuen. Oder im Hotel, oder wo auch immer.

Vor ein paar Tagen hatte sie sich Immobilienpreise im Internet angesehen. Wenn sie ihr Haus verkaufen würde, wäre sie frei. Eine unglaubliche Ruhe hatte sich in dem Moment in ihr ausgebreitet. Sie könnte tatsächlich ein völlig neues Leben beginnen. Aber schon als sie ihren Laptop zugeklappt hatte, kroch Angst in sie hinein, wie die unverwüstlichen Triebe eines Unkrauts. Ackerwinde, das Elend ihres Gartens, seit sie Kind gewesen war. Eine winzig kleine Ackerwinde hatte sich nach dem kurzen, glücklichen Freiheitsmoment in ihrem Körper festgesetzt, hatte sich darin breit gemacht, sich verzweigt, im Körper ausgebreitet und nach und nach ihre Innereien umschlossen, bis sie sich fühlte, als würde man ihr die Luft abdrücken.

Wer wäre sie noch, wenn sie alles verkaufen würde? Wer wäre Dr. Mareike Rose ohne Mann, ohne Haus, ohne Kanzlei?

Und nun machte sich diese dumpfe Angst wieder in ihr breit. Als würde jemand einen Teppich aus Blei um ihre Schultern legen. Sie setzte sich aufs Bett und atmete ein paar Mal tief durch, seufzte schwer, gab sich einen Ruck, stand auf, nahm eine Bluse - Frustkauf kurz nach der Trennung - aus dem Schrank und zog sie an. Dazu die verblichene Jeans, die möglicherweise einen Tick zu jugendlich wirkte.

Im Flur nahm sie den Rosenstock, den sie sich in einem Blumenladen hatte aufschwatzen lassen, obwohl sie eigentlich nur einen Strauß Blumen kaufen wollte, und machte sich auf den Weg.

Als sie zehn Minuten später in Susans Straße nach einem freien Parkplatz suchte, hatte sich ihre Stimmung weiter verdüstert. Fühlt sich so der Beginn einer Depression an? Energisch legte sie den Rückwärtsgang ein und manövrierte ihren Mercedes in eine sehr enge Parklücke, wobei das Auto nervtötende Signaltöne von sich gab. Der Rosenstock war im Kofferraum umgefallen, ein Zweig abgeknickt. Der Abend fing ja super an.

Mareike stutzte, als sie das Fahrrad vor der Tür stehen sah. Was machte Greta denn hier? Verwundert drückte sie die Klingel, sofort ertönte der Summer.

Sie klopfte an die offene Eingangstür, dann stand sie alleine im Flur.

„Hereinspaziert", rief Susan aus dem Wohnzimmer. Es folgte unbeschwertes Lachen und das Klirren von Gläsern, die aneinandergestoßen wurden. Hätten die nicht auf sie warten können mit dem Anstoßen? Kaum hatte Mareikes das gedacht, folgte Gedanke Nummer zwei: wie kleinkariert bist du eigentlich? Nur mühsam konnte sie die Tränen unterdrücken. Das war einfach nicht ihr Tag heute. Leise stellte sie den Rosenstock auf den Boden, drehte sich um und verließ die Wohnung wieder. Als sie auf der Straße stand, konnte sie die Tränen nicht mehr zurückhalten. Was auch immer gerade mit ihr passierte, es war niemandem zuzumuten.

Ein kurzes Hupen ertönte, als sie mit der Fernbedienung die Tür öffnete. Warum musste dieses Auto eigentlich ständig Geräusche machen?

„Mareike!"

Sie stieg ein und startete den Wagen. Susan klopfte auf das Autodach.

Mareike ließ die Scheibe runter. „Tut mir leid, Su, ich hätte zu Hause bleiben sollen." Sie hasste ihre tränenerstickte Stimme. „Heute ist einfach nicht mein Tag und ich will euch die Stimmung nicht verderben."

„Wenn heute nicht dein Tag ist, dann bist du bei uns genau richtig." Susan legte ihr liebevoll die Hand auf die Schulter. „Wir sind Schlecht-Wetter-Hexen, schon vergessen?"

Schlecht-Wetter-Hexen, so hatten sie sich während einer durchkifften Nacht genannt, beide von schwerem Liebeskummer gebeutelt.

„Wir sind nicht nur Gut-Wetter-Freundinnen", hatte Susan damals gelallt und nach mehreren Versuchen, einen weiteren Joint zu drehen, genervt Blättchen, Tabak und Dope an Mareike weitergegeben. Die war beim Bauen des Joints genauso kläglich gescheitert. Deshalb hatten sie einen Bierdeckel genommen, eine Stecknadel durchgestoßen, das Dope auf die Nadel gesteckt, es angezündet und schnell einen Becher drüber gestülpt. Nacheinander hatten sie den Becher angehoben und den reinen Doperauch eingeatmet. „Wir sind nämlich Schlecht-Wetter-Hexen", hatte Susan damals gekichert, anschließend waren sie beide in ein hysterisches Lachen ausgebrochen, das nicht mehr enden wollte.

Das ist Jahrzehnte her, oder Jahrhunderte. „Ach, Su, heute passt das für mich einfach nicht. Ich mein, dieses Sektglasgeklirre ist gerade nicht so mein Ding." Sie lächelte traurig.

„Du kommst jetzt einfach mit rein, okay?"

„Su, das ist lieb von dir …", Mareike fing wieder an zu weinen, „aber ich kann das heute nicht, wirklich."

„Bist du sicher?"

Sie hob ihre Schultern zu einem zögernden Unentschieden.

„Es sind doch nur Freundinnen da, vor denen darf man auch mal das heulende Elend geben."

„Aber nicht, wenn man fast fünfzig ist."

„Dann erst recht! Was hast du zu verlieren?"

„Meinen Ruf?", grinste Mareike.

Susan grinste zurück. „Komm schon, ein echter Weiberabend, das wird lustig."

Mareike hatte daran ganz erhebliche Zweifel, ließ sich aber von Susan aus dem Auto ziehen.

Julie nippte an ihrem Cremant, der ein bisschen warm geworden war, als Susan wieder ins Wohnzimmer kam. Sie hatte den Arm um die Schulter einer attraktiven, älteren Frau gelegt, die etwas mitgenommen aussah.

„Julie, das ist Mareike, ihr kennt euch noch nicht", stellte Susan sie vor. Julie stand auf und gab der Fremden die Hand. „Hallo."

„Su hat mich überredet, wieder reinzukommen." Mareike sagte es mehr zu Greta, die sie herzlich umarmte. Die kannten sich also.

Eigentlich war Julie auf einen Abend zu zweit eingestellt gewesen. Aber wie Susan nun mal war, hatte sie sich noch zwei Freundinnen dazu eingeladen. Von einer Sekunde zur nächsten kam Julie sich wie das fünfte Rad am Wagen vor. Oder wie das vierte bei einem Dreirad. Dabei hatte sie sich darauf gefreut, ihrer Freundin von diesem völlig absurden Tantrakurs zu erzählen.

Susan gab die perfekte Gastgeberin. Schlank, selbstbewusst, in einem teuer aussehenden Kleid, schenkte sie jeder Frau Cremant nach und bat für die Vorspeise *zu Tisch*, wie sie das nannte. Julie kam das reichlich übertrieben vor. Die Musik ging ihr auch auf den Keks. Warum musste Susan alles, wirklich alles, von Udo Lindenberg in ihrem Schrank stehen haben? Sogar drei von ihm gemalte Bilder hingen an der Wand. Julie fand sie geschmacklos, obwohl sie wusste, dass jedes einzelne mehrere tausend Euro gekostet hatte. Originale eben. Seine Musik konnte sie nicht ausstehen. Gerade dröhnte *Cello* aus den Boxen.

„Auf uns Frauen", sagte Susan, nachdem alle ihren Platz eingenommen hatten, und prostete in die Luft.

Ich saß immer in der ersten Reihe …, sang Udo.

„Auf uns Frauen", antwortete Greta und warf ihre Haare in den Nacken. Wie affig, dachte Julie.

Sie musterte Mareike verstohlen, die ihr wesentlich interessanter erschien, als diese komische Greta. Auch wenn Greta eine gute Figur, tolle Haare und schöne Augen hatte, war etwas an ihr … nun ja, zu früh gealtert. Sei nicht ungerecht, schalt Julie sich gleich darauf ihrer Gedanken. Man kann nicht jeden Tag das blühende Leben spielen.

… und fand dich so erregend, säuselte Udo weiter.

Diese Mareike - war das überhaupt ihr Name? - hatte schön geschnittene Gesichtszüge und wellige, kinnlange schwarze Haare. Sie war nicht ganz schlank, wirkte aber selbstbewusst und sehr gerade. Fast aristokratisch und mit einer tiefen Melancholie behaftet.

Julie, die seit Jahren davon träumte, den einen großen Roman zu schreiben, malte sich die dramatischsten Szenen aus. Mann weg, Geld weg, Kind gestorben, Eltern tot. Eine Frau am Abgrund. Das wäre doch ein toller Titel: *Eine Frau am Abgrund.*

Julie machte sich im Kopf eine Notiz. Das hatte sie auf der Journalistenschule gelernt, die sie nach dem

Germanistikstudium besucht hatte. Vielleicht würde es ein Roman nur über Frauen werden.

… komm hol das Ding doch nochmal raus, und spiel so schön wie früher, Cello … Dieser Lindenberg!

Verstohlen blickte Julie zu Susan. Wirklich komisch, dass die keinen Mann an sich binden konnte, obwohl sie eine attraktive Erscheinung war. Sportlich, intelligent, erfolgreich. Was lief da falsch? Auch ein schönes Thema für ihren Roman. Und diese Greta, was war das eigentlich für eine?

„Was machst du denn beruflich?", fragte sie etwas unverblümt.

„Ich?"

„Ja, sorry, wenn ich so direkt frage, alte Berufskrankheit."

„Berufskrankheit?"

Na, der schnellste Reifen am Wagen bist du aber nicht, Mädchen.

„Ich bin Journalistin." Julie versuchte, jede Überheblichkeit aus ihrer Stimme zu verbannen. Es gelang ihr nicht.

„Ach so", Greta warf ihre Haare über die Schulter, „dann könntest du ja mal über mich schreiben."

„Über dich?"

„Ein Portrait, oder so."

„Ein Portrait?"

„Sag mal, Su, ist das Clueso?", fragte Greta an Susan gewandt.

„Ja, Udo Lindenberg mit Clueso. Cello. Ist live im Atlantik Hotel aufgenommen worden."

„Wie hast du denn das mit dem Portrait gemeint?", knüpfte Julie an das Gespräch an, das zu verebben drohte.

„Na, du machst ein Portrait von mir", erwiderte Greta selbstbewusst.

„Sie ist Schauspielerin", meinte Susan, „und da ist jede Publicity willkommen, oder?" Sie zwinkerte Greta zu. „Wenn ich gute Frauen miteinander vernetzen kann, dann tue ich das gerne."

Greta setzte sich kerzengerade hin. „Also abgemacht?"

„Was?", fragte Julie unbehaglich.

„Wäre echt super, so ein Portrait über mich. Jetzt, wo wir vernetzt sind." Sie zwinkerte Susan verschwörerisch zu.

„Ähm, das ist gar nicht mein Metier."

„Habt ihr gehört, dass Udo im August ein Livekonzert gibt?", fragte Susan in die Runde.

„Überhaupt kein Problem, du musst mir ja bloß ein paar Fragen stellen, die kann ich dir auch vorformulieren. Ein guter Fotograf wäre natürlich wichtig."

„Ähm …"

„Für welche Zeitschrift schreibst du denn?"

„Im Olympiastadion. Live. Mit großer Band", warf Susan ein.

„Ach, egal, Hauptsache, mein Gesicht ist mal wieder in der Zeitung. Danke, dass du das machst", flötete Greta.

„Ich habe nicht gesagt …"

„Ist schon etwas her, dass ich das letzte Mal einen Artikel hatte. Lass mich überlegen …", Greta kratzte sich kurz an der Stirn, wobei etwas Makeup unter ihrem Fingernagel hängen blieb, „… Mann, Mann, Mann, das ist tatsächlich mehr als ein Jahr her, fast schon … nun ja."

„Wir könnten alle zusammen ins Konzert gehen", meinte Susan.

„Das war ein Bericht über *Dantons Tod*, oder?", fragte Mareike.

„Stimmt, da habe ich letztes Jahr mitgespielt."

„Ist das nicht schon zwei Jahre her?"

Julie musste grinsen. Diese Greta war vielleicht Schauspielerin. Aber keine, die ein Engagement hatte. „War das im Staatstheater?"

„Ich könnte die Tickets für Udo besorgen", meinte Susan.

„Was?" Gretas Augen wurden etwas größer, was sie wie eine Schaufensterpuppe wirken lies, fand Julie.

„Na, Dantons Tod, war das im Staatstheater?"

„Nein, das war im Theater am Heusteig."

„Theater am Heusteig? Nie gehört."

„Du hast ja gesagt, dass Theater nicht dein Metier sei."

„Und was spielst du gerade?"

„Im Moment werden die Rollen besetzt, das heißt, ich spreche vor."

„Ah, okay, das wusste ich nicht. Und wann erfährst du, welche Rollen du bekommen wirst?"

Welche Rollen ich bekommen werde! Greta musste sich ein bitteres Lachen verkneifen. „Das ergibt sich in den nächsten Wochen", antwortete sie und sah zu Mareike, die eine neutrale Miene aufgesetzt hatte.

Sie hatte ja tatsächlich eine winzige Chance, bei diesem Krimidinner unterzukommen.

„Also, für welche Zeitung arbeitest du?"

Julie nahm einen Schluck Wasser und schwieg.

„Zeitschrift oder Zeitung?"

„Eher Zeitungen."

„Süddeutsche?"

„Da hatte ich mal einen Artikel, ist aber schon etwas her."

„Mädels, hier kommt der zweite Gang." Susan stellte einen Teller mit Meeresfrüchten auf den Tisch. „Wartet bitte einen Augenblick, ich hole noch Zitrone und Champagner. Dazu gehört unbedingt Champagner."

Die Frauen schwiegen und sahen ehrfürchtig die Meerestiere an, die köstlich arrangiert vor ihnen auf den Tisch standen.

„Das sieht fantastisch aus", meinte Greta, als Susan mit der Champagnerflasche, mehreren Zitronenscheiben auf einem kleinen Teller und frischen Gläsern, die bedenklich auf dem Tablett hin und her schwankten, zurück ins Wohnzimmer kam.

„Also, wer von euch geht mit zum Konzert?"

„Wo hast du die her, die sehen aus wie frisch gefangen?" Julie hatte keinen blassen Schimmer, was sie da sagte. Zu ihrem Alltag gehörten Nudeln für ihren Sohn und Rohkost für sie selbst.

„Was denn für ein Konzert?", fragte Mareike.

„Na, Udo Lindenberg im Olympiastadion." Susan zeigte auf die Platte mit den Meeresfrüchten. „Greift zu", rief sie und prostete noch einmal in die Luft, „auf die Frauen."

Julie fragte sich, ob Susan vielleicht schon während des Kochens das eine oder andere Glas Champagner getrunken hatte.

„Also sag, in welcher Zeitung wird das Feature über mich erscheinen?"

Jetzt war aus einem Interview schon ein Feature geworden. Julie entschied sich, dem Ganzen einen Riegel vorzuschieben. „Tut mir leid, Greta, ich arbeite frei, das heißt, ich schreibe Artikel und verkaufe sie dann an Zeitungen. Und die kaufen nur, was für sie von Interesse ist." Julie sah Greta mit Bedauern an.

Deren Schultern sackten leicht ab. „Und was schreibst du so? Ich meine, das die Zeitungen dann auch kaufen?"

„Im Moment schreibe ich einen längeren Artikel zu weiblicher Sexualität. Ich bin mitten in der Recherche." Sie wartete auf interessierte Nachfragen, damit sie die eine oder andere Anekdote aus dem Tantrakurs platzieren konnte.

„Aha." War die einzige Reaktion, sie kam von Greta und klang gelangweilt. Susan und diese andere Frau redeten leise miteinander.

„Die Meeresfrüchte sind ein Gedicht, Su." Wie zum Beweis schob Julie sich eine Krabbe in den Mund, „danke für die Einladung und den schönen Abend."

„Ach, ist es nicht wundervoll, so ein Weiberabend?", seufzte Susan und ließ sich in die Stuhllehne fallen.

Die hat garantiert schon beim Kochen getrunken, konstatierte Julie. „Ja, es ist wirklich schön."

„Tut mir leid, wenn ich heute die Spaßbremse gebe", sagte Mareike.

Julie sah sie an. „Was ist denn eigentlich passiert? Ich meine, natürlich nur, wenn du darüber reden willst."

„Lieber nicht, aber danke für euer Verständnis."

„Mareikes Kerl hat sich verknallt, jüngere Frau, der Klassiker", meinte Susan. „Wisst ihr was? Ich bringe jetzt das Apulische Lamm und während uns das auf der Zunge zergeht, schmieden wir Zukunftspläne."

„Zukunftspläne?" Julie bekam keine Antwort, denn Susan verschwand in der Küche. Dort hörte man sie mit Geschirr und Besteck klappern.

„Voila, hier haben wir ein Lämmchen, das vorgestern noch glücklich auf einer Wiese hin und her gesprungen ist", meinte Susan kurze Zeit später, während sie den Braten nebst Beilagen auf dem Tisch platzierte, „jedenfalls, wenn man dem Fleischer ums Eck Glauben schenken darf."

Julie, die gerne vegan gelebt hätte, fand das geschmacklos.

„Dazu trinken wir einen Montepulciano von einem kleinen Weingut in der Toskana."

„Lass mich raten, du bist extra dort gewesen?", fragte Julie mit einer spitzen Note in der Stimme.

Susan grinste. „Nee, da habe ich jemand anderen hingeschickt." Sie goss allen ein, dann setzte sie sich. „Lasst es euch schmecken."

Julie musste zugeben, dass das Essen ausgezeichnet war und der Wein schmeckte, als sei er exakt für dieses vorzügliche, in Parmesan-Zitronenkruste gebratene Lamm gekeltert worden. „Hm, das ist sowas von gut", sagte sie.

„Sag ich doch. Und jetzt zum Plan des heutigen Abends."

„Plan? Was denn für ein Plan?", kam es aus drei kauenden Mündern gleichzeitig.

Susan lehnte sich zurück und nahm einen großen Schluck Wein. „Ich möchte euch gerne zu etwas einladen, das ich auf einem Seminar gelernt habe."

Julie sah zu Greta und Mareike, die genauso ratlos dreinblickten, wie sie sich fühlte.

„Ab jetzt pushen wir uns gegenseitig", fuhr Susan mit einem Gesichtsausdruck fort, als würde sie die neue Verfassung der Bundesrepublik verkünden, „wir machen uns groß, so groß, dass niemand mehr an uns vorbeikommt." Sie sah triumphierend in die Runde.

„Wie meinst du das?", fragte Julie mit gerunzelter Stirn.

„Jede von uns hat verborgene Talente in sich schlummern. Talente, von denen sie vielleicht gar nicht weiß, dass sie in ihr sind." Susan machte eine effektvolle Pause. „Und deshalb sitzen wir heute Abend hier."

Julie richtete sich auf. „Also ich dachte eigentlich, dass du mich zum Essen eingeladen hättest."

„Hab ich ja auch. Aber warum nicht das Schöne mit dem Nützlichen verbinden?"

„Also wirklich, Su, das hättest du mir sagen müssen." Julie war irritiert. Erst lädt ihre Freundin weitere Frauen ein, und nun will sie auch noch Seminarleiterin spielen.

„Lass mich jedenfalls erklären, worum es mir geht."
Julie lehnte sich genervt zurück.

„Wie ihr wisst, versuche ich mich ständig weiter-zuentwickeln. Und das letzte Wochenende war für mich eine echte Offenbarung."

Geht's vielleicht auch eine Nummer kleiner?, dachte Julie.

Susan sah jeder Frau bedeutungsvoll in die Augen.

„Wir können gemeinsam unser totales Powergame entwickeln!"

„Was denn für ein Powergame?", fragte Greta mit großen Augen.

„Unsere Potentiale erkennen, optimieren und per-fekt einsetzen. Und wenn ich perfekt sage, dann meine ich perfekt!"

„Und wie soll das gehen?"

„Wir könnten damit beginnen, uns ein gnadenloses Feedback zu geben", triumphierte Susan, „und damit meine ich Feedback auf alles. Wie wirke ich auf Euch, zum Beispiel?"

Leicht besoffen, dachte Julie.

„Versteht ihr? Wir zahlen Unmengen für Coachings, Trainings, Fortbildungen. Dabei kön-nen wir uns genauso gut gegenseitig coachen. Und das tolle daran ...", Susan machte eine effektvolle Pause, „es ist nicht nur kostenlos, sondern tausendmal effektiver als ein Coaching von jemand Fremdem, sagt Dr. Heibrandt."

„Wer ist Dr. Heibrandt?", fragte Mareike.

„Das ist ein Guru auf dem Gebiet der Selbstoptimierung. Bei dem war ich das letzte Wochenende."

„Ich glaube nicht an diesen ganzen Coachingkram",
meinte Mareike, „das ist doch nur Geldmacherei."

„Nein, ist es nicht! Dieser Mann hat mir die Augen
geöffnet, ehrlich. Warum sollte er seinen Klienten
den Vorschlag unterbreiten, den eigenen Freundeskreis als Coaches zu gewinnen? Damit gräbt der
sich doch selbst das Wasser ab."

„Du hast uns zum Abendessen eingeladen, damit
wir dich coachen?", fragte Julie genervt.

„Nein! Ihr versteht das nicht. Wir coachen uns
gegenseitig. Jede geht als Gewinnerin aus diesem
Abend."

„Sorry, ich bin raus. Tschüss. Aus. Nikolaus."

„Oh bitte, Julie, sag das nicht, es ist so …", Susan
überlegte einen Moment. „Das ist es doch! Das
perfekte Beispiel! Eigentlich nur ein blöder Spruch,
aber …"

„Blöder Spruch?"

„Blöder Spruch. Du sagst ihn so oft, dass du es gar
nicht mehr merkst. Das macht ihn nur nicht besser,
im Gegenteil."

„Im Gegenteil?"

„Im Gegenteil. Das meine ich mit einem Coaching.
Mir geht dieser Spruch seit Jahren auf den Wecker.
Ich habe nur nie etwas gesagt, weil es nicht wichtig
war. Genauso, wie du vielleicht nie etwas gesagt
hast, wenn dir meine Haare nicht gefielen, oder
etwas, das ich angehabt habe, sowas halt."

Susan wandte sich Mareike zu. „Oder nehmen wir
dich."

„Echt nicht, Su, nicht heute."

„Doch, gerade heute! Dir geht es im Moment nicht gut. Und hier sitzen drei intelligente Frauen, die dir helfen können, zurück auf die Erfolgsspur zu gelangen."

„Wer sagt, dass ich nicht mehr auf der Erfolgsspur bin?" Mareike nippte genervt an ihrem Wein.

„Geht es dir gut oder geht es dir schlecht?"

Sie wollte überhaupt nicht antworten. „Es geht mir gerade nicht so gut, das hat mit meinem beruflichen Erfolg aber überhaupt nichts zu tun", entgegnete sie scharf.

„Man darf das nicht getrennt betrachten, sagt Dr. Heibrandt. Du kannst im Job nur so gut sein, wie es dir privat geht."

„Was Dr. Heibrandt nicht alles sagt."

„Welchen Spruch meinst du eigentlich?", fragte Julie.

Susan sah sie für einen Moment verblüfft an. „Julie!!!"

„Das ist mein Name", kam es genervt zurück.

„Julie!", brüllte Susan vor Lachen, „seit Jahren nervst du deine gesamte Umwelt mit diesem Spruch!"

„Wovon redest du überhaupt?"

„Tschüss. Aus. Nikolaus. Du merkst es überhaupt nicht mehr! Tschüss. Aus. Nikolaus. Das ist sowas von …" Susan ließ sich in die Rückenlehne ihres Stuhles fallen, seufzte und nahm einen Schluck Montepulciano. „Oh Gott, ich kann nicht mehr." Sie blieb einen Moment regungslos sitzen.

Julie sprang auf. „Das muss ich mir wirklich nicht geben, Su."

„Ach komm, war nicht böse gemeint." Susan, schon ganz aufgegangen in ihrer Rolle als Lebenscoach, wandte sich Greta zu. „Oder nehmen wir dich. Du bist Schauspielerin."

„Ähm, ja?"

„Was man so hört, hat es eine Frau über vierzig nicht mehr leicht in dem Job."

„Na ja, ich bin gerade mal knapp über vierzig."

„Siehst du."

„Was sehe ich?"

„Heute Abend hast du Julie kennengelernt."

„Ja und?", fragten Greta und Julie gleichzeitig.

„Ich habe euch vernetzt. Ein Anfang ist gemacht, wir helfen uns gegenseitig. Frauen müssen zusammenhalten."

Die hat ein bisschen den Faden verloren, dachte Julie und setzte sich wieder. „Und was hat das mit deinem Seminar zu tun?"

„Ach ja, das Seminar." Susan nahm einen weiteren Schluck Wein. Sie hatte bisher kaum von ihrem Lamm gegessen. „Dieser Dr. Hei … Dr. Hei …"

„Dr. Heibrandt", meinte Mareike trocken.

„Genau, der hat mir die Augen geöffnet. Wir arbeiten viel zu viel gegeneinander, statt miteinander zu arbeiten."

„Wie sollen wir denn miteinander arbeiten?", fragte Greta interessiert.

Julie wäre am liebsten gegangen. Was für eine Frechheit, ihr einen harmlosen Spruch so um die Ohren zu hauen. Susan tat ja gerade so, als würde sie in aller Öffentlichkeit in der Nase popeln.

Doch Julie blieb. Man konnte nie wissen, ob dieser Abend nicht vielleicht noch einige Inspirationen für ihren Roman liefern würde.

Sie machte sich in Gedanken eine Notiz, den Nikolaus-Spruch aus ihrem Repertoire zu streichen.

So gut hatte Greta seit Jahren nicht gegessen. Auch alles andere war der Wahnsinn. Susans Wohnung stilvoll und teuer eingerichtet, sie selbst perfekt geschminkt, perfekt angezogen, die perfekte Gastgeberin. Gut, sie trank etwas viel. Dafür würde Greta sie sicher nicht verurteilen, die Erinnerung an den eigenen Kater nach dem Abend beim Griechen war noch zu präsent. Sie war am nächsten Morgen mit mörderischen Kopfschmerzen und einem Höllenbrand aufgewacht und hatte kaum glauben können, dass der schlaffe Körper in ihrem Bett ihr eigener war.

Susan hatte ihr Leben scheinbar total im Griff. Und der Vernetzungsgedanke war toll. Sie nahm noch einen Bissen von dem köstlichen Lamm und sah sich um. Das Bücherregal war vollgestopft mit Fachliteratur. „Und wie sollen wir uns coachen?", fragte sie Susan.

„Das ist ganz einfach, wir …", Susan überlegte einen Moment, „… wir könnten damit beginnen, uns gegenseitig zu sagen, wie wir auf die andere wirken."

Mareike rollte mit den Augen.

„Das haben wir in der Schauspielschule auch oft gemacht."

„Siehst du. Allerdings geht es bei uns nicht ums Schauspielern. Ein Mensch wirkt dann am über-

zeugendsten, wenn er absolut authentisch ist, sagt
Dr. Hei …"

„… brandt", half Mareike.

„Wie fangen wir an?", fragte Greta.

„Womit?" Mareike zog eine Augenbraue hoch.

„Na, uns gegenseitig zu sagen, wie wir aufeinander
wirken. Ich bin echt gespannt darauf, was ihr über
mich sagen werdet."

„Gut", meinte Susan, „dann kommt Greta jetzt auf
den *heißen Stuhl*."

Mareike stand auf. „Sorry, ich kann das heute wirklich nicht."

„Och Mensch, Rike, mir zuliebe."

„Mareike! Und ich bitte um Entschuldigung, ich
hätte gar nicht kommen sollen." Sie wandte sich
zur Tür.

„Quatsch, jede ist okay, so wie sie ist." Susan
schnappte sich Mareikes Arm und zog sie auf den
Stuhl zurück. „Hauptsache, man ist absolut authentisch."

Susan sah Greta in die Augen. „Bist du wirklich
bereit für den heißen Stuhl?"

„Klar", antwortete Greta kichernd.

„Gut, dann möchte ich Mareike und Julie fragen,
wer als erste ihre Eindrücke loswerden will. Es darf
alles gesagt werden, wir sind hier in einem geschützten Raum."

„Ich will überhaupt nichts loswerden, ich will in
meinen eigenen *geschützten Raum*, nämlich nach
Hause", antwortete Mareike.

„Och Rike!"

Mareike seufzte.

„Kein Problem, dann fange ich eben an", meinte Susan, „ist das okay für dich, Greta?"

„Klar." Greta strahlte sie an.

Das geht schief, dachte Mareike. Greta wirkte zwar auf den ersten Blick robust, aber in ihrem Inneren schlummerte ein sehr zerbrechliches Seelchen. Mehr als einmal hatte Mareike sie trösten müssen, weil der Applaus nach einer Premiere nicht so ausgefallen war, wie Greta es sich erhofft hatte. Oder weil der Rezensent nicht vor Begeisterung jubiliert hatte. Und wie lange war der Absturz beim Griechen her? Sie versuchte eine letzte Intervention. „Wirklich, Su, das ist keine gute Idee."

„Doch, die Idee ist toll", flötete Greta.

Dann lass dich halt rupfen, Hühnchen, dachte Mareike und schämte sich sogleich ihres Gedankens.

Susan schenkte sich ihr Glas voll und sah Greta prüfend an. „Ich kenne dich nicht sehr gut, weiß wenig über dich."

„Du bist total unvoreingenommen", erwiderte Greta.

„Genauso ist es, deshalb kann ich auch nur etwas zu deinem äußeren Erscheinungsbild sagen. Was heißt nur? Das ist ja eigentlich das Wichtigste. Wie wirkst du auf Außenstehende, wenn sie dich das erste Mal sehen. Das dürfte doch beim Vorsprechen an Theatern auch so sein, oder?"

„Genau", antwortete Greta und beugte sich erwartungsvoll vor.

„Lass gut sein, Su", machte Mareike einen letzten Versuch.

„Sei doch nicht so eine Spielverderberin, Rike!" Greta schüttelte den Kopf. „Du bist heute wirklich doof drauf."

„Danke", entgegnete Mareike trocken.

„Wir sind uns ja heute Morgen begegnet", begann Susan.

„Schon, aber da war ich …"

„Da warst du was?"

„Da war ich ja nur zu einer Wohnungsbesichtigung."

„Wieso nur?"

„Ich meine, da bin ich natürlich anders angezogen gewesen, als wenn ich zu einem Vorsprechen gehe." Greta zuppelte an ihrem Rock herum.

„Klar, aber damit können wir doch anfangen, oder?"

„Wie meinst du das?"

„Na, wie du heute Morgen auf mich gewirkt hast. Mein allererster Eindruck von dir und ob er mit dem übereinstimmt, wie du dich gefühlt hast. Ob es also authentisch war."

„Gut, warum nicht?" Greta sah kichernd zu Mareike.

„Das funktioniert natürlich nur, wenn ich total ehrlich bin, dass ist dir klar, oder?"

„Na sicher."

„Wenn ich jetzt irgendwelche Nettigkeiten sagen würde, wären das Nettigkeiten, es wäre aber kein Coaching, das dich weiter wachsen lässt." Susan hatte eine aufrechte Haltung eingenommen und eine ernste Miene aufgesetzt.

„Okay." Greta war etwas blass geworden.

Susan holte Luft. „Mein erster Eindruck von dir heute Morgen war, dass mir eine resignierte Frau gegenübersteht."

Mareike zog scharf die Luft ein.

„Eine Frau, der es egal ist, wie sie wirkt, wenn sie das Haus verlässt", legte Susan nach.

„Su, das reicht!"

„Nein, nein, ist in Ordnung", sagte Greta mit mehr Haltung, als Mareike ihr zugetraut hätte, „es ist gut, dass du so offen zu mir bist, Su, rede ruhig weiter."

Susan lächelte. „Heute Abend war mein Eindruck von dir ein anderer."

„Wirklich? Das ist gut."

Oder auch nicht, dachte Mareike.

Susan lehnte sich zurück. „Wie alt bist du, Greta?"

„Ende dreißig."

„Wie alt genau?"

„Einundvierzig."

„Und du fährst ein lila angemaltes Omarad?"

Mareike musterte ihre älteste Freundin, die trocken schluckte.

„Mit einer gelben Plastikgirlande am Fahrradkorb?"

Susan lachte und schenkte sich Wein nach. „Ich sage dir das in aller Freundschaft und weil dieser Abend dich weiterbringen soll", fuhr sie mit einem gnadenlosen Ton in der Stimme fort.

Mareike sah in einer Mischung aus Neugier und Fassungslosigkeit dem Showdown entgegen.

Susan trank einen Schluck. „Heute Abend wirkst du auf mich wie eine zu früh gealterte Schauspielstudentin, die auf jeden Pfennig achten muss. Dieses groteske Fahrrad, dazu diese *Klamotten*. Sorry, aber ein anderer Ausdruck fällt mir einfach nicht ein zu dem, was du am Körper trägst. Ist das aus dem Second Hand?"

Energisch stand Mareike auf, schnappte sich Greta, zog sie mit sich und wollte wortlos das Zimmer verlassen.

Aber Greta machte sich los und ging entschlossen zurück zum Tisch. Dann setzte sie sich wieder auf ihren Platz und sah Susan mit funkelnden Augen an. Mareike blieb im Türrahmen stehen und beobachtete die Szene. Keine Ahnung, was nun passieren würde, aber sie wollte es nicht verpassen.

Gretas Herz klopfte wie verrückt, als sie zurück an den Tisch ging und sich Susan gegenübersetzte. Die roten Flecken, die ganz sicher an ihrem Hals entstanden wie Signalfeuer, waren in dem gedimmten Licht hoffentlich nicht sichtbar. Während sie einen Schluck Wein trank, machte sie eine Atemübungen, die den anderen nicht auffallen würde. Das hatte sie auf der Schauspielschule gelernt.

Wie gut sie Typen wie Susan kannte. Und wie sehr sie sie hasste. Diese Ärsche von Intendanten, Regisseuren, Dramaturgen, die ernsthaft glaubten, man müsse einen Schauspieler erstmal ganz klein machen, um ihn dann *neu aufzubauen*.

Gleich bei ihrem ersten Engagement war sie auf eines dieser Exemplare gestoßen.

Ich werde dich ganz neu modellieren, Greta, hatte der Intendanten einer Landesbühne in einer völlig unwichtigen Kleinstadt zu ihr gesagt. Und sie hatte zu ihm aufgeblickt, als wäre es Gott höchstpersönlich, der aus ihr eine international erfolgreiche Schauspielerin machen würde. Wie lächerlich aus heutiger Sicht. Der Typ war schon lange kein Intendant mehr und bekam kaum noch Angebote. Hielt sich mit drittklassigen Theaterworkshops über Wasser. So groß war die Szene nicht, dass sie das nicht wusste.

Greta war klar, dass sie äußerlich vollkommen gelassen wirkte, immerhin war sie Schauspielerin.

„Danke für deine Offenheit, Susan", sagte sie mit kühler, souveräner Stimme. Mareike würde möglicherweise auch noch andere Schwingungen wahrnehmen, die anderen zwei nicht. „Daran werde ich ganz sicher wachsen, wie du das nennst. Aber eine Frage habe ich noch."

„Nur heraus damit."

„Du sagtest doch eingangs, dass dein Guru - wie hieß er noch? - Dr. Heukirch?"

„Dr. Heibrandt", sagte Mareike, noch immer im Türrahmen stehend.

„Na ja, Guru ist vielleicht nicht ganz der richtige Ausdruck", meinte Susan lachend.

„… dass also dieser Dr. Heibrandt dich gelehrt hätte, dass man am besten wirkt, wenn man authentisch ist, oder?"

„Absolut", erwiderte Susan.

„Absolut was?"

„Absolut authentisch natürlich", antwortete Susan.

Greta lächelte Mareike zu, die zurück an den Tisch kam und sich setzte.

„Ja, und weißt du was, Su?"

„Was denn?"

Greta beugte sich über den Tisch und sah Susan an. „Ich finde eine Schauspielerin, die mit ihrem *lila angemalten Omarad* signalisiert, dass sie sich kein Auto leisten kann oder will, irgendwie authentischer, als eine aufgedackelte Tusse im BMW, die seit einem Jahr arbeitslos ist, das aber nicht mal ihren besten Freundinnen eingestehen kann."

Die Stille, die von einer Sekunde zur nächsten im Raum entstand, war sakral. So gut hatte Greta sich seit Monaten nicht gefühlt. Danke, liebes Internet, danke!

Dieser Schein von Reichtum und Erfolg, dieses ganze Getue, das einem überall begegnete. Sie war draußen, sie wollte das alles nicht. Auf der Bühne konnte man spielen, wen man wollte. Eine liebende Ehefrau oder gehässige Intrigantin, eine edle Königin oder zerlumpte Bettlerin. Aber im richtigen Leben, da wollte sie Ehrlichkeit und sonst gar nichts. Sie atmete aus und nahm einen Schluck Wein.

Dann begann Mareike zu lachen.

*D*ass Mareike lachte, war das Schlimmste. Die große Anwältin mit dem sensationellen Renommee, dem Ehrfurcht gebietendem Haus und einem Verdienst, den sie niemals erreichen würde, lachte sie aus. Wie demütigend.

Susan hatte keinen Plan, wie sie mit der Situation umgehen sollte. Sie stand auf und bemerkte verärgert, dass sie schwankte. „Ihr entschuldigt mich, die Nachspeise …"

Leise schlich sie durch den Flur ins Schlafzimmer. Dort kletterte sie auf einen Stuhl und suchte nach der alten Schmuckbox, die im obersten Regal stand. Sie musste auf Zehenspitzen gehen, kam aber trotzdem nicht dran. Mit den Fingerspitzen angelte sie nach der Box, die sie mit ihren tapsigen Versuchen immer weiter nach hinten schob. Wenn sie nur vorher die hochhakigen Schuhe ausgezogen hätte. Da war sie doch, die kleine Mistkröte, fast war sie dran. Susan stupste die Schmuckbox mit einem Finger in ihre Richtung. Die Box ergab sich der Schwerkraft und fiel ihr auf den Kopf, der Stuhl begann zu kippen, Susan landete höchst unsanft auf ihrem Schlafzimmerboden, wobei sie versuchte, nicht laut aufzuschreien. Ihr Image war angeschlagen genug, wenn die Freundinnen sie jetzt verletzt auf dem Fußboden finden würden, wäre sie erledigt.

Benommen blieb sie einen Augenblick liegen, rappelte sich dann hoch und untersuchte ihre Gliedmaßen. Alles da und scheinbar heil. Wie gut, dass in ihrem Schlafzimmer Teppichboden lag, obwohl sie schon lange vor hatte, Parkett legen zu lassen. Nur der Absatz von einem ihrer Pumps war abgebrochen.

Vorsichtig setzte Susan sich mit der Schmuck-schachtel auf ihr Bett und blieb sitzen. Eine Minute später öffnete sie den Deckel und konzentrierte sich auf die Arbeit.

„Wo ist sie denn hin?", fragte Julie.

„Keine Ahnung", kicherte Greta, „vielleicht geht sie kotzen."

„So viel hat sie nun auch nicht getrunken", erwiderte Julie.

Mareike grinste. „Vielleicht ist sie ja in ein Hotel gegangen, um uns heute nicht mehr begegnen zu müssen", lachte sie und sah Greta anerkennend an.

„Ich hoffe, ihr lacht nicht über mich", sagte Susan, in der Tür stehend. Dann kam sie auf Strümpfen mit einem kleinen, silbernen Tablett zurück zum Tisch. „Voila, der Nachtisch!"

Die Frauen sahen fassungslos auf das Tablett.

„Oha", meinte Julie nach einer Schrecksekunde, Greta kicherte.

„Das ist ja wohl nicht dein Ernst", sagte Mareike entrüstet.

„Das Zeug ist frisch, gestern eingetroffen. Ich habe gelesen, dass es gut gegen Migräne sei, deshalb habe ich es mir besorgt. Und ich finde, jetzt ist genau der richtige Zeitpunkt, es zu testen."

„Ganz sicher nicht", zischte Mareike.

„Och, Rike, sei doch mal locker."

„Indem ich kiffe?"

„Hast du früher auch."

„Da war ich achtzehn!"

„Na und?"

Mareike sah zu Susan. „Wo hast du das Zeug überhaupt her?"

„Aus dem Internet, Frau Staatsanwältin."

„Super", meinte Greta, „und das ist amtliches Zeug?"

„Das werden wir wissen, wenn wir es geraucht haben."

Mareike stand auf. „Ich gehe jetzt wirklich, das ist ja nicht zum …"

Susan zog sie zurück auf den Stuhl. „Du musst es doch nicht rauchen, wenn du nicht willst."

„Ach ja, und warum liegen da vier Tüten? Damit ich mir eine als Souvenir mit in die Kanzlei nehme?"

„Das Drehen ging mir noch ganz gut von der Hand." Susan schob das Tablett zu Greta, die ehrfürchtig einen Joint nahm. Julie griff ebenfalls ohne zu zögern zu. Anschließend hielt sie Mareike das Tablett unter die Nase.

„Ach verflucht, wenn ich morgen Kopfschmerzen habe, ist jedenfalls nicht der Wein schuld, sondern meine Blödheit."

Ein süßlicher Geruch erfüllte den Raum.

„Mann, wie lange ist das her, seit ich das letzte Mal einen Joint geraucht habe?", fragte Greta und inhalierte tief.

„Drei Monate", entgegnete Mareike.

„Erst?"

„Auf deinem Geburtstag."

„Ach, stimmt ja, irgendwer hatte was dabei."

„Greta, in deinem Freundeskreis hat immer *irgendwer was dabei*."

„Ist doch prima", antwortete Greta fröhlich, „kiffen macht schön."

„Echt?"

„Jedenfalls, wenn man bekifft in den Spiegel sieht." Greta bekam einen Lachanfall.

„Oh Gott, ich bin fast fünfzig und kiffe!", grinste Mareike und blickte versonnen auf ihren Joint.

„Scheint gutes Zeug zu sein." Susan setzte eine Kennermine auf.

„Sag doch nicht immer, dass du fast fünfzig bist", meinte Greta, „das klingt so deprimierend."

„Und das kann man einfach im Internet bestellen?"

„Nur im Darknet."

„Ich will nichts weiter hören, Su." Mareike schüttelte den Kopf.

„Du wirst erst siebenundvierzig", meinte Greta.

„Wie alt ist eigentlich Rüdiger?"

„Wer ist Rüdiger?"

„Gretas Goldfisch", Mareike nahm noch einen Zug, „sie hat ihn, seit der richtige Rüdiger sich aus dem Staub gemacht hat."

„Du hast einen Goldfisch, der so heißt, wie dein Ex?", fragte Julie ungläubig.

„Genau, er ist nur nicht so gesprächig. Aber er macht das Leben erträglicher." Greta kicherte in sich hinein.

Eine klebrige Stille legte sich über den Raum.

„Man müsste das Konzept Leben noch mal ganz neu denken", sagte Mareike nach einer Weile. „Wer sagt uns denn eigentlich, wie wir zu leben haben?", fuhr sie fort.

„Niemand natürlich, wir sind freie Frauen", entgegnete Susan und drückte den Joint auf dem Dessertteller aus. „Möchtet ihr Nachtisch?"

„Aber wir leben keine freien Leben", entgegnete Mareike.

„Das ist echt gutes Gras", erwiderte Julie.

„Aprikosentiramisu", sagte Susan.

„Ich führe ein total freies Leben", sagte Greta voller Überzeugung.

„Ach ja, weil du in Arthausfilmen deine schrottigen Beine zeigst?" Mareike lachte.

„Das ist gemein von dir, Rike!", schmollte Greta.

„Wieso schrottig?", fragte Julie.

„Tut mir leid, Greta, das hätte ich nicht sagen sollen", Mareike seufzte, „hätte ich auch nicht, wenn Su uns nicht unter Drogen gesetzt hätte."

„Wenn ich den Nachtisch hole, esst ihr ihn dann oder nicht?"

„Diesen ganzen Haschisch-Zauber inszenierst du doch nur, um von deiner Arbeitslosigkeit abzulenken", meinte Mareike.

„Ich könnte auch Kaffee kochen", entgegnete Susan.

„Was ist eigentlich aus deinem Consultingjob geworden, Su?", fragte Julie spöttisch, „sagtest du nicht, dass du da quasi unersetzlich bist?"

„Ich hab vielleicht nächste Woche ein Vorsprechen", meinte Greta.

„Sei du mal ganz ruhig, Julie, du kriegst doch gar nichts auf die Reihe", zischte Susan.

„Was für ein Vorsprechen?", fragte Mareike.

„Wie meinst du das?", entgegnete Julie scharf.

„Krimidinner", antwortete Greta.

„Das ist großartig", sagte Mareike und strich Greta über den Arm.

„Ohne das Geld deiner Mutter wärst du doch schon längst auf Hartz-IV, Julie", spuckte Susan aus.

„Wenn ich nicht bald eine Wohnung finde, muss ich unter der Brücke schlafen", meinte Greta.

„Susan!" Julie war aufgesprungen.

„Vorher ziehst du zu mir", sagte Mareike und an Susan gewandt: „andere an den Pranger stellen, um von den eigenen Problemen abzulenken, geht gar nicht, Su, damit schießt du weit übers Ziel hinaus."

„Damit schieße ich noch nicht einmal weit genug", entgegnete Susan und versuchte aufzustehen, es gelang nicht. „Wir machen uns doch alle nur was vor. Spielen die tolle Anwältin, die tolle Journalistin …"

„Schluss jetzt, Su, ich spiele überhaupt nichts. Ich bin Anwältin!"

„Klar, bist du das", erwiderte Susan müde. „Was ich sagen wollte … ähm … ach, Scheiß drauf." Sie ließ sich zurück in den Stuhl fallen und schloss die Augen.

Greta kicherte. „Letztens hab ich mich in einer Wohngemeinschaft vorgestellt, aber die wollten eine Putzfrau und ich bin ja Schauspielerin."

„Man müsste das Konzept Wohngemeinschaft noch mal ganz neu denken", entgegnete Mareike.

Als Julie zwei Tage später ihre Wohnung betrat, wurde sie von brettlauter Technomusik empfangen. Jedenfalls glaubte sie, dass es sich bei dem Lärm um Techno handelte, sie kannte sich damit nicht aus.

Auf der Treppe war ihr eine aufgebrachte Frau Krause begegnet, die direkt unter ihnen wohnte. Die hatte nur zornbebend nach oben gedeutet und sich die Ohren zugehalten. Deren Gesichtsausdruck nach zu urteilen, war die Musik schon länger an.

„Ist sofort aus, Frau Krause, tut mir wirklich leid", hatte Julie gesagt und war die Treppe hochgerannt. Da war wohl wieder mal ein Blumenstrauß fällig.

Jetzt stürmte sie in das Zimmer ihres Sohnes, der mit gelangweiltem Gesicht in einem Sessel saß, ging energischen Schrittes zur Anlage und stellte sie aus.

„Hast du sie noch alle? Wir wohnen in einem Mietshaus!", brüllte sie. „Willst du, dass wir hier rausfliegen, oder was?"

„Mir egal."

„Mir aber nicht. Ich habe keine Lust, deinetwegen unter einer Brücke zu schlafen!"

Julie atmete ein paar Mal tief ein und aus, fegte dreckige Klamotten vom Schreibtischstuhl und setzte sich.

„Flo, wir müssen jetzt mal ernsthaft miteinander reden."

Ihr Sohn betrachtete seine Fingernägel.

„Ich könnte uns Spaghetti machen und wir quatschen ein bisschen, was meinst du?", fragte sie, um einen lockeren Ton bemüht.

Schweigen konnte ihr Sohn wirklich ausgezeichnet.

„Wir müssen über das reden, was in der Schule vorgefallen ist, Florian. Das kannst du nicht einfach wegschweigen."

Keine Reaktion.

„Dann komm jedenfalls mit in die Küche."

Er sah sie nicht mal an.

„Ich weiß wirklich nicht, was ich noch mit dir machen soll. Willst du vielleicht, dass ich das Jugendamt einschalte?"

Julie stand auf und ging aus dem Zimmer, ließ die Tür aber offen. Sie passierte Tomaten, schnitt Kräuter und begann, Zwiebeln und Knoblauch anzubraten. Ein köstlicher Duft erfüllt den Raum.

Zwanzig Minuten später schlurfte Florian in die Küche, nahm sich wortlos einen Teller aus dem Schrank, schaufelte Unmengen Spaghetti darauf, goss so viel Soße drüber, dass das Essen lässig als Tomatensuppe durchgehen könnte, und wollte die Küche wieder verlassen.

„Gegessen wird hier!"

Er ging einfach weiter.

„Florian, du wirst sofort zurück in die Küche kommen!"

Sie starrte auf den Rücken ihres Sohnes, der in seinem Zimmer verschwand, ging hinterher und öffnete die Tür. Die Schlüssel dafür hatte sie versteckt, nachdem er sich einmal für mehr als fünf Stunden eingeschlossen hatte.

„Julie an Flo, Julie an Flo, jemand zu Hause?"

Ihr Sohn saß an die Wand gelehnt auf seinem Bett, balancierte den Teller auf den Knien, starrte aufs Handy und aß. Die rote Soße spritzte dabei durch die Gegend und versaute Wand und Bettwäsche. Julie starrte den Jungen ratlos an. Mit einem schweren Seufzer setzte sie sich. „So geht das nicht weiter, Florian."

Flo wühlte in der Bettwäsche neben sich herum, wobei der Teller auf seinen Knien in bedenkliche Schieflage geriet, fand, was er suchte, steckte sich Ohrstöpsel in die Ohren, tippte zweimal auf sein Handy und Julie war mit dem gedämpften Wummern von Bässen und einem unerreichbaren Sohn konfrontiert. Während sich vor ihr ein Abgrund groß wie der Michigansee auftat, aß Florian völlig ungerührt weiter. Seine Lehrerin materialisierte sich wie durch einen bösen Zauber im Zimmer. Mit besorgtem Blick und gefurchter Stirn stand sie da. So, wie sie es vor einer Woche in der Schule wirklich getan hatte.

Von unzumutbarem Verhalten war die Rede gewesen. Von einer Renitenz, die weit über das übliche Maß hinausging. Julie hatte das nicht glauben wollen. Dann war der Vorfall mit diesem Mädchen zur Sprache gekommen und das unerschütterlich geglaubte Fundament ihrer Mutterliebe hatte einen erheblichen Riss bekommen. Konnte ihr Sohn wirklich zu dem in der Lage sein, was man ihm vorwarf? Julie wollte das nicht glauben und mit dem Verlassen des Schulgebäudes hatte sie den Gedanken erfolgreich beiseitegeschoben.

Julie starrte ihren Sohn an. Sie hatte nicht schlecht Lust, ihm den Teller aus der Hand zu reißen und samt Spaghetti und Soße an die Wand zu pfeffern. Aber vermutlich würde er darüber nur lachen. Und sie müsste renovieren. Also beschloss sie, das Problem auf später zu verschieben und sich an ihren Artikel zu setzen.

Im Arbeitszimmer stellte sie leise Musik an, setzte sich an den Schreibtisch und fuhr den Computer hoch.

Was könnte sie über diesen merkwürdigen Tantrakurs schreiben? Ihr schwebte eine amüsante Story voller ironischer Spitzen vor.

Was Florian wohl den ganzen Tag gemacht hat?

Diese dicke Indrani schien das mit dem Tantra wirklich ernst zu meinen.

Hat er die ganze Zeit in seinem Sessel gesessen?

Sie würde sich freuen, wenn Julie den Kurs durchziehen würde, hatte Indrani zum Abschied gesagt.

Oder war er auch mal draußen gewesen?

Würde sie den Kurs durchziehen?

Blass sah er aus, ihr Sohn, aber das tat er in letzter Zeit eigentlich immer.

Sie müsste sich in diesem Kurs vermutlich nackt ausziehen.

Ob das wirklich stimmte, das mit dem Mädchen?

Wie sollte sie die Story nur beginnen?

Warum konnte sie Flo nicht einfach fragen?

Sie könnte zunächst das Zentrum für inneres Wachstum beschreiben, der Ort war skurril genug.

Wenn sich das mit dem Mädchen wirklich so zugetragen hat, dann wird das schlimme Konsequenzen haben.

Diese Empfangsdame ist ein komisches Obst gewesen, was hatte sie noch gesagt? Darf ich dich mit einer Energiedusche empfangen?

Wie sollte sie ihren Jungen nur schützen?

Julie klappte frustriert ihren Laptop zu. Sie konnte sich einfach nicht konzentrieren. Die Gedanken huschten in ihrem Kopf hin und her wie aufgescheuchte Kellerasseln kurz vor einem Atomkrieg.

„Bitte nehmen Sie das zu den Akten, Frau Schubert." Mareike legte einige Unterlagen auf den Schreibtisch und lächelte ihrer Assistentin zu. Den Ausdruck *Vorzimmerdame* aus dem Vokabular zu streichen, war eine der ersten Maßnahmen gewesen, als sie vor zwanzig Jahren in die Kanzlei ihres Vaters eingetreten war. Etwas, das sie sich die komplette Studienzeit nicht mal in ihren schlimmsten Alpträumen hatte vorstellen können. Sie wollte für ihr Referendariat unbedingt in eine Kanzlei, die sich mit Medienrecht beschäftigte. Sie hatte keine gefunden. Auch keine andere. Niemand wollte die Tochter des Münchner Staranwalts in seiner Kanzlei haben. Was so natürlich nicht gesagt wurde.

Furchtbar gerne, Frau Rose, aber gerade gestern haben wir jemandem zugesagt. Mensch, hätten Sie sich doch bloß früher gemeldet …

Bis heute hat sie dafür keine Erklärung gefunden. Vielleicht hatten die Anwälte zu großen Respekt oder gar Angst vor ihrem Vater gehabt. Sie wusste es einfach nicht, ihre Zeugnisse jedenfalls waren erstklassig gewesen.

Nach einem äußerst frustrierenden Jahr der Jobsuche war ihr schließlich keine andere Wahl geblieben, als dem mehrfach ausgesprochenen Angebot des Übervaters, in seine Kanzlei einzusteigen, zuzustimmen.

Wie sehr war sie anfangs belächelt worden. Einige der älteren Anwälte hatten es sogar gewagt, sie mit Fräulein anzusprechen.

Sie war vielleicht vier Wochen Mitglied der Kanzlei ihres Vaters gewesen, als ihr der Kragen zum ersten und einzigen Mal geplatzt war. Maier, ein dicker, selbstgefälliger alter Anwalt, der es nie wirklich zu etwas gebracht hatte, richtete in einer Besprechung mühsam schnaufend das Wort an sie. „Fräulein Rose, Kaffee für alle bitte."

Mareike konnte das Gefühl, das sie damals getroffen hatte wie ein Hammerschlag, noch immer auf Knopfdruck abrufen.

Einen Augenblick saß sie wie erstarrt da. Dann fiel ihr Blick auf ihren Vater, dessen Gesichtsausdruck unergründlich war. Sie stand auf. Kerzengerade stand sie da und blickte jedem einzelnen Mann direkt in die Augen. „Meine Herren", sagte sie ruhig, „es mag einigen von Ihnen vielleicht entgangen sein, aber wir befinden uns am Ende des zwanzigsten Jahrhunderts." Sie machte eine Pause und blickte in die Runde. „Die Dinosaurier sind ausgestorben, das Frauenwahlrecht seit hundert Jahren in der Verfassung verankert, fast ebenso lange dürfen Frauen Jura studieren und ja, so unglaublich es Ihnen erscheinen mag, sie tun es sogar. Deshalb, meine Herren, gibt es exakt zwei Möglichkeiten. Entweder, Sie akzeptieren mich als gleichwertige Kollegin, oder ich bin in diesem Kreis denkbar falsch."

„Nun ja ...", schnaufte Maier, „... da könnte man natürlich trefflich drüber ..."

„Maier!", sagte ihr Vater in schneidendem Ton.

Mareike setzte sich und sah dem dicken, schnaufenden Anwalt in die Augen. „Ich nehme auch noch einen Kaffee, Herr Maier."

Für eine Sekunde war es totenstill im Besprechungsraum, dann fing ihr Vater an zu lachen und alle stimmten ein. Außer Maier, der nach einem Blick von seinem Chef Kaffee holen ging.

Mareike musste lächeln, als sie nun daran dachte und ihrer Assistentin die Unterlagen über den Schreibtisch reichte. „Ich bin weg für heute", sagte sie in vagem Ton, den sie immer wählte, wenn Frau Schubert im Ungewissen darüber bleiben sollte, ob sie Feierabend machte, oder noch einen Termin wahrnahm.

„In Ordnung, Frau Dr. Rose. Darf ich Sie telefonisch stören, wenn es wichtig ist?"

„Nein, das wäre äußerst ungünstig."

Ihre Assistentin nickte und verabschiedete sie mit einem Gesichtsausdruck, der zwischen Verständnis und Sorge changierte.

Die Chefin arbeitet einfach zu viel.

Mareike drückte die Taste, die den Fahrstuhl in ihre Etage befördern würde und nahm dann die Treppe. Sie bekam in letzter Zeit viel zu wenig Bewegung. Schnellen Schrittes lief sie die vier Etagen bis zur Tiefgarage runter und kam atemlos unten an. Bis zum Auto hatte sich ihr Puls wieder beruhigt. Sie startete ihren Mercedes, der ihr noch immer peinlich war, und fuhr aus der Garage.

In den ersten Jahren war sie mit dem Fahrrad zum Gericht gefahren, bis ihr klar wurde, dass das wenig

Respektgebietend erschien. Der gebrauchte Golf, den sie sich daraufhin kaufte, erzeugte ebenfalls nicht die Wirkung, die ihre männlichen Kollegen mit ihren schicken Wagen erzielten. Also hatte sie eines Tages all ihre ökologischen Vorsätze über Bord geworfen, war in die nächstgelegene Mercedesfiliale gegangen und hatte sich einen Neuwagen geleast. Einen knallroten SLK Cabrio. Dass ein Zweisitzer nicht sehr praktisch war, hatte sie billigend in Kauf genommen. Den Respekt ihrer meist männlichen Kollegen hatte sie sich augenblicklich erworben, so bescheuert ihr das auch heute noch vorkam.

Mareike lenkte das Auto durch dichten Verkehr, musste an jeder Ampel halten, verfluchte die Stadt, die vielen Autos, die verpestete Luft und war sich bewusst, dass sie Teil des Problems war. Sie schaltete das Radio ein und ließ sich von der belanglosen Musik eines belanglosen Senders berieseln.

Nichts denken, nur atmen, fahren, ruhig werden.

Dreißig Minuten später bog sie in die Einfahrt ihres Hauses ein. Ihrer Villa, wie manche sagten. Eine Villa im herkömmlichen Sinne war es nicht. Eher ein zu groß geratenes Landhaus aus den Dreißigerjahren. Ihr Großvater, ebenfalls Anwalt, ein strenger, knorriger, starrsinniger Mann, hatte es für seine Familie gebaut. Ihre Eltern hatten es übernommen und sie war mit Karsten eingezogen, als denen das Anwesen immer mehr über den Kopf wuchs. Ihre Eltern hatten sich ein Appartement mitten in der Stadt gekauft, dessen atemberaubende Aussicht sie jedes Mal neidisch machte. Zur Zeit ihres Einzugs hätte Mareike sich Kinder vorstellen können, Karsten ebenfalls. Das ist zwanzig Jahre her. Und Kinder hatten sich nicht ergeben. War das das eigentliche Problem? Scheiterte ihre Ehe gerade an Kinderlosigkeit? Dieser Gedanke kam ihr zum ersten Mal. Sie würde Karsten danach fragen. Natürlich trennten sie sich in aller Freundschaft und natürlich würde sie keine Szene machen. Warum auch? Sie hatten sich auseinandergelebt, wie man so sagt.

Mareike nahm ihre Tasche vom Beifahrersitz, stieg aus und betätigte auf dem Weg zum Haus die Fernbedienung, um den Wagen zu verriegeln. Der kleine Transporter, der leicht versteckt hinter einer Tanne stand, irritierte sie für einen Augenblick, dann sprang sie die drei Stufen zur Haustür hoch und schloss die schwere Eichentür auf.

„Hallo!"

Keine Antwort.

„Karsten?"

Oben waren Schritte zu hören. Ein junger Mann kam die Treppe herunter. Er trug ihre Anrichte auf der Schulter. „Servus", murmelte er und ging vorbei.

„Karsten?"

Hinter ihr ging die Küchentür auf. „Ich bin hier. Ich lasse schon mal ein paar Möbel abfahren, ist hoffentlich in Ordnung."

Meine Jugendstilanrichte?, dachte sie, mochte aber nicht kleinlich sein. „Wir wollten besprechen, wer was bekommen, oder? Ich habe mir dafür extra den Nachmittag frei gemacht."

„Ja klar, deshalb bin ich hier." Er strich sich seine vollen, aber komplett ergrauten Haare, aus der Stirn.

„Gut, setzen wir uns auf einen Kaffee in die Küche." Mareike stellte ihre Tasche auf den schön gemusterten Terrakottaboden, dorthin, wo sie seit über zwanzig Jahren stand.

Karsten folgte ihr zögernd in die Küche und lehnte sich an die schwarz polierte Arbeitsplatte, die einen starken Kontrast zu den weißen Küchenmöbeln bildete. Sie hatten die Küche erst vor einigen Jahren erneuern lassen. „Ich hab leider nur ganz wenig Zeit."

Ein weiterer Mann kam die Treppen runter, unter dem Arm den goldenen Spiegel, den Karsten ihr zu irgendeinem Hochzeitstag geschenkt hatte.

„Sag mal, können die Jungs nicht warten, bis wir besprochen haben, wer was bekommt?"

„Tut mir leid, Mareike. Ich habe leider später noch einen wichtigen Termin, deshalb haben wir schon mal angefangen."

Sie setzte sich, während es in ihr zu brodeln begann. „Das war aber anders besprochen, Karsten."

„Ich weiß, tut mir leid." Er ließ sich schwer auf einen Stuhl fallen. „Es ist gerade etwas viel, weißt du?"

Sollte sie etwa Mitleid mit ihm haben? Weil *er sie* verließ?

„Was ist gerade etwas viel?"

„Die Corry …"

Bitte jetzt keine Stories über die Neue!

„… es geht ihr nicht so gut. Ich muss ihr jetzt beistehen."

Seine Neue ist schwanger!

„Was hat sie denn, die Arme?"

Karsten senkte den Blick und studierte die Tischdecke. Er sagte keinen Ton. Seine Schultern zuckten. Weinte er etwa? Sie hatte ihn nur ein einziges Mal weinen sehen, als seine Mutter beerdigt wurde.

Mareike wusste nicht, was sie tun sollte. Sie wurde gerade verlassen, ihr Mann saß ihr gegenüber und tat das, was ihr jetzt eigentlich zustünde. Er weinte.

„Was ist passiert?", fragte sie sanft.

Karsten sah auf, seine Augen waren tatsächlich feucht.

Einer der Möbelpacker, ein Schrank mit bärtigem Gesicht und roten Wangen, schob seinen Kopf durch die Tür. „Wir wären soweit, Meister", rief er, schwenkte eine schwielige Pranke und verschwand wieder. Dann war alles still.

Mareike sah auf die Uhr, es war vier. War das der Zeitpunkt, den sie später als den ihrer endgültigen Trennung benennen würde? Die Zeit schien still zu stehen. Karsten war ihr in diesem seltsamen Augenblick fremd und vertraut zugleich. Er weinte und sie wusste nicht warum. Ihretwegen?

„Was ist passiert?", fragte sie noch einmal. Welche Antwort wollte sie hören? Das er gar nicht gehen wollte? Das alles ein schreckliches Missverständlich gewesen sei? Er sich mit Corry, von der Mareike

nicht mehr wusste, als diesen lächerlichen Spitznamen, geirrt hatte?

„Corry … es ist so, dass sie …" Karsten begann
wieder zu weinen.

Mareike saß da und spürte in sich hinein. Wollte sie
ihn zurück? Diesen Mann, der über zwanzig Jahre
an ihrer Seite gewesen war?

Einerseits schrie alles in ihr danach. Ja bitte, sag
mir, dass das mit Corry ein schrecklicher Irrtum
gewesen ist. Dass du nur mich liebst.

Andererseits hatte sich in den letzten Tagen immer
wieder ein überraschendes Freiheitsgefühl in ihr
ausgebreitet. Eine Sehnsucht nach etwas Neuem,
von der sie vorher nicht einmal geahnt hatte, dass
sie in ihr schlummerte.

Draußen wurde gehupt. Mareike richtete sich auf.

„Ich glaube, deine Jungs warten."

„Das sind nicht meine Jungs."

Hatte sie ihn schon einmal so verletzlich gesehen?

„Ich weiß, aber die warten trotzdem."

„Danke Mareike", sagte er, stand auf und ging zur
Tür.

„Danke wofür?"

Karsten blieb stehen und sah ihr in die Augen.

Sie hielt die Luft an.

Er lächelte. „Danke für die schöne Zeit, die wir
gemeinsam verbracht haben." Dann verließ er das
Haus.

Ein lustiges Geschnatter erfüllte den Flur, den sie Willkommenshalle nannten.

„Julie, da bist du ja, wie schön." Indrani kam mit weit offenen Armen und einem Strahlen im Gesicht auf sie zu und küsste sie einmal links und rechts auf die Wange. Ein leichter Patchouliduft raubte ihr kurz den Atem. Julie hasste diese Küsserei, die immer mehr überhandnahm. Das hatten sie den Türken zu verdanken, genau wie diese hupenden Hochzeitskonvois, die sich freitags und samstags durch die Stadt schoben.

„Herzlich Willkommen in die Runde", strahlte Indrani sie alle an, „heute ist der Seminarraum mollig warm und wir werden einen tollen Tag zusammen haben."

Oder auch nicht, dachte Julie, die nur gekommen war, um sich nicht mit ihrem Sohn beschäftigen zu müssen. Sie ging hinter den anderen her, dabei fiel ihr Blick auf Indranis dicken Hintern, dessen Pobacken sich beim Gehen unschön auf und ab schoben. Ein kleines Loch unterhalb des Paillettenbundes der absolut unmöglichen Hose offenbarte eine fadenscheinige rote Unterhose.

Sie setzten sich alle im Schneidersitz in die Runde, nur Indrani schaffte mühelos den Lotussitz, was angesichts ihres Beinumfangs einem Wunder gleichkam. Julis Gedanken kreisten um ihren Sohn. Wann war er ihr so sehr entglitten?

„Liebe Frauen, als erstes möchte ich Euch fragen, was ihr nach dem ersten Tag mit nach Hause genommen habt."

Julie wurde unbehaglich.

„Ich meine damit", fuhr Indrani fort, „ob etwas von dem Seminartag in euch nachgeklungen ist."

Zwei Frauen nickten. Das waren die, die Julie beim ersten Mal schon als arschkriecherisch analysiert hatte. Eine der beiden meldete sich.

„Du musst dich nicht melden, teile einfach deine Gedanken und Gefühle mit uns, wenn du magst."

Das halte ich keinen weiteren Tag aus. Ob Flo schon wach war? Sie könnte versuchen, ihn anzurufen.

„Oiso des war so ..."

Erbarmen, dachte Julie.

„De Uschi und i, mia hom gestean no ..."

Julie sprang auf. „Entschuldigung, ich muss mal ..." Dann war sie aus der Tür im Flur und fragte sich, was genau sie musste. Wollte sie Flo wirklich anrufen? Er würde ja doch nicht rangehen. Sie könnte ihm eine lustige WhatsApp schicken.

„Alles in Ordnung?"

Julie schrak aus ihren Gedanken auf. Dieses komische Obst hinter der Willkommenstheke sah sie neugierig an. Sie war noch sehr jung, höchstens zwanzig, und hätte hübsch sein können, wenn sie sich nicht in ausgeblichene Yogaklamotten, oder wie immer man diesen Scheiß nannte, gekleidet hätte.

Julie blickte das Mädchen kühl an. „Klar, was soll nicht in Ordnung sein?"

„Du sahst gerade so hilfsbedürftig aus. Ich hätte dir gerne etwas von meiner erleuchteten Energie geschickt."

„Du hättest was?" Verstohlen sah Julie sich nach einer versteckten Kamera um.

„Dir etwas von meiner erleuchteten Energie geschickt. Die hat mir Bhagwan geschenkt."

Okay, so blöd bin ich nun auch wieder nicht, dachte Julie. „Der Bhagwan?"

„Ja." Das Mädchen hinter der Theke strahlte.

Julie konnte es nicht fassen. „Wie alt bist du?"

„Zweihundertfünfzehn."

Wo war diese verdammte versteckte Kamera?

Das Mädchen lächelte. „Das ist der Zeitraum der Inkarnationen, an die ich bislang herangekommen bin. In Wirklichkeit bin ich natürlich viel älter."

Ja klar.

„Und ... ähm ... in welcher Inkarnation stecktest du, als ... Bhagwan dir deine erleuchtete ... was?"

„Meine erleuchtete Energie."

Die meint das ernst!

„... deine erleuchtete Energie ... ähm ... gegeben hat?"

„Geschenkt! Stell dir das vor, er hat sie mir geschenkt. So ein großes Herz hat der."

Die meint das wirklich, wirklich ernst!

„Und wie genau ist das geschehen?" Was für eine Story! Über Flo würde sie später nachdenken.

„Das kann man nicht erklären", meinte das Mädchen altklug.

„Versuch es."

„Das geht nicht, du erfährst es, oder du erfährst es nicht."

„Und wie erfährt man das?"

„Du bist noch ganz am Anfang, oder?", fragte sie mitleidig.

„Ähm …"

Das Mädchen mit den hässlichen Klamotten hob beide Hände, so als würde sie sie segnen wollen, schloss die Augen und murmelte: „Großer Guru, sei gütig mit diesem jungen Erdenkind."

Julie hatte für den Bruchteil einer Sekunde keine adäquate Reaktion parat, dann brach sie in schallendes Gelächter aus. Als ihr Blick auf das beleidigte Gesicht der jungen Frau fiel, musste sie noch lauter lachen.

Hinter ihr ging die Tür auf, eine Hand legte sich auf ihre Schulter.

Sie hörte Indrani flüstern: „Was ist denn?"

Als Julie auf die junge Frau hinter dem Tresen wies, die erfolglos versuchte, ihre Arme wie zufällig in der Luft hängen zu lassen, zischte Indrani etwas und das Gör verschwand.

Für einen Moment herrschte betretenes Schweigen. Würde Indrani sich für die Situation entschuldigen? Dieses ganze Seminar zu dem erklären, was es war? Kompletter Humbug. Hokuspokus in Reinform.

Indrani legte Julie behutsam den Arm um die Schulter. „Und was quält dich wirklich?", fragte sie leise.

Julie machte sich frei. „Wieso sollte mich etwas quälen?"

„Das sehe ich. Ich kann nur nicht erkennen, was genau es ist, Probleme in der Familie?"

„Was? Wie kommst du darauf?"

„Das dachte ich mir schon."

„In meiner Familie gibt es keine Probleme!"

„Doch, gibt es. Und das es keine sexuellen sind, war mir gleich klar."

„Was? Wieso? Ich meine ..."

„Das habe ich gemeint, als ich sagte, du würdest am Ende des Seminars vollkommen nackt sein", sagte Indrani und legte ihre warme Hand auf Julies Arm, „es ist allein deine Entscheidung, ob du jetzt noch einen Schritt nach vorne gehst, oder ob nun Schluss ist für dich. Beides ist okay." Dann ging sie zurück zu den anderen und ließ eine völlig verwirrte Journalistin zurück.

Was sollte Julie tun? Sie konnte nicht einfach zurück in den Seminarraum gehen, wo Indrani saß, die offensichtlich Gedanken lesen konnte. Aber nach Hause zu ihrem Sohn wollte sie auch nicht.

Als würde sie zwischen den Kraftfeldern zweier Magnete stehen, zog es sie von der Ausgangstür zur Seminartür und wieder zurück. Sie konnte keine Entscheidung treffen. Wenn keine höhere Macht ihr einen Weg weisen würde – jetzt dachte sie schon an höhere Mächte! – würde sie für immer in diesem Energiefeld zwischen realer Welt und esoterischem Scheißdreck gefangen sein. Julie schüttelte energisch den Kopf.

Obwohl gefühlte achtzig Prozent in ihr zum Ausgang strebten, ging sie zurück in den Seminarraum.

Indrani nuckelte an ihrer Mate und musterte Julie unauffällig. Die hatte sich einen Milchkaffee bestellt und rührte darin herum. Sie hatte schöne, schlanke Hände. Die Ringe, die sie trug, sahen teuer aus. Indrani betrachtete ihre eigenen Hände. Sie waren rau, die Nägel rissig und der Silberring, den Sonja ihr vor langer Zeit geschenkt hatte, angelaufen und stumpf.

Julie hatte sie nach Ende des Seminartages in ein nahegelegenes Café eingeladen. Ihr war keine Ausrede eingefallen.

„Gibst du schon lange diese Kurse?"

„Ein paar Jahre, wieso?"

„Nur so, interessiert mich halt."

Indrani lächelte. „Du bist eigentlich gar nicht der Typ für meine Kurse."

An Julies Hals bildete sich ein leicht rötlicher Schimmer. „Ich bin eine neugierige Frau."

„Aber du hast dich nicht wohl gefühlt, oder?"

„Es war nur etwas ungewohnt." Julie rührte lächelnd in ihrem Kaffee. „Wo hast du das eigentlich gelernt, dieses Tantrazeugs?"

Indrani zuckte zusammen. *Dieses Tantrazeugs?*

„Das ganze Leben besteht doch aus lernen", antwortete sie und drehte ihren Ring hin und her. Julie machte sie nervös. Woher nahm die nur ihre Souveränität?

„Ich meine, wo hast du deine Ausbildung gemacht?"

„Während meiner Studienzeit habe ich die Sommer in Indien verbracht. Dort habe ich Kurse besucht." Indrani fragte sich zum ersten Mal, ob das als Ausbildung durchgehen konnte. Und warum sie das eigentlich noch nie gefragt worden war.

„Was hast du denn studiert?"

„Bitte?"

„Na, was du studiert hast?"

„Ähm, Germanistik, wieso?" Im Grund genommen hatte sie nur der Mensa regelmäßige Besuche abgestattet, alles andere war nicht ihr Ding gewesen. Aber das musste sie dieser schönen Frau ja nicht auf die Nase binden.

„Germanistik?", fragte Julie überrascht, „wo?"

„Na hier. Sag mal, wieso fragst du mich das eigentlich alles?"

„Hier? Bei Professor Schumann?"

Indrani meinte sich dunkel an den Namen zu erinnern. „Genau."

„Na, das ist ja ein Ding."

„Wieso?"

„Dann haben wir zusammen studiert. Wir sind doch etwa gleich alt, würde ich sagen. Komisch, dass ich mich gar nicht an dich erinnern kann."

Überhaupt nicht komisch, dachte Indrani, der das Gespräch ganz entschieden auf den Keks ging.

„Wie gesagt, ich war viel in Indien."

„Wann hast du denn dein Examen gemacht?"

„Weiß ich nicht mehr."

„Du weißt nicht mehr, in welchem Jahr du dein Examen gemacht hast?"

„Vermutlich viel später als du, ich war ja viel …"

„… in Indien, sagtest du schon. Mensch, das ist wirklich ein Ding, ich glaub es nicht."

Ich auch nicht, dachte Indrani unbehaglich.

„Sag mal, erinnerst du dich an den Assi von Professor Schumann? Diesen Italiener, auf den alle Mädchen abgingen? Wie hieß der noch?"

Indrani antwortete nicht.

„Irgendwas mit M., Markus?, nee, was Italienisches. Nun sag schon, du weißt, wen ich meine."

„Marcello", antwortete Indrani auf gut Glück.

„Genau! Warst du auch scharf auf den? Alle waren scharf auf den."

Indrani reichte es. „Ich war nicht scharf auf den." Sie nahm einen Schluck von ihrer Mate, die ekelhaft schmeckte, viel zu warm.

Julie stutzte. „Echt nicht?"

„Nein."

„Wieso nicht?"

Indrani sah Julie ruhig in die Augen. „Ich stehe mehr auf Rundungen."

„Der hatte den knackigsten Hintern ever, dieser Marcello, runder geht´s nicht."

Indrani hatte jetzt endgültig genug. Sie wollte nach Hause, sich aufs Bett schmeißen und gar nichts mehr denken. „Ich meine Titten!"

„Was? – Oh!" Julie wurde rot. Verlegen sah sie auf ihre Hände.

Indrani musste lachen. Die älteren Damen, die ansonsten das Café bevölkerten, sahen irritiert zu ihr herüber. Eine flüsterte ihrer Freundin etwas ins Ohr.

Indrani versuchte sich zu beherrschen, auch wenn sie die Irritation von Julie genoss. Aber frau sollte über den Dingen stehen. Sie zwinkerte ihr zu. Dabei kam sie sich vor wie eine Mutter, die ihrer kleinen Tochter die elementarsten Dinge des weiblichen Körpers beibrachte.

Hier hast du eine Binde, leg sie an einen sicheren Ort, du wirst sie schon bald brauchen.

„Das ist allerdings …" Julie sah auf den Boden, dann wieder auf ihre Hände.

Indrani bemerkte, dass ihre Schultern bebten. Das Beben der Schultern nahm zu, dann hob Julie den Kopf, eine Träne rollte über ihre Wange. Sie begann laut zu lachen. Es dauerte nicht lange, da lachte das ganze Café. Jeder, ob alt, ob jung, lachte oder kicherte wenigstens.

Als Mareike Rose auf den Stufen ihres Hauses stand und auf den klapprigen Lieferwagen starrte, der die Einfahrt hochgepoltert kam, war sie sich schlagartig sicher, den Verstand verloren zu haben. Sie rang sich trotzdem ein Lächeln ab, von dem sie hoffte, dass es herzlich wirkte, und ging dem Wagen entgegen. Zuerst sprangen zwei schwarz gekleidete Männer heraus, die sie freundlich grüßten, nach hinten gingen und die Tür des Lieferwagens öffneten. Danach kroch Greta aus dem Fahrerhaus, im Arm das Glas mit dem Goldfisch. Sie strahlte übers ganze Gesicht, stellte Rüdiger auf den Boden und nahm Mareike in den Arm. „Das ist so cool von dir", sagte sie.

„Hallo Greta", antwortete Mareike, dann sah sie zu Boden, „hallo Rüdiger."

„Das sind übrigens Pete und Conny, die beiden arbeiten am Theater und haben angeboten, mir meine Klamotten zu fahren."

Greta lief hin und her wie ein aufgeschrecktes Huhn. „Mensch, ist das aufregend! Eine Frauen-WG! Und das in unserem Alter!"

„Ja."

„Alles in Ordnung?", fragte Greta, „du hast es dir hoffentlich nicht anders überlegt?"

Doch! Weil es eine komplett bescheuerte Idee ist!

„Ähm, nein, natürlich nicht."

„Das wird der Knaller, glaub mir." Greta strahlte. „Pete, der Sessel kommt in den Wintergarten." Greta wies Pete, dem eine Zigarette im Mundwinkel hing, den Weg.

„Wieso in den Wintergarten? Du hast doch ein Zimmer?", fragte Mareike und hoffte, dass ihre Stimme nicht so klang, wie sie sich fühlte.

„Ja, aber dieses Monstrum von Sessel passt da nicht rein. Im Wintergarten ist Platz genug."

Mareike zählte bis drei. „Im Wintergarten ist so viel Platz, weil ich es dort gerne leer haben möchte."

„Echt? Warum das denn?" Greta warf ihre Haare über die Schulter.

Zum ersten Mal in ihrem Leben ging Mareike diese Geste wirklich auf den Wecker. „Es gefällt mir."

„Mit dem Sessel wäre es viel gemütlicher. Stell dir vor, wir sitzen da abends zusammen, trinken ein Glas Wein, schauen in den Garten und quatschen über den Tag."

Mareike wollte es sich nicht vorstellen.

„Hör mal, Greta, du kannst dein Zimmer einrichten, wie du es willst. Aber der Rest des Hauses bleibt davon bitte unberührt."

Greta sah sie erstaunt an. „Rike, wir wollen doch eine WG gründen! Du tust ja, als wäre ich deine Untermieterin."

„Na ja …"

Greta schnappte sich Rüdiger und zwinkerte. „'Man muss das Konzept WG noch mal ganz neu denken', das waren deine Worte."

Pete kam wieder aus dem Haus.

„Greta, kannst du deinen Freunden bitte sagen, dass sie im Haus nicht rauchen sollen."

„Ach, Rike, nun sei nicht so."

„Bitte gewöhne dir endlich dieses kindische Rike ab, ich heiße Mareike." Sie wandte sich an die Männer. „Würden Sie bitte im Haus nicht rauchen."

„Du kannst uns ruhig duzen, wir sind ja Gretas Kumpels." Der Typ, der Pete hieß, drückte seine Kippe in einem Hortensienkübel aus.

„Also gut, würdet ihr bitte im Haus nicht rauchen." Greta grinste die Männer verschwörerisch an und verdrehte die Augen, dann ging sie mit Rüdiger ins Haus.

Als Greta verschwunden war, lief Mareike zu dem Blumenkübel, fischte mit spitzen Fingern die Kippe daraus hervor und brachte sie in den Mülleimer. Anschließend suchte sie im Haus nach einem Aschenbecher, fand aber nur den wertvollen aus Kristall. Im Gartenhaus, das von einer blühenden Kletterrose eingefasst war, suchte sie nach den Untersetzern, fand einen, der schon leicht angeschlagen war und stellte ihn auf ein Tischchen, das in der Nähe des Möbelwagens stand. Dann suchte sie in der Küche nach Gläsern und Mineralwasser und stellte alles neben den provisorischen Aschenbecher.

„Oh, wie nett von dir", flötete Greta, kletterte in das Fahrerhaus und zog eine Bäckertüte daraus hervor. „Ich habe Brezeln gekauft", sie schwenkte die Tüte in der Luft herum, „hast du vielleicht Butter?"

„Im Kühlschrank."

„Und könntest du wohl Kaffee aufsetzen."

Mareike sah ihre Freundin mit hochgezogenen Augenbrauen an.

„Ich meine, weil mein Porzellanfilter noch in einer der vielen Kartons ist und den restlichen Kaffee habe ich gestern der Nachbarin geschenkt. Sowas packt man ja nicht ein."

„Du weißt, wo die Küche ist", erwiderte Mareike trocken, ging in den weitläufigen Garten hinaus und setzte sich unter eine Trauerweide, die sie als kleines Mädchen gerne erklettert hatte. Heute war der Baum viel zu groß, um noch als Klettergerüst für Kinder zu dienen. Es gab hier ja auch gar keine Kinder.

Mareike blickte in ihren ausladenden Hortensiengarten und seufzte. Was, verdammt, hatte sie sich dabei gedacht, Greta bei sich aufzunehmen?

Wenn es bei Greta bleiben würde, ginge es ja noch. Aber Julie war auch sofort Feuer und Flamme gewesen, als Mareike diesen hirnverbrannten Vorschlag, der sich überhaupt nur durch eine große Menge dem Betäubungsmittelgesetz unterliegender Substanzen in ihrem Hirn hatte bilden können, gemacht hatte. Eine Frauen-WG! Mit fast fünfzig! Sie hatte sie nicht mehr alle!

Julie drehte die dunkelrote Visitenkarte hin und her. Nachdenklich blickte sie auf das goldene Symbol, das mitten auf der Karte eingeprägt war. Sollte sie wirklich anrufen? Wäre das nicht eine Bankrotterklärung? Das Eingeständnis, dass sie als Mutter versagt hatte? Schnell tippte sie die Nummer und hielt den Atem an, als es am anderen Ende zu klingeln begann.

„Indrani", meldete sich die Tantralehrerin.

„Hallo, hier ist Julie, du erinnerst dich?"

„Klar, schön, dass du anrufst."

„Du hattest gesagt, ich könnte mich melden, wenn …"

„Ich habe gesagt, du kannst dich jederzeit melden."

„Genau, und nun melde ich mich."

Du warst auch schon mal eloquenter, liebe Julie Morgenstern.

„Schön."

„Also, ich wollte fragen, ob wir vielleicht einen Kaffee trinken gehen wollen."

„Klar, warum nicht."

„Passt es dir heute?"

Am anderen Ende der Leitung blieb es einen Moment still.

„Oder morgen?"

„Nein, nein, passt. Ich habe nur schnell in meine Agenda geschaut. Wie wäre es mit sechzehn Uhr in dem Café, in dem wir das letzte Mal waren?"

„Gut. Ich meine, toll dass es so kurzfristig geht."

Nachdem sie aufgelegt hatte sah Julie auf die Uhr. Ihr blieb nur noch eine halbe Stunde, bevor sie sich auf den Weg machen musste. Sie ging in den Flur, klopfte kurz an Flos Tür und ging hinein. Er saß am Schreibtisch, immerhin. Schnell klappte er den Deckel seines Laptops zu, sein Rücken versteifte sich, als sie sich ihm näherte. Julie setzte sich in den Sessel und sah ihren Sohn an. Florian starrte auf den Deckel des Laptops.

„Du kannst mich nicht für den Rest deines Lebens anschweigen, Flo."

Er rührte sich nicht.

„Was ist denn so schlimm daran, mal mit einem Psychologen zu reden, wenn du schon nicht mit mir reden willst?"

Schweigen.

„Die Sache mit der Schule muss geklärt werden, das habe ich dir mehr als einmal gesagt."

Schweigen.

Julie stand auf und ging zur Tür. „Falls du glaubst, du kannst einfach so weitermachen, bist du schwer im Irrtum, mein Sohn." Er zeigte nicht die kleinste Reaktion, also ging sie in den Flur, schnappte sich Jacke und Tasche und machte sich auf den Weg ins Café, ohne genau zu wissen, was sie sich eigentlich von dem Gespräch mit dieser Tantratante erhoffte.

Indrani saß in einem tiefen Sessel und winkte ihr fröhlich zu.

„Hallo", sagte sie und wollte aufstehen.

„Bleib doch sitzen, freut mich, dass du so kurzfristig Zeit hast."

„Mir ist ein Kurs geplatzt, zu wenig Teilnehmerinnen. Ist aber ganz okay, ich arbeite sowieso zu viel."

Julie gefiel der warme, entspannte Gesichtsausdruck der Frau.

Nachdem sie bestellt hatten, einen Milchkaffee für sich und einen Eisbecher für Indrani, sahen sie sich an.

„Wie kann ich dir helfen?", fragte Indrani etwas unvermittelt.

Julie zuckte mit den Schultern. „Du hattest recht. Bei dem Kurs, meine ich. Ich habe wirklich ein familiäres Problem."

„Ich weiß."

„Nach dem Kurs sagtest du, dass du mir vielleicht weiterhelfen könntest."

„Kann ich."

„Was macht dich so sicher?" Julie bereute ihr Kommen bereits.

„Ich hatte den Eindruck, dass du niemanden hast, mit dem du über dieses Problem reden kannst."

Julie nickte vorsichtig. Sie hatte, seit sich die Probleme mit Flo häuften, tatsächlich mit niemandem darüber gesprochen. „Ich habe einen großen Bekanntenkreis, aber ich will die Leute nicht mit meinem privaten Kram belasten."

„Und was ist dieser *private Kram* genau?"

Die Kellnerin brachte einen mit reichlich Plastikschnickschnack geschmückten Eisbecher und Julies Milchkaffee.

„Ich habe einen Sohn, Florian. Er ist gerade in einer schwierigen Phase."

„Wie alt ist er denn?"

„Vierzehn."

„In dem Alter sind Jungs nicht einfach, ich kann mich noch gut an meinen Bruder erinnern, es war die Hölle." Indrani begann ihren Eisbecher zu löffeln, wobei sie leicht schmatzte.

„Flos Verhalten geht weit über den normalen Pubertätsscheiß hinaus. Er hat seit zwei Wochen kein einziges Wort mehr mit mir gesprochen."

„Ist denn etwas vorgefallen?"

Julie überlegte einen Moment. „Es gab einen Vorfall in der Schule. Florian soll etwas getan haben, was ich nur schwer glauben kann. Er ist eigentlich ein ganz lieber Junge."

„Was soll er denn getan haben?"

„Es ging um ein Mädchen aus seiner Klasse …" Julie seufzte. „Ich glaube, ich kann darüber nicht reden."

„Was ist mit deinem Mann?" Indrani wischte sich mit dem Handrücken über ihren von Eis und Sahne verklebten Mund.

„Ich bin solo."

„Naja, dein Sohn hat ja wohl einen Vater, oder?"

„Nur auf dem Papier. Philipp zahlt Unterhalt und schickt Geschenke zu Weihnachten und zum Geburtstag. Mehr als ein, zwei Stunden alle paar Monate hat er keine Zeit, sich mit Florian zu beschäftigen."

„Und das lässt du dir gefallen?" Indrani sog geräuschvoll die Reste ihres Eisbechers mit einem Strohhalm ein.

„Was soll ich denn tun? Ihn zwingen, seinen Sohn zu lieben?"

„Ich könnte glatt noch einen Eisbecher vertragen", meinte Indrani und sah in die Karte. „Natürlich kannst du niemanden zur Liebe zwingen."

„Eben."

„Du kannst ihn dazu bringen, sich um seinen Sohn zu kümmern. Die Liebe kommt dann von alleine."

Julie bekam große Augen. „Nachdem er sich vierzehn Jahre einen Scheiß für Flo interessiert hat?"

Indrani gab der Kellnerin ein Zeichen. „Willst du auch noch was?"

„Nein danke."

„Ich nehme drei Kugeln mit Sahne. Erdbeer, Schoko und Vanille", sagte Indrani und legte die Karte wieder beiseite.

„Sehr gerne", antwortete die Kellnerin, während ihr Blick verstohlen über Indranis Körper glitt.

„Wir sind nicht nur auf der Welt, um für uns selbst da zu sein", meinte Indrani und sah Julie in die Augen, „wir müssen uns auch um andere kümmern. Erst recht, wenn es die eigenen Kinder sind."

Als Julie schwieg, fuhr Indrani fort. „Mach ihm klar, dass er Vater ist und das er eine Verantwortung trägt."

„Das funktioniert nie."

„Fragen wir die Karten." Indrani zog einen Stapel bunter, stark zerknickter Spielkarten aus einem schmuddeligen Beutel hervor.

„Ähm, also an sowas glaube ich nicht, das ist doch …"

Indrani legte unbeirrt zehn Karten mit der Rückseite nach oben vor sie auf den Tisch. „Kannst du dich darauf einlassen?"

„Worauf genau?"

„Wenn du bereit bist, entspanne dich und blicke nur noch auf die Karten." Julie tat es wiederwillig und zu ihrer Verwunderung blieben ihre Augen gleich an einer der verdeckten Karten hängen.

„Du hast deine Karte gefunden?", hörte sie Indranis sanfte Stimme. Julie nickte.

„Dann drehe sie um." Julia tat es. Eine heilig wirkende Frau mit betenden Händen starrte sie an. Unter dem Bild stand ein Spruch:

Du hast dich immer nur um deine Mitmenschen gekümmert. Nun ist die Zeit gekommen, an dich selbst zu denken. Lege deine Aufgaben vertrauensvoll in andere Hände.

„Ähm …"

„Siehst du", lächelte Indrani, „diese Karten weisen immer den richtigen Weg."

„Das ist Zufall." Julie trank einen Schluck Kaffee.

„Nenn es Zufall oder einen Wink des Schicksals. Es liegt bei dir."

„Mal angenommen - nur mal theoretisch angenommen – es ist ein *Wink des Schicksals*, wie du das nennst. Was genau soll ich mit diesem Rat anfangen? Ich kann mir ja schlecht einen Wellnessurlaub buchen, für drei Wochen nach Mallorca düsen und meinen Sohn vor der Haustür seines Vaters abstellen."

„Das solltest du tatsächlich nicht tun", erwiderte Indrani.

Julie lehnte sich zurück und fühlte sich ratlos wie zuvor.

„Aber du kannst mit dem Vater deines Sohnes sprechen."

„Ich hab dir ja erzählt, dass er nie Zeit hat."

„Wie praktisch für ihn. Er hat nie Zeit, weil du ihm das durchgehen lässt. Du musst es nur wollen, und damit ist von einer Sekunde zur nächsten Schluss."

„Wie meinst du das denn?" Juli sah sie erwartungsvoll an.

Indrani wies mit dem Kinn zu der Karte, die noch immer vor Julie lag. „Nun ist die Zeit gekommen, an dich selbst zu denken."

Julie lachte bitter. „Na, Philipp wird sich bedanken."

„Wenn er sich bedankt, umso besser. Er hat ein Kind in die Welt gesetzt und sich darum zu kümmern. Fertig."

Julie sah Indrani an, die die letzten Reste ihres Eises mit dem Löffel aus der silbernen Schale kratzte.

Wäre das eine Möglichkeit? Könnte Philipp einen positiven Einfluss auf Flo ausüben?

„Das Ganze ist von vornherein zum Scheitern verurteilt", seufzte sie und trank einen Schluck Kaffee, der nur noch lauwarm war.

„Warum denn?"

„Weil Florian da nicht mitmachen würde. Die beiden kennen sich kaum."

„Dann wird es Zeit, dass sie sich kennenlernen."

„Flo würde sich komplett verweigern."

„Vielleicht ist es an der Zeit, dass dein Sohn lernt, dass er nicht nur eine Mutter, sondern auch einen Vater hat."

Julie sagte nichts mehr. In ihrem Kopf entwickelte sich eine Idee. Noch war es mehr das zarte Knöspchen einer Idee, aber das Knöspchen reckte den Kopf in die Sonne, als wolle es ganz dringend erblühen.

$\mathcal{S}$usan wurde eiskalt. Das konnte nicht stimmen, was die Frau ihr gegenüber gerade sagte. „Ich habe die letzten fünfzehn Jahre ununterbrochen gearbeitet", stammelte sie, fasste sich aber schnell wieder. Sie setzte sich gerade hin, blickte der Frau in die Augen und hoffte, dass diese ihre Unsicherheit nicht spürte. „Ich war im oberen Management tätig."

Die Sachbearbeiterin saß mit vergnügtem Lächeln hinter dem Schreibtisch und wippte mit dem Stuhl hin und her. Ihr Bauch quoll dabei über den Hosenbund der billig und abgetragen wirkenden Hose. Die Haare der Frau sahen aus wie von einer Freundin geschnitten.

Die hat aufgegeben, noch etwas aus sich machen zu wollen, glaubte Susan zu erkennen.

Auf dem Schreibtisch stand ein Nilpferd aus Ton, vielleicht sollte es auch ein Ferkel darstellen. Auf jeden Fall war es selbst getöpfert. Anfängertöpferkurs der Stadtteilvolkshochschule, vermutete Susan.

Sie war zum ersten Mal in diesem Büro, ihre eigentliche Beraterin, eine nette und kompetente Frau, hatte Urlaub.

„Ende des Monats haben Sie ein Jahr lang Arbeitslosengeld bezogen, Frau Feuerbach. Der Anspruch auf Bezüge endet damit, oberes Management hin oder her", sagte die Frau hinter dem Schreibtisch und konnte ein Grinsen nicht unterdrücken.

„Ich dachte, man bekommt viel länger Arbeitslosengeld." Susan hoffte auf ein Versehen. Eine Verwechslung. Ein Wunder.

„Auch die Leistungen eines Sozialstaates enden irgendwann", sagte die Jobberaterin.

Susan sah die Frau schweigend an.

„Unter gewissen Umständen könnten Sie natürlich Arbeitslosengeld II beantragen."

„Gut, dann beantrage ich das."

Die Frau versuchte sich an einem verbindlichen Lächeln, aber Susan sah, dass sie die Situation genoss.

„Sie wissen, dass Sie nur ein Anrecht auf das schwer verdiente Geld der Steuerzahler haben, wenn Sie über keine wesentlichen Ersparnisse oder sonstiges Vermögen verfügen, Frau Feuerbach?"

„Das heißt?"

„Der Freibetrag liegt für Einzelpersonen bei derzeit zehntausendfünfzig Euro. Sollten Sie über mehr Vermögen verfügen, müssen Sie das zunächst für Ihren Lebensunterhalt verwenden." Die Frau blicke Susan von oben bis unten an und machte ein Gesicht, als hätte sie bereits entschieden, dass sie für diese Art von Leistungen ungeeignet sei.

„Außerdem steht Ihnen, wenn Sie Arbeitslosen-geld-II-Leistungen beziehen, eine Wohnung mit rund fünfzig Quadratmetern zu."

Damit ist meine Wohnung exakt achtzig Quadratmeter zu groß, dachte Susan. Ihr wurde noch kälter. Sie legte ihre Hände in den Schoß und hoffte, dass die ungepflegte Frau ihr gegenüber das Zittern ihrer Finger nicht bemerkte.

„Falls Sie ein Auto haben sollten, darf es den Wert von siebentausendfünfhundert Euro nicht übersteigen."

Wenn du wüsstest, was für ein Wagen vor der Tür steht, dachte Susan.

Die Frau bekam ihre Gesichtszüge kaum noch unter Kontrolle, so sehr schien sie die Situation zu genießen. „Wobei man sich ein Auto bei Arbeitslosengeld II ja auch gar nicht leisten kann."

„Wie hoch ist das denn?", fragte Susan mechanisch.

„Einzelpersonen stehen vierhundertneunzehn Euro monatlich zu."

Susan lachte. Der war gut. Dann sah sie die Jobberaterin an, die lachte nicht.

„Vierhundertneunzehn Euro im Monat?"

„Ja, es gab gerade eine Erhöhung. Dazu kommen Zuschüsse für Miete und Nebenkosten. Aber, wie gesagt, ihre Wohnung muss eine angemessene Größe haben."

Susan sagte nichts mehr. Der Raum um sie herum verdüsterte sich, sie bekam kaum noch Luft.

„Und Sie müssen als Leistungsempfängerin von Arbeitslosengeld II jede Arbeit annehmen, die wir Ihnen anbieten."

Wie sehr Susan das Wort *Leistungsempfängerin* im letzten Jahr zu hassen gelernt hatte.

„Und was wären das für Arbeiten?", fragte sie trotzdem und starrte auf eine halb verdorrte Topfpflanze, die auf der Fensterbank ihrem langsamen Tod entgegen durstete. Die Jobberaterin drehte sich betont langsam in ihrem Bürostuhl um und sah auf den schmuddeligen Kalender, der hinter ihr an der Wand hing. Am Hinterkopf war ihre Frisur noch schlechter geschnitten als vorne, vermutlich war der Freundin da die Lust am Schneiden bereits vergangen.

„Tja, wollen wir mal sehen, der Mai ist ja leider vorbei, damit fällt die Spargelernte aus", gluckste die Frau.

„Spargelernte?"

„Ja, da konnte ich diese Saison tatsächlich viele Hartz-IV-Kandidaten unterbringen." Der Bürostuhl schwang zurück und Susan sah in Augen, die vor Lust an der Not anderer funkelten.

„Hartz-IV?"

„Das ist der umgangssprachliche Gebrauch für Arbeitslosengeld II."

„Und was genau meinen sie mit *unterbringen?*", fragte Susan, während es in ihr zu kochen begann.

Das Doppelkinn der Jobberaterin hüpfte vergnügt.

„Die örtlichen Landwirte sind uns sehr dankbar, dass wir ihnen billige Arbeitskräfte liefern. Vor allem in Erntezeiten." Die Frau sagte das in einem Ton, als wäre sie die Verwalterin eines Gutshofes in irgendeinem historischen Roman der alleruntersten Kategorie.

Susan schwieg und starrte auf ihre Hände, während die Wut in ihr sich in ein loderndes Feuer verwandelte.

„Aber keine Sorge, Frau Feuerbach, die Kommunen haben auch immer Bedarf an billigem Humankapital. Schließlich sind die Straßen nicht durch Zauberhand so sauber in unserem Land." Die Frau gab sich jetzt keine Mühe mehr, ihre Überheblichkeit zu verbergen. Sie war die selbsterklärte Königin dieses Raumes.

Susan atmete einmal tief durch, dann stand sie ruhig auf, stützte sich mit beiden Händen auf den Schreibtisch und sah auf die Jobberaterin herab. Sie wusste, dass sie in ihrem Designerkostüm eine elegante Erscheinung darstellte. Eine Sekunde sagte Susan nichts, dann schüttelte sie tadelnd den Kopf, wie es eine Lehrerin bei einem Erstklässler tun würde. „Danke, Frau …", Susan sah auf das Schild, das gut lesbar auf dem Tisch stand, „… Lessing. Wir sitzen hier seit einer halben Stunde so überaus gemütlich und entspannt zusammen."

Das Gesicht der Jobberaterin verwandelte sich in ein Fragezeichen.

Susan lächelte mild. „Mir reicht der Eindruck, den ich von Ihnen gewonnen habe. Auf Wiedersehen." Sie wandte sich ab.

„Wie meinen Sie das denn?"

Susan drehte sich langsam zurück zu der Frau, eine Hand schon auf der Türklinke. Einen Moment schwieg sie, dann schüttelte sie wieder leicht den Kopf. „Das war eine amtsinterne Kontrolle, Frau Lessing. Wir überprüfen gerade die Kundenfreundlichkeit unseres *Humankapitals*." Die Frau wurde blass. Susan nickte verbindlich. „Sie hören von uns."

Mit geradem Rücken verließ sie den Raum. Im Flur atmete sie hörbar aus und ging schnell Richtung Ausgang.

Kaum saß Susan in ihrem Auto, brach sie in hysterisches Lachen aus. Der dicken Kuh hatte sie es gezeigt! Die hatte hoffentlich ein paar schlaflose Nächte vor sich. *Humankapital!* Das war ganz und gar unglaublich! Was für Demütigungen musste man sich in diesem Amt eigentlich bieten lassen?

In einer seltsamen Mischung aus Wut und Hochgefühl startete sie ihren BMW. Ihr Handy verband sich mit dem Bordcomputer. Die Stimme von Adele erfüllte das Innere des Autos. Nachdem Susan sich die Sonnenbrille aufgesetzt hatte, sah sie zum Arbeitsamt zurück. Die Beraterin stand am Fenster. Susan nickte verbindlich, legte einen Gang ein und brauste davon.

Als sie kurze Zeit später ihre Wohnung aufschloss, war jegliches Hochgefühl verschwunden. Sie goss sich ein Glas Wasser ein und setzte sich. Eine Bestandsaufnahme war nötig!

Doch sie konnte keinen klaren Gedanken fassen. Unruhig stand sie wieder auf und tigerte von Zimmer zu Zimmer, von Wand zu Wand. Natürlich hatte sie davon gelesen, es aber nie auf sich bezogen. Konnte es wirklich sein, dass ein Abstieg so schnell ging? Sie würde noch zwei, vielleicht drei Monate ihre Wohnung und das Auto halten können, danach war definitiv Schluss.

Aus die Maus.

Sie lachte bitter. *Aus die Maus* war in etwa so dämlich wie Julies ewiges *Tschüss. Aus. Nikolaus.*

Vielleicht sollte sie die Freundin anrufen. Ehrlich mit ihr reden, ohne diese verdammt perfekte Fassade, die sie sich in ihren diversen Jobs antrainiert hatte und einfach nicht mehr los wurde. Susan schnappte sich ihr Handy. Das begann zu läuten, gerade, als sie die Freundin anrufen wollte. Dem Display entnahm sie, dass es Julie war.

„Hast du vielleicht Lust essen zu gehen? Ich möchte etwas mit dir besprechen."

„Sehr gerne", sagte Susan ehrlich erfreut. Sie hatten sich nach dem vermaledeiten Kifferabend nicht mehr gesprochen. Susan hatte das Telefon mehr als einmal in der Hand gehabt, um sich bei Julie zu entschuldigen, aber ihr waren einfach nicht die richtigen Worte eingefallen. Nun konnte sie ihr Bedauern so in das Gespräch einbinden, dass Julie nicht mehr sauer war und sie keinen Gang nach Kanossa draus machen musste.

„Es gibt einen Landgasthof in der Nähe von Garching, von dem gerade alle schwärmen, er heißt *Zum goldenen Hirschen*."

„Nie gehört", erwiderte Susan, die lieber zum Italiener um die Ecke gegangen wäre.

„Ist gar nicht so weit mit dem Auto, soll ich dich abholen?"

„Nein, nein, ich fahre selbst. Das wäre ja ein Umweg für dich. In einer Stunde?"

„Klasse, sehr gerne."

Susan kam durch ein kleines, malerisch gelegenes Dorf. Sie drosselte die Geschwindigkeit auf die vorgeschriebenen Dreißig, ließ die Fenster runter und sah sich um. Das Dorf lag da wie ausgestorben. Was für ein Unterschied zur Hektik der Großstadt. Kurz nach dem Ortsausgangsschild lag linkerhand eine blühende Wiese. Sie war so voller Licht und Farben, dass Susan einfach halten musste. Verblüfft über die Farbenpracht stieg sie aus, überquerte die Straße und ging zu der Wiese. Sie lehnte sich an den morschen Zaun und schloss die Augen. So viele unterschiedliche Gerüche. Kräuter, Blumen, frisch gemähtes Gras, Dung. Ihre Hände fühlten die Rauheit des Holzes, die Abendsonne wärmte ihr Gesicht. In einiger Entfernung bellte ein Hund. Eine Kuh muhte. Die Sonne auf ihrer Haut fühlte sich anders an. Lebendiger. Erdiger. Echter. Sie hielt die Augen geschlossen, atmete ruhig. Alles war still.

Mein Leben muss sich ändern, dachte Susan. Ein Gedanke, der ihr so fremd war, dass er sie erschreckte. Hatte sie gar nicht das perfekte Leben, von dem sie gedacht hatte, es zu leben? Obwohl sie weiter musste, wenn sie die Freundin nicht warten lassen wollte, blieb Susan wo sie war. Dann bückte sie sich unter dem Zaun hindurch und ging auf die Wiese. Sie wusste nicht, warum sie tat, was sie tat, aber sie zog ihre Schuhe aus. Barfuß ging sie ein Stück, schloss wieder ihre Augen und spürte die Erde unter sich. Wann war sie das letzte Mal barfuß über eine Wiese gelaufen? Hatte sie das überhaupt schon einmal getan? Etwas Feuchtes setzte sich zwischen ihren Zehen fest. Susan blieb stehen und sah hinunter. Eine kleine Nacktschnecke hatte es sich zwischen ihren Zehen bequem gemacht. Sie bückte sich, pulte das glibberige Tier heraus und setzte es sanft ins Gras. Warum ekelte sie das nicht?

Hatte sie den Verstand verloren?

Regungslos stand sie da, die nackten Füße im Gras, das Gesicht der Sonne zugewandt.

Dann pflückte sie einen Strauß Blumen. Löwenzahn, Wiesenschaumkraut, Dotterblumen. Der Strauß sah aus, wie einer, den Kinder ihren Müttern pflückten. Er roch wunderbar. Susan suchte nach einer Binse. Woher kannte sie diesen Namen überhaupt? Sie fand welche, pflückte eine, band den bunten, unfassbar gut riechenden Wiesenstrauß zusammen und ging zurück. Am Auto wischte sie sich ihre Füße mit einem Tempo sauber und zog ihre Pumps wieder an. Die Blumen auf dem Beifahrersitz rochen so sehr nach Kindheit, dass sie es kaum aushalten konnte. Was hatte sie sonst noch verloren auf dem Weg, erwachsen und möglichst cool zu werden? Wirklich zu riechen? Wirklich zu sehen? Wirklich zu fühlen?

Was passierte gerade mit ihr, dass sie von einem Moment auf den anderen ihr Leben in Fragen stellte?

Zehn Minuten später schnappte Susan sich den Blumenstrauß, der schon leicht welk war und verließ ihr Auto.

Julie war schon da. Wie immer wie aus dem Ei gepellt und an dem besten Platz im Lokal sitzend. Sie strahlte sie an.

Susan, noch erfüllt von ihrem Licht-, Sonne-, Geruchserlebnis ging mit dem Blumenstrauß zur Freundin. Als sie sich umarmten begann sie zu weinen. „Die Blumen sehen Scheiße aus", sagte sie schniefend und übergab die Wiesenblumen mit einer Feierlichkeit, die ihr selbst peinlich war. „Aber immerhin selbst gepflückt."

Julie lachte und roch an den Blumen. „Hm, Kinderblumen. So welche habe ich früher meiner Mama gepflückt."

„Ich auch", schniefte Susan. Dann setzten sie sich und Julie gab der Bedienung ein Zeichen. „Ja bitte?", fragte die, nachdem sie an ihren Tisch getreten war.

„Hätten sie vielleicht eine Vase, in die ich meinen Blumenstrauß stellen könnte?" Die Bedienung, eine gertenschlanke, sehr schöne Slavin mit funkelnden Augen, blickte auf das Wiesenglück, das welkend auf dem Tisch lag, nickte kurz und verschwand.

„Ob die ihrer Mama nie Blumen gepflückt hat?", fragte Julie lachend.

Susan schnäuzte sich, nahm Puder und Spiegel aus ihrer Tasche und puderte sich die gerötete Nase wieder zu einer perfekten Maske. „Das hat sie bestimmt, aber vermutlich hat sie es vergessen."

„Alles in Ordnung mit dir?", fragte Julie mit einem besorgten Ton in der Stimme, „du bist … irgendwie komisch."

Susan grinste. „Nennen wir es *Leiden auf hohem Niveau*."

„Was ist passiert?"

„Ach nichts."

„Nun komm, raus damit."

„Eine Vase haben wir leider nicht", sagte die Bedienung und stelle einen mit Wasser gefüllten Bierkrug auf den Tisch.

„Danke, das ist perfekt."

„Haben Sie gewählt?"

„Nein, wir brauchen noch einen Moment."

„Wissen Sie denn schon, was Sie trinken wollen?"

„Nein!", zischte Julie.

Die Bedienung funkelte wild mit ihren unfassbar schönen Augen und verschwand, aufreizend mit den Hüften schwingend.

„Was für eine Diva."

„Na ja, sind wir ja auch hin und wieder, oder?"

„Hin und wieder?"

„Was ist los, Su?"

Susan seufzte und legte den Kopf auf den Tisch. „Alles soll anders werden", vertraute sie dem Tischtuch an.

„Ja klar, sonst noch was?", fragte Julie lachend.

Susan setzte sich wieder auf. „Es ist gerade alles ein bisschen verwirrend. Aber wer bin ich, mich zu beklagen? Ich meine, in unserem Land gibt es Menschen - vermutlich meist Frauen - die müssen mit vierhundert Euro im Monat klar kommen."

„Worüber redest du überhaupt, Susan?"

„Na, Hartz-IV, oder, wenn du es vornehmer nennen willst, Arbeitslosengeld II."

„Und was hat das mit uns zu tun?"

„Nichts. Hab nur kürzlich was drüber gelesen. Und da habe ich gedacht, wie schnell es doch geht, in eine ausweglose Situation zu geraten. Sozialstaat hin oder her."

„Du redest aber nicht von dir, oder?" Julie schaute sie besorgt an.

„Natürlich nicht. Ich könnte mein Auto verkaufen, eine kleinere Wohnung mieten …"

„Ich dachte, dein Auto ist geleast?"

„Das ist nur ein Beispiel. Ich habe viele Möglichkeiten. Doch was ist mit Leuten, die gerade mal so über die Runden kommen und dann in Hartz-IV rutschen? Wusstest du, dass die Spargel stechen müssen?"

„Ähm, nein, wusste ich nicht", antwortete Julie irritiert.

„Stell dir vor, du bist Akademiker und wirst unverschuldet arbeitslos. Ein Jahr geht das gut. Danach findest du dich als Spargelstecher auf dem Bauch kriechend im Acker wieder."

„Susan?"

„Das ist doch unglaublich ungerecht! Ich bin ab heute für ein bedingungsloses Grundeinkommen!"

„Susan!"

„Ja?"

„Steckst du in Schwierigkeiten?"

„Ich hatte eben eine Art Erweckungserlebnis."

„Erweckungserlebnis? Geht es vielleicht auch eine Nummer kleiner?"

„Du hast recht, sorry. Ich glaube, ich bin gerade komplett neben den Gleisen unterwegs."

„Scheint so. Die Frage ist nur, warum?"

„Ich glaube, ich mache mich selbstständig", sagte Susan, einer spontanen Idee folgend.

„Was?"

„Ich mache einen Erlebnispfad auf."

„Du machst was?" Julie sah ihre Freundin mit gro-ßen Augen an, während die Kellnerin erneut an ihren Tisch kam.

„Wir haben noch nicht gewählt", zischte Julie, „auch keine Getränke."

Beleidigt zog die Schönheit wieder ab.

„Einen Erlebnispfad", sagte Susan, „klingt schräg, ich weiß. Wann bist du das letzte Mal barfuß über eine Wiese gelaufen?"

„Ähm …"

„Wir verlieren uns", sagte Susan pathetisch, „wir verlieren unseren Bezug zur Natur. Ich möchte fast sagen, zur Welt."

„Hast du gekifft?"

„Quatsch. Ich bin so nüchtern wie noch nie."

„Wenn das so ist, woran ich, ehrlich gesagt, starke Zweifel habe, was redest du dann für ein Zeug, Su?"

„Ich bin heute Abend zu spät gekommen."

„Das bist du allerdings. Und ich bin kurz vorm Verhungern. Können wir erstmal bestellen, bevor wir weiterreden?"

„Ich bin zu spät gekommen", ließ Susan sich nicht beirren, „weil ich noch über eine Wiese laufen musste. Es war wie ein Zwang, Julie. Es hatte etwas", sie überlegte einen Moment, „etwas Ma-gisches."

„Susan, jetzt mach mal einen Punkt!"

„Das ist mein Ernst! Es gab da diese Schnecke …"

„Du bist stoned!"

„Ich habe nach dem Abend bei mir keinen einzigen Zug mehr geraucht. Ich war auf dieser Wiese und da ist etwas mit mir passiert."

„Also, ich bestelle mir was zu essen." Julie winkte der Kellnerin, bestellte eine große Saftschorle und den Fitnesssalat.

„Und die Dame?", fragte die Kellnerin an Susan gewandt.

„EinWasser."

Ohne eine weitere Nachfrage verschwand die Frau hinter der Theke.

„Willst du nichts essen?"

„Später vielleicht, ich muss unbedingt diesen Gedanken festhalten."

„Du machst mir echt Angst, Su."

„Ein Erlebnispfad. Das ist, glaube ich, eine echte Geschäftsidee."

„Ach ja?"

„Versteht doch, Julie! Der gestresste Großstadtmensch erlebt die Natur neu. Durch seine bloßen Füße - das muss man natürlich noch zu Ende denken und einen Businessplan erstellen."

„Einen Businessplan", sagte Julie grinsend, „da ist sie ja wieder, meine alte Freundin."

„Ich stelle jemanden ein, der sich mit diesem Fußreflexzonenkram auskennt. Der kann mein Angebot wissenschaftlich untermauern."

„Und wie genau soll dein Angebot aussehen?", fragte Julie, die das Gespräch eigentlich gerne auf ihre eigenen Probleme gelenkt hätte.

„Das muss ich mir noch überlegen. Aber im Grunde brauche ich nicht viel mehr als eine Wiese oder einen Park. Vielleicht würde sogar ein Kleingarten reichen. Das ist es! Ein Kleingarten! Darin brauche ich dann nur ein paar Pfade anlegen zu lassen, dem ganzen einen spirituellen Überbau geben, und fertig."

Susan sah ihre Freundin triumphierend an.

„Su, du bist im oberen Management tätig gewesen und jetzt willst du einen Kleingarten betreiben?"

„Einen ehemaligen Kleingarten, der zu einem Erlebnispfad umgebaut wurde! Mein Angebot richtet sich an Firmen", sagte Susan, glühend vor Eifer, „du kennst doch diese Managementseminare, wo man Schafe hütet oder Pferde führt …"

„Nein", erwiderte Julie kühl.

„Das ist der Megatrend gerade. Zurück zur Natur, etwas mit Tieren machen, um sich selbst besser kennenzulernen."

„Aha."

„Wirklich!" Susan nahm einen Schluck von ihrem Wasser. „Wenn ich dem Ganzen noch etwas Spirituelles dazu gebe …"

„Sagtest du schon."

„Was ist los, Julie?"

„Susan, das ist eine komplett bescheuerte Idee."

„Warum denn?"

„Weil du kein Stück spirituell bist."

„Na und?" Susan sah sie ehrlich verblüfft an.

„Du willst Leute verarschen und damit Geld verdienen?"

„Wieso verarschen?"

Julie schwieg kurz, weil ihr Salat gebracht wurde.

119

„Oh, sieht gut aus, den nehme ich auch", sagte Susan.

Die Bedienung seufzte, nickte, und ging ohne ein Wort wieder.

„Kann ja sein, dass die Küche hier gut ist, der Service ist es nicht", meinte Susan, „was für eine Schnepfe."

Julie sah ihre Freundin an. „Ich wollte eigentlich etwas mit dir besprechen, Su. Aber lass uns noch kurz deine sogenannte Businessidee zu Ende bringen."

„Gerne." Susan lehnte sich entspannt zurück.

„Du willst also einen esoterischen Trampelpfad aufmachen und Manager, die Geld dafür bezahlen, barfuß drüber laufen lassen?"

Susan lachte. „Manager, die viel Geld dafür bezahlen. Exakt."

„Mensch, Su, das ist doch die volle Verarsche. Da kannst du ja gleich bunte Armbändchen verkaufen und behaupten, die würden heilen, weil sie von irgendeinem indischen Buddha geweiht wurden."

„Auch keine schlechte Idee", meinte Susan, „ich sehe schon, das lässt sich ausbauen."

Julie seufzte. „Ich sollte dich mit Indrani bekannt machen.

„Mit wem?"

„Mit Indrani. Das ist die Frau, bei der ich den Tantrakurs gemacht habe."

Susan bekam große Augen. „Stimmt, davon hast du ja noch gar nichts erzählt. Musst du später unbedingt machen. Warum willst du mich mit dieser - wie heißt die …?"

„Indrani."

„… bekannt machen?"

„Weil die im Gegensatz zu dir an diesen Schwachsinn glaubt. Die hat ihre komplette Studienzeit in
irgendwelchen Ashrams in Indien verbracht. Mir
hat sie heute die Karten gelegt, deshalb wollte ich
auch mit dir sprechen …"

„Hast du ihre Nummer?"

„Was?"

„Na, kannst du mir ihre Nummer geben? Ich treffe
mich mal mit der. Im Augenblick kann ich jeden
Input gebrauchen, damit mein Businessplan
aufgeht."

Wenn Susan weiter nur über sich redet, stehe ich auf und gehe, dachte Julie. „Ich habe ihre Nummer."

„Toll, her damit."

„Nein."

„Was ist los, Julie?", fragte Susan verwirrt.

„Ich hatte dich angerufen, weil ich etwas mit dir besprechen wollte." Julie sah auf ihre Uhr. „Wir sind jetzt seit einer dreiviertel Stunde hier und du redest ununterbrochen nur von dir."

Susan sah sie entschuldigend an. „Tut mir wirklich leid, es sprudelte einfach so aus mir heraus, weil ich die Idee genial finde, dieser Erlebnispfad - ich brauche dafür unbedingt einen coolen Namen."

Julie stand auf. „Tschüss." Sie verkniff sich das ´Aus. Nikolaus´ gerade noch. „Du darfst bezahlen." Damit drehte sie sich um.

„Julie, warte." Susan nahm ihren Arm und zog sie zurück auf den Stuhl. „Tut mir leid, ich bin total neben den Gleisen unterwegs. Kannst du bitte bleiben?"

Seufzend setzte Julie sich wieder hin. „Woher kennst du eigentlich diese Mareike?", fragte sie etwas unverblümt.

„Was, wie kommst du denn jetzt auf die?"

„Interessiert mich einfach."

„Wir kennen uns aus dem Studium, hatten uns dann aber aus den Augen verloren. Sie war damals meine Mentorin. Als ich mit dem Studium begann, war sie schon fast fertig. Vor rund fünf Jahren sind wir uns wieder begegnet. Sie hat mich in einer anwaltlichen Angelegenheit vertreten, irgendwas in meinem damaligen Job, ich weiß es nicht mehr genau. Im Gegensatz zu mir hat sie ihr Studium durchgezogen und ist eine wahnsinnig erfolgreiche Anwältin." Susan lachte leicht gequält.

„Meinst du, sie hat das Ernst gemeint mit der WG?"

„Mit was für einer WG?"

„Als wir bei dir waren, sagte sie, man müsse das Konzept WG ganz neu denken."

„Hat sie das gesagt?"

„Hat sie. Und dann hat sie uns eingeladen, alle bei ihr einzuziehen."

Susan lachte. „Oh Mann, wir waren vielleicht zugedröhnt. Ich wollte dir noch sagen, dass es mir leid tut. Ich meine, was ich an dem Abend gesagt habe."

Julie ignorierte die halbherzige Entschuldigung.

„Ich habe gehört, dass Greta bei Mareike eingezogen ist", sagte Susan.

„Wirklich?"

„Ja, sie hat wohl keine Wohnung gefunden. Mareikes Haus ist riesig. Und jetzt, wo ihr Mann ausgezogen ist, erst recht. Ich kann mir vorstellen, dass einem da allein die Decke auf den Kopf fällt."

„Hm."

„Sag mal, Julie, warum fragst du mich das alles?"

„Ich denke über eine räumliche Veränderung nach."

„Du? Deine Wohnung ist doch toll."

„Nur vorübergehend."

„Vorübergehend? Versteh ich nicht."

Julie sah ihre Freundin ernst an. „Florian bockt derzeit massiv rum."

„Das ist nun wirklich nichts Neues."

„In dem Maß schon. Und diese Indrani hat mich auf eine Idee gebracht."

„Erzähl! Aber nicht vergessen, mir später noch die Nummer von dieser Esotante zu geben."

„Warum soll ich mich eigentlich als Einzige um den ganzen Pubertätsscheiß meines Sohnes kümmern?", fragte Julie herausfordernd.

„Was genau ist dein Plan?"

„Ich ziehe aus und Flos Vater zieht ein."

Susan zog scharf die Luft ein. „Das ist allerdings - kühn. Die beiden kennen sich doch kaum."

„Darin kann ja auch eine Chance liegen, oder?", fragte Julie mit unsicherem Unterton in der Stimme.

„Vielleicht", entgegnete Susan, die nicht den blassesten Schimmer von Kindererziehung hatte. „Du hast doch immer gesagt, dass der Typ sich überhaupt nicht für Flo interessiert."

„Dann wird *der Typ* das ab jetzt lernen müssen."

„Und diese Esotante hat dich auf die Idee gebracht, Flo bei seinem Erzeuger zu parken?"

„Wieso parken?", fragte Julie und schnäuzte sich die Nase. „Ich will, dass er sich um Florian kümmert. Mir sind nämlich die Ideen ausgegangen, wie ich diesen schweigsamen, verstockten Jungen wieder zu dem lieben, schmusigen Flo machen kann, der er mal war."

„Du meinst das ernst, oder?"

Julie zuckte mit den Schultern. „Wie gesagt, ich bin mit meinem Latein am Ende - und bevor ich Flo an die Wand nagele", grinste sie.

„Ich dachte, dieser Philipp *is always on the run* und kann sich gar nicht wirklich kümmern", meinte Susan skeptisch.

„Hat er gesagt und es sich damit sehr einfach gemacht, finde ich. Aber damit ist jetzt Schluss." Julie schlug energisch auf die Tischplatte. „Meinst du, du könntest mal vorsichtig bei Mareike anfragen, ob sie die WG-Idee ernst gemeint hat?"

„Ich weiß nicht."

„Danke, dass ist echt super von dir. Wenn sie nein sagt, gehe ich in ein Hotel."

„Wie willst du Philipp denn dazu bringen, bei dir einzuziehen? Ich meine, du kannst ihn ja schlecht mit vorgehaltener Waffe in deine Wohnung zwingen."

„Da fällt mir schon was ein. Zunächst brauche ich eine neue Bleibe. Also, wann fragst du Mareike?"

„Ich kann sie morgen mal anrufen."

„Toll. Dann mach das bitte."

Susan sah sie skeptisch an.

„Und wenn ich erstmal ein neues Zuhause habe, dann schreibe ich einen Artikel über deinen Erlebnispark", grinste Julie. „Ich würde ihn übrigens *Footadventure* nennen."

Mareikes Handy klingelte, gerade als sie auf der Stadtautobahn nach Hause fuhr und sich überlegte, wie sie einem weiteren *Greta-Abend* entgehen könnte.

Auf dem Display des Bordcomputers sah sie, dass es Karsten war. Für eine Sekunde setzte ihr Herz aus, um kurz darauf wie wild gegen ihre Brust zu hämmern. Wie albern, dachte sie, während sie das Gespräch annahm. „Hallo Karsten", meldete sie sich kühl.

„Hallo Mareike."

Sie schwieg und hörte ihm beim Atmen zu.

„Wie geht es dir?", fragte Karsten nach einer Weile mit sanfter Stimme.

„Gut, danke", antwortete sie nüchtern, „du, es kann sein, dass das Gespräch gleich weg ist, ich bin im Auto."

„Feierabend?"

„Ähm, ja."

„Lust, irgendwo einen Happen essen zu gehen?"

Mareike war für eine Sekunde aus dem Konzept. Ihr Mann hatte sich seit seinem Auszug nicht mehr bei ihr gemeldet. Von zwei, drei WhatsApp-Nachrichten abgesehen, die sich alle um organisatorische Fragen den Auszug betreffend gedreht hatten.

„Weiß ich nicht", antwortete sie wahrheitsgemäß.

„Es gibt ein neues Wirtshaus in Pasing, das sensationell sein soll, ich lade dich ein", sagte Karsten und Mareike meinte, Unsicherheit in seiner Stimme zu hören.

„Warum?"

„Warum was?", antwortete er lachend.

„Warum willst du dich mit mir treffen?"

„Ähm, nur so."

„Also gut, aber ich muss vorher nach Hause."

„Ich hole dich gegen acht ab, passt das?"

Sie sah schnell auf die Uhr, es war erst kurz vor sechs. „Alles klar, dann bis acht. Hupe einfach kurz, ich komme raus."

„Ich darf wohl nicht mehr in unser Haus?"

„Sei nicht albern, Karsten!"

„Ich hupe – und freu mich. Bis später."

Sie hatte das Gespräch kaum beendet, da klingelte ihr Handy wieder. Ohne auf das das Display zu schauen, nahm sie das Gespräch an. „Was gibt es denn noch?"

„Na, das ist ja mal eine Begrüßung."

Mareike sah auf das Display. „Oh, Su, sorry, ich dachte, es wäre jemand anderes. Karsten hatte mich gerade angerufen."

„Ach nee."

Mareike hörte die Neugier in der Stimme der Freundin, reagierte aber nicht darauf. „Wie geht's dir?"

„Mir geht es prima, ich werde mich selbstständig machen", sprudelte Susan los. „Mit einem Adventurepark. Footadventure, um genau zu sein. Die Idee ist mir gestern gekommen und ich glaube, das wird der Hammer. Es geht um Folgendes: Ich pachte ein Grundstück, lasse es als Barfuß-

Erlebnis-Park herrichten und nehme Geld dafür, dass Menschen da durchgehen. Genial, oder?"

„Gibt es schon."

Am anderen Ende der Leitung wurde es still.

„Nennt sich Achtsamkeitspfad, oder so. Irgendwo in Bogenhausen", ergänzte Mareike.

„Du verarscht mich, oder?"

„Tut mir leid, Su, leider gibt es den wirklich. Ich habe allerdings keine Ahnung, wie das ganze läuft, hab nur in der Zeitung drüber gelesen. Solltest du dir auf jeden Fall ansehen, wenn du etwas Ähnliches machen willst."

„Aber das ist doch meine Idee!"

Mareike seufzte.

„Das war meine Idee, verdammt!"

„Sieh es als Chance, Su. Wenn das Ding in Bogenhausen gut laufen sollte, verträgt es vielleicht einen zweiten Adventure … dings, oder wie du es nennst. Es gibt in Deutschland ja auch mehrere Klettergärten."

Sie hörte Susan tief durchatmen. „In Bogenhausen, sagtest du?"

„Ja, mehr weiß ich auch nicht."

„Schau ich mir gleich morgen an."

„Hast du mich deshalb angerufen?", fragte Mareike, die gerade die Einfahrt zu ihrem Haus hochfuhr. Im Garten lag Greta in einem Liegestuhl und las. Macht die eigentlich auch mal was anderes?

„Ich muss das Ding in Bogenhausen mal im Internet recherchieren. Vielleicht kann ich es ja jetzt gleich besichtigen."

„Ich wünsche dir viel Erfolg mit deinem *Adventure.*"
Mareike lachte. „Wenn du Hilfe mit irgendwelchen
Verträgen brauchst, ruf mich an."
„Danke, das mache ich. Bogenhausen, tttsss, dabei
war das doch meine Idee."
Als Mareike den Weg zur Eingangstür hinauf ging,
kam Greta ihr strahlend entgegen. „Ich habe
eingekauft", rief sie schon von weitem.
Super, dachte Mareike.
„Ich koche heute Abend für uns zwei Hübschen!"
Mareike seufzte. „Das ist wirklich nett, Greta, aber
ich bin heute Abend gar nicht da."
„Was? Wieso nicht?" Greta machte ein Gesicht, als
hätte ein Lover sie versetzt.
Mareike stellte ihre Tasche auf die Teakbank, die,
gerahmt von zwei schweren Hortensienkübeln,
neben der Eingangstür stand, schlüpfte aus ihren
Pumps und genoss die Kühle des Steinbodens
unter ihren Füssen. Dann setzte sie sich auf die
Bank und sah ihre Freundin an. „Sei mir nicht
böse, Greta, aber dass du übergangsweise hier
wohnst, bedeutet nicht, dass ich dir über jeden
meiner Schritte Rechenschaft abzulegen habe."
„Übergangsweise? Wie meinst du das denn?"
Mareike zupfte ein welkes Hortensienblatt von
einem Strauch. Sie würde später noch gießen
müssen. „Na, ich habe dir übergangsweise ein
Zimmer zur Verfügung gestellt, weil du auf die
Schnelle keine Wohnung gefunden hast."
Und wir haben bisher nicht über Miete geredet,
fügte sie in Gedanken hinzu.

„Quatsch, Rike, du wolltest eine Wohngemein-schaft ins Leben rufen. Ich bin der Anfang davon."

„Greta, wir sind fast fünfzig!"

„Ich bin gerade mal Anfang vierzig", kam es aufmüpfig zurück, „aber egal, du wolltest das Experiment wagen und ich habe mich darauf einge-lassen. Da kannst du mich jetzt nicht plötzlich zur Untermieterin degradieren."

„Was redest du denn?", fragte Mareike verblüfft.

„Ich bin in die Bresche gesprungen, als du mich für dein Experiment brauchtest", entgegnete Greta und sah Mareike selbstbewusst an, „außerdem gibt es etwas zu feiern. Deshalb werde ich für uns kochen."

„Das denkst du nicht wirklich, oder?" Mareike war zu überrascht, um entrüstet zu sein.

„Was denn?"

„Dass *du* für *mich* in die Bresche gesprungen bist?"

„Na klar, und die Idee ist doch auch toll. Frauen in unserem Alter brauchen die Unterstützung von Freundinnen."

„Ich werde jetzt duschen und danach bin ich verabredet", sagte Mareike, bemüht, ihren Ärger zu unterdrücken. Dann stand sie auf und ging durch den Flur zur Treppe. In der oberen Etage befanden sich vier Schlafzimmer und zwei Bäder. Zum Glück musste Mareike sich kein Bad mit Greta teilen.

Im Schlafzimmer suchte sie nach frischer Unter-wäsche, kam sich selbst bescheuert dabei vor, möglichst schöne auszuwählen, und ging in ihr Bad. Die heiße Dusche spülte die Anspannung des Arbeitstages fort und ein leichtes Kribbeln in der

Magengegend machte ihr klar, dass sie sich auf das Wiedersehen mit Karsten freute. Um das ´Greta-problem´ würde sie sich später kümmern. Nachdem sie ein sorgfältiges Make-up aufgelegt hatte, ging sie in ihr Schlafzimmer und warf sich aufs Bett. Sie hatte noch Zeit und wollte sich etwas ausruhen. Ihr Handy klingelte in ihrer Tasche. Verdammt! Ärgerlich stand sie auf, schnappte sich das Telefon, nahm das Gespräch an und ließ sie zurück auf das Bett fallen.

Es war Susan. „Ich habe vorhin was vergessen. Du erinnerst dich doch an Julie, oder?"

„Die hübsche Journalistin?"

„Ich bin übrigens gerade in Bogenhausen an dem sogenannten Achtsamkeitspfad vorbeigefahren. Tote Hose, sag ich dir. Das muss man ganz anders aufziehen."

„Aha."

„Das Ganze braucht zunächst mal einen Businessplan, nur mit einem guten Businessplan bekommst du die Geldgeber ins Boot, da werde ich gleich morgen …"

„Susan, sei mir nicht böse, aber ich habe gerade kaum Zeit."

„Ach so, sorry, etwa Karsten?"

„Also, was hattest du vergessen?", ignorierte Mareike ihre Frage.

„Julie bräuchte übergangsweise eine Bleibe und du hast an dem Abend bei mir von einer WG in deinem Haus gesprochen. Ich habe gehört, Greta ist schon eingezogen?"

„Greta wohnt übergangsweise hier!"

„Für Julie wäre es auch nur übergangsweise, wenn ich das richtig verstanden habe. Du weißt, wie schwer es ist, in München eine Wohnung zu finden."

„Hat sie keine?"

„Doch, aber da will sie raus - wegen Florian, ihrem Sohn. Bei dir ist so viel Platz, Mareike."

„Das vergisst du bitte ganz schnell wieder. Für diese Art von Experimenten bin ich wirklich zu alt."

„Mit Greta klappt es aber, oder?"

Mareike überlegte einen Moment. Greta war ihre beste Freundin, sie mussten vermutlich im Zusammenleben nur noch das richtige Maß an Nähe und Distanz finden. „Ja, mit Greta ist alles gut."

„Siehst du, Julie würde gar nicht weiter auffallen."

Unten hupte ein Auto. „Susan, ich muss jetzt Schluss machen, okay?"

„Und was soll ich Julie sagen?"

Ich bin noch nicht mal angezogen, dachte Mareike. Es hupte wieder. Greta klopfte an die Tür. „Da ist ein Auto in der Einfahrt, Rike", rief sie, „ich glaube, es ist Karsten."

„Komme sofort", erwiderte Mareike im Rufton. „Du, ich muss auflegen."

„Dann sage ich ihr, dass sie dich anrufen soll, oder?"

Es hupte erneut. „Ja", sagte Mareike und beendete das Gespräch.

$\mathcal{P}$hillip trug Outdoor-Kleidung, wie man sie auf einer wichtigen Mission irgendwo im Vorderen Orient tragen würde. Sie fand, dass er gut aussah.

„Hallo", sagte Julie.

„Hi." Er lächelte, stand auf und gab ihr einen Kuss auf die Wange. Sie registrierte erst sein herbes Parfüm, dann die Fältchen um seine Augen.

Nachdem sie sich gesetzt hatten, wählten sie das Essen aus. Ein Steak mit Pommes für ihn, Salat für sie. Was für ein billiges Klischee, dachte Julie, während der Kellner die Speisekarten entgegennahm und mit dem Tablett in der Hand in die Küche ging. Wobei ein leicht tänzelnder Gang vermuten ließ, dass er seinem eigenen Geschlecht zugeneigter war, als dem weiblichen.

Julie atmete tief durch, um ihre Aufgeregtheit unter Kontrolle zu bekommen, dann sah sie Philipp in die Augen. „Ich wollte dich sprechen, weil es Probleme mit Florian gibt."

„Es ist hoffentlich nichts Ernstes? Ich meine, Flo ist nicht krank, oder so?"

„Krank ist er nicht."

Sie sah Philipp erleichtert ausatmen.

„Er ist schwierig."

„Sind das nicht alle Kinder in dem Alter?", fragte er lächelnd. Er war sichtlich erleichtert. Warum? Weil damit das Problem für ihn erledigt war?

„Es ist schwerwiegender, Philipp. Florian geht nicht mehr regelmäßig zur Schule."

„Dann musst du ihn dazu zwingen! Er ist doch erst …?"

Julie holte tief Luft. „Er ist vierzehn."

„Ja, stimmt."

„Zu jung, um allein zu entscheiden, ob er zur Schule gehen will oder nicht", meinte Phillip.

„Das darfst du ihm sehr gerne mal klarmachen."

Der Kellner brachte die Getränke. Julie bemerkte seine mit Klarlack lackierten Fingernägel, während er die Gläser vor ihnen abstellte. Dabei sah er Philipp eine Idee zu lange an.

„Du hast heute Nacht Chancen", scherzte Julie, bemüht, der Situation etwas Leichtigkeit zu geben.

„Wovon redest du?"

„Na, von dem Kellner." Sie grinste Philipp an und zwinkerte.

„Julie, bitte sei nicht albern."

„Okay, lassen wir die Scherze und kommen zum Thema. Florian ist schwierig und braucht eine starke Hand. Ich möchte, dass du dich mehr um ihn kümmerst."

Philipp wurde blass und trank einen Schluck von seinem Kristallweizen. Die darauf schwimmende Zitronenscheibe fiel ihm auf die Nase und hinterließ einen feuchten Abdruck.

„Du weißt ja, dass ich nur wenig Zeit …"

„Du wirst dir die Zeit nehmen müssen, Philipp."

„Aber warum kommst du gerade jetzt damit?", fragte er leicht genervt.

„Unser Sohn braucht eine starke Hand."

„Unser Sohn, wie sich das anhört."

„Wie denn?", fragte Julie scharf.

„Du weißt doch ganz genau, dass ich das nicht wollte. Ein Kind und so."

„Wie praktisch für dich", zischte sie.

„Ich kann doch nichts dafür, dass du damals …"

„Das ich damals was?" Sie war laut geworden.

Der Kellner kam tänzelnd an ihren Tisch. „Alles in Ordnung bei Ihnen?", fragte er in näselndem Ton und sah dabei nur Philipp an.

„Ja, danke!", fauchte Julie.

Der Kellner zog wieder ab.

„Nun lass doch deine schlechte Laune nicht an dem armen Mann aus." Philipp lehnte sich zurück, grinste und trank einen Schluck Bier.

Julie zwang sich zur Ruhe und dachte an die Karte von Indrani.

Lege deine Aufgaben vertrauensvoll in andere Hände.

„Wer sagt dir denn, dass ich das wollte?"

„Dass du was wolltest?", fragte er verwirrt.

„Wer sagt denn, dass ich ein Kind wollte?"

„Wolltest du doch, oder etwa nicht?" Er zupfte nervös an der Serviette herum.

„Ich habe es nicht übers Herz gebracht, dir deinen Sohn einfach in einem Weidenkörbchen vor die Tür zu stellen", sagte sie ruhig und schickte ein Gebet gen Himmel, dass man ihr diese Lüge verzeihen möge.

„Du machst Witze."

„Mache ich das?"

Er zuckte mit den Schultern.

Julie wusste, dass nun der richtige Zeitpunkt gekommen war. Er zeigte ihr seine ungeschützte Flanke, sie musste nur noch den Dolchstoß präzise ansetzen. „Wir haben ein gemeinsames Kind, Philipp. Und du bist in dem Szenario der Teil, der bisher das unglaubliche Glück hatte, sich nicht kümmern zu müssen."

„Na ja, ich sehe ihn ja manchmal …"

„Wie oft?"

„Einmal im Monat, schätze ich?"

„Das letzte Mal wart ihr vor drei Monaten verabredet. Und du hast kurz vorher abgesagt." Sie lächelte, fast tat er ihr ein bisschen leid.

„Und damit ist jetzt Schluss", setzte sie nach.

„Wie meinst du das?" Er fummelte weiter an der Serviette herum, die schon aussah wie ein zerrupftes Huhn.

„Ich meine damit, dass ich von dir verlange, dass du dich um deinen Sohn kümmerst."

„Ich kann Flo in den nächsten Tagen mal anrufen." Philipp sah hilfesuchend zu dem Kellner, der ihm seine Hilfe verweigerte.

Julie schwieg einen Moment, weil sie glaubte, dass Philipp ihre Forderungen erst mal sacken lassen musste.

„Das Steak für den Herrn", sagte der Kellner und stellte einen Teller mit einem unfassbar großen Steak und einer Wagenladung Pommes vor Philipp auf den Tisch. „Und für die Dame den Salat", ergänzte er und pfefferte ihr den Teller vor die

Nase. Fast wäre ein Salatblatt auf dem Tischtuch gelandet.

„Sehr freundlich", entgegnete sie genervt.

Nachdem der Kellner wieder verschwunden war, deutete sie auf Philipps Teller „Das schaffst du doch nie!"

Er zuckte mit den Achseln und begann zu essen. Julie nahm ebenfalls ihr Besteck. „Was willst du ihm denn sagen?"

„Wem?" Philipp blickte sie überrascht an, ganz in sein Essen vertieft.

Julie zählte kurz bis drei, damit der Vulkan, der in ihr brodelte, nicht zum Ausbruch kam. „Deinem Sohn!"

„Wie das klingt, deinem Sohn", entgegnete er kauend.

„Wie klingt es denn?"

„So – fremd."

„Du wirst dich dran gewöhnen."

Philipp legte sein Besteck neben den Teller und sah sie an. „Wir kennen uns viel zu wenig, Florian und ich."

„Das stimmt leider, aber das muss sich ändern, Philipp." Julie blieb äußerlich ruhig, auch wenn alles in ihr danach verlangte, die ganz große Szene hinzulegen. Der Kellner hätte vermutlich seinen Spaß – und würde sich dabei ausmalen, wie er später den armen Mann, der unter dieser Furie zu leiden hatte, trösten könnte.

„Ich verspreche dir, dass ich Florian anrufen werde, bevor ich nach Pakistan fliege."

„Du fliegst nach Pakistan?" Das passte ganz und gar nicht in ihren Plan.

„Ja, in zwei Wochen. Eine längere Reportage."

„Aha." Sie schwieg und stocherte in ihrem Salat herum. Scheiße, dachte sie. Dann brauchte sie wohl einen Plan B.

„Stimmt was nicht mit dem Essen", fragte der Kellner, der sich hinterlistig angeschlichen hatte.

„Alles in Ordnung", antwortete sie mechanisch.

„Das Steak ist so zart, wie der Herr es sich wünscht", fragte er Philipp mit einem anzüglichen Zwinkern.

„Es ist gut, danke", erwiderte der kühl.

„Was willst du Flo sagen, wenn du ihn anrufst?"

„Ich werde ihm sagen, dass er regelmäßig zur Schule zu gehen hat."

Julie lachte bitter. „Philipp! Du glaubst doch nicht im Ernst, dass du Florian einmal anrufst, ihm einen väterlichen Rat gibst, und danach geht der Junge ohne zu murren wieder zur Schule?"

„Was wäre denn dein Vorschlag?"

„Ich habe keinen Vorschlag. Schon gar kein Patentrezept. Denn wenn ich es hätte, würde ich es anwenden." Für Sekunden kam sie sich ungerecht vor. Immerhin hatte sie Florian allein aufgezogen, weil sie es so gewollt hatte. Und weil das Geld ihrer Mutter es ihr ermöglichte. „Mit einem Telefonat bewirkst du gar nichts. Ich würde sogar vermuten, dass Florian nicht mit dir sprechen wird."

„Warum sollte er nicht mit mir sprechen?"

Julie zwang sich zur Ruhe. Der Mann kannte seinen Sohn kaum. Er hatte keine Ahnung, wie Jungens in den Alter sein konnten. „Ich wohne mit Flo zusammen, seit er auf der Welt ist", sagte sie.

„Das weiß ich."

„Und er redet nicht mehr mit mir."

„Übertreibst du da nicht etwas?"

„Flo hat seit mehr als zwei Wochen keinen Ton mit mir gesprochen."

„Warum denn nicht?"

„Ich weiß es doch nicht", sagte Julie und war den Tränen nahe. „Deshalb brauche ich deine Hilfe."

„Aber was soll ich schon … "

„Ich wollte, dass Florian zu einem Psychologen geht."

„Das ist eine super Idee." Philipp sah sie erleichtert an. „Ich kann auch die Hälfte der Kosten …"

„Er geht aber nicht."

„Wieso denn nicht?"

„Philipp! Hörst du mir überhaupt zu? Ich gehe in das Zimmer meines - unseres - Sohnes und frage ihn irgendwas. Zum Beispiel: was möchtest du essen? - Schweigen. Oder: Warst du heute in der Schule? - Schweigen. Oder: Willst du vielleicht mal mit jemand anderem reden? - Schweigen."

„Das ist allerdings …"

„Was?"

„Ich weiß nicht, seltsam?"

„Gelinde gesagt ist das mehr als seltsam." Julie begann zu weinen. „Ich weiß einfach nicht mehr, was ich mit dem Jungen machen soll."

„Verstehe."

Sie hatte das Gefühl, dass er wirklich ein kleines bisschen verstand.

Indrani hatte sich das Wiegen stets verboten, wenn sie mit ihrem Körper nicht vollständig im Einklang war. Genau, wie einen näheren Blick in den großen Wandspiegel, der in ihrem Flur hing. Nur war sie gerade unvorsichtigerweise nackt an dem Spiegel vorbei gegangen. Wenn sie Glück hatte, war es der unvorteilhafte Lichteinfall gewesen, der ihren Körper so fett hatte wirken lassen. Vorsichtig tippte sie mit einem Zeh die verstaubte Waage an, das Display leuchtete auf. Sollte sie oder sollte sie nicht? Sie schloss kurz die Augen und suchte nach ihrer Mitte. Sie fand nichts. Was, verdammt noch mal, war nur los mit ihr? Wo war das leuchtende Kind geblieben, das in ihr gewohnt hatte? Wieso fühlte sie sich in letzter Zeit so unausgeglichen? Obwohl sie ihre Meditationsübungen machte wie eh und je? Indrani sah auf die Waage, das Display war wieder schwarz geworden. Sie tippte noch einmal mit dem Zeh drauf. Dann holte sie kurz Luft, stellte sich schnell hinauf – und sah an die Wand. Sie könnte wieder runter steigen, ohne sich der Zahl, die unter ihrem nicht unerheblichen Bauch wie ein kleines, gemeines Raubtier lauerte, zu stellen. Sie sah auf das Display und lachte auf. Das konnte nun wirklich nicht sein! Sie stieg runter, stellte sich wieder drauf und starrte verwirrt auf die Zahl, die gehässig zwischen ihren Füssen leuchtete.

Dann setzte sie sich auf den Badewannenrand und sah an sich hinunter. Wann war dieser wabbelige Bauch bei ihr eingezogen? Schwerfällig ging sie in den Flur und stellte sich vor den Spiegel, der sie mit einer gnadenlosen Wahrheit konfrontierte. Die fetten Schenkel konnten unmöglich zu ihr gehören. Und dieser Hintern! Was war nur mit ihr geschehen? Indrani hatte keine Erklärung, wusste aber schlagartig, dass sich etwas ändern musste. Vielleicht könnte sie ein Wochenendseminar bei einem deutschen Guru einlegen, wenn sie schon nicht nach Indien fliegen konnte. Nachdem sie angezogen war, setzte sie sich an den Computer und durchstöberte die Meditationsangebote in der Nähe. Wie erwartet gab es nichts, was sie noch weiterbringen könnte. Nachdem sie den Suchradius erweitert hatte, stieß sie auf ein, von buddhistischen Frauen geleitetes Kloster in der Eifel. Ganz schön weit weg. Es gab dort ein Fastenretreat. Das könnte vielleicht etwas sein, das sie wieder in Einklang mit sich und ihrem Körper bringen würde. Ein Blick auf ihren Wandkalender zeigte, dass sie an dem Seminarwochenende frei hatte. Erleichtert meldete sie sich an, klappte ihren Laptop zu und wollte sich gerade etwas zu essen machen, als ihr Handy klingelte. Sie sah auf das Display, die Nummer war ihr unbekannt.

„Indrani", meldete sie sich. Am anderen Ende der Leitung blieb es einen Augenblick still, dann hörte sie ein leises Hüsteln. „Hallo?", fragte sie nach.

„Hallo. Bitte entschuldigen Sie die Störung, mein Name ist Susan Feuerbach."

„Ja?"

„Julie Morgenstern hat mir Ihre Nummer gegeben."

„Aha." Indrani konnte es gar nicht leiden, wenn jemand ihre Nummer ungefragt weitergab. Hoffentlich ging es nicht um Julies Gör.

„Ich habe ein Geschäftsmodell entwickelt, bei dem ich eventuell ihre Hilfe in Anspruch nehmen möchte."

„Was denn für ein Geschäftsmodell?", fragte Indrani misstrauisch. Vermutlich wollte die Frau ihr irgendwas verkaufen. Sie würde ein ernstes Wörtchen mit Julie reden. Ihre Nummer einfach weiterzugeben, ging gar nicht.

„Es geht um etwas Spirituelles."

„Aha."

„Störe ich Sie gerade?"

„Nein, nein."

„Ich würde mich sehr gerne mit Ihnen treffen. Julie sagte mir, dass Sie möglicherweise eine gute Beraterin für meinen Businessplan wären."

„Businessplan?"

„Selbstverständlich würde ich Sie für Ihre Leistungen bezahlen."

Indrani dachte nach. Julie war ihr eigentlich ganz vernünftig vorgekommen. Die würde sicher niemandem ihre Nummer geben, der es nicht gut mit ihr meinte. „Wie war dein Name?", fragte sie.

„Mein Name ist Susan Feuerbach. Ich bin, wie gesagt, eine Freundin von Julie Morgenstern."

„Worum geht es genau?"

„Sollen wir uns vielleicht zum Lunch treffen? Dann könnte ich es Ihnen erklären."

Indrani war verwirrt. Was war noch mal ein Lunch? Mittagessen? Abendessen? „Ähm … warum nicht?"

„Wann würde es Ihnen passen?"

„Mach einfach einen Vorschlag", entgegnete sie. Ob das wirklich eine gute Idee war, sich mit dieser Frau zu einem *Lunch* zu treffen? Sie machte den Eindruck, als wäre sie meilenweit entfernter von ihrer Mitte, als Indrani es im Augenblick war.

„Für mich ist das Projekt recht dringend. Es passt nicht zufällig heute für Sie?"

„Ähm, weiß nicht …"

„Wir könnten uns gegen eins bei *Mario* treffen. Natürlich auf meine Kosten."

„Mario?"

„Das ist dieses kleine Bistro am Stachus, das vor zwei Monaten eröffnet hat."

„Ach so, ja." Indrani hielt sich fast nie in der Innenstadt auf - und am Stachus, diesem Touristenmoloch, schon gar nicht.

„Also, das kommt jetzt sehr plötzlich …"

„Ich weiß, es tut mir leid. Wenn es für Sie morgen besser passen sollte …"

„Ob heute oder morgen ist eigentlich egal."

„Wunderbar. Dann wäre ich für heute", entgegnete die Frau, die sich Susan nannte, lachend.

„Also gut, ich bin um eins dort."

Nachdem sie das Gespräch beendet hatten, fragte Indrani sich, ob sie noch alle Gläser im Regal hatte. Was, bitteschön, hatte sie am Stachus zu suchen?

Bei *Mario*? Mit einer Freundin von Julie? Vermutlich war die auch so tussenhaft drauf. Und sie würde sich vorkommen, wie ein Schaf, das gerade zum ersten Mal die Alpen runtergeklettert war. Indrani stellte sich wieder vor den großen Wandspiegel im Flur. Angezogen ging es eigentlich, fand sie.

Hoffentlich ist das nicht die, dachte Susan, während sie eine dicke, schlecht gekleidete Frau dabei beobachtete, wie sie ihr Fahrrad an einen Laternenpfahl lehnte und sich umständlich mit einem Schloss abmühte, dass sich einfach nicht um den Pfahl wickeln lassen wollte. Julie hatte ihr erzählt, dass Indrani nicht gerade dem entsprach, was sie beide als attraktiv bezeichnet hätten. Aber die kann das unmöglich sein, dachte Susan, während die Frau direkt auf das Bistro zusteuerte. Oje, sie war es!

Die Tür ging auf, die Dicke betrat den Raum und sah sich suchend um. Susan erhob sich, bemühte sich um ein Lächeln und winkte.

„Hallo, du bist Susan?", fragte Indrani mit einem freundlichen Lächeln.

„Das bin ich, bitte nehmen Sie doch Platz."

„Indrani", sagte Indrani und ließ sich schwer auf den Bistrostuhl fallen.

„Hallo", sagte Susan unbehaglich, „danke, dass Sie es so kurzfristig einrichten konnten."

Indrani sah sie amüsiert an. „Sag mal, können wir uns nicht duzen?"

„Ähm, ja klar, natürlich. Danke, dass du es so kurzfristig einrichten konntest."

„Kein Problem", sagte Indrani und schnappte sich die Speisekarte, „was isst man hier denn so?"

„Die Salate sind alle sehr gut." Susan sah der Frau ihr gegenüber dabei zu, wie sie gedankenversunken die Speisekarte studierte und dabei eine rotbraune Locke um ihren Finger wickelte.

„Also, worum geht es?", fragte Indrani, nachdem sie bestellt hatten.

„Ich will mich selbstständig machen. Mit einem Footadventure."

„Mit Fußpflege?"

„Nein, nein", entgegnete Susan schnell, „ich will einen spirituellen Barfußpfad eröffnen."

„Aha." Indrani sah sie neugierig an.

„Und für das Spirituelle benötige ich noch etwas Beratung."

Indrani legte den Kopf schräg. „Wir landen alle als spirituelle Wesen auf dieser Welt, doch die wenigsten kommen ihrem Inneren näher. Zumindest in der westlichen Welt."

Susan nickte. „Deshalb sitzen wir hier."

„Wo stehst du denn?", fragte Indrani.

„Wo ich stehe? Wie meinen Sie ... ähm ... wie meinst du das?"

„Welche spirituelle Stufe hast du bisher erreicht?"

„Ich?", Susann lachte, „ich bin eine mit beiden Beinen fest auf dem Boden der Tatsachen stehende Atheistin."

„Aber du sprachst doch von einem *spirituellen* Barfußpfad."

„Das ist eine Geschäftsidee. Du kennst vielleicht diese Managementseminare mit Schafen oder Pferden?"

„Was soll das denn sein?"

„Manager werden aus ihrer gewohnten Umgebung - also den Chefetagen dieser Welt - herausgeholt, um etwas ganz anderes zu tun. Zum Beispiel Schafe hüten oder ein Pferd führen."

„Und wozu soll das gut sein?"

„Ich habe das mal in einem Film gesehen. Manager hüten Schafe und erfahren dabei etwas über ihre Führungsqualitäten."

Indrani lachte herzlich, wobei das Wippen ihres Bauches Susan unangenehm an die Frau aus dem Arbeitsamt erinnerte.

„Es klingt vielleicht ungewöhnlich, es scheint aber tatsächlich eine interessante Erfahrung zu sein."

Als Indrani darauf nichts sagte, ergänzte Susan „und mein spiritueller Barfußpfad setzt genau dort an."

„Wo genau setzt er an?", fragte Indrani und Susan meinte, ein leichtes Blitzen in deren Augen wahr zu nehmen. Sie schien langsam zu begreifen, worum es ging.

„Ich richte mein Angebot speziell an das mittlere und obere Management, damit auch Geld damit verdient werden kann."

„Was genau ist dein Angebot?"

„Barfuß gehen", sagte Susan selbstbewusst.

Indrani sagte nichts.

„Zum Beispiel in einem Wald oder Park. Der gestresste Manager geht barfuß über Moos und erfährt dabei etwas über sich."

„Verstehe", meinte Indrani und sah Richtung Küche, „dauert ganz schön lange mit dem Essen."

„Dafür ist es köstlich."

„Eine Frage hätte ich zu deiner Geschäftsidee noch."

„Ja?"

„Warum machst du nicht das Ding mit den Schafen?"

„Ich? Ich habe keine Ahnung von Schafen."

„Oder das mit den Pferden?"

„Mit Pferden kenne ich mich auch nicht aus."

„Soso", meinte Indrani, lehnte sich zurück und verschränkte die Arme über der Brust.

Susan sah sie fragend an.

„Und wieso glaubst du, dass du etwas Spirituelles machen könntest? Wo du dich damit auch nicht auskennst?"

„Aber das ist doch ganz was anderes."

„Warum?"

„Na ja, ich dachte, wenn man da zum Beispiel so ein paar Traumfänger, oder wie die Dinger heißen, aufhängt …"

Indrani lachte schallend. „Das ist die dämlichste Geschäftsidee, von der ich je gehört habe."

„Ach ja?", schnappte Susan, „und warum, wenn ich fragen darf?"

„Eine Frau, die sich selbst als Atheistin bezeichnet, eröffnet einen spirituellen Pfad", sagte Indrani, „das ist so, als würde ein Bäcker sich mit einer Zahnarztpraxis selbstständig machen."

Susan sah ihr kalt in die Augen. „Du schreibst doch auch Bücher mit so wohlklingenden Titeln wie ´Durch Meditation zur Traumfigur´", entgegnete sie, während ihr Blick nach unten glitt und an Indranis üppigem Bauch hängen blieb.

Die blickte gelassen zurück. „Ich habe mal an einem Seminar teilgenommen. Es ging um meditatives Gehen und was man dabei über sich selbst erfährt."

Susan setzte sich auf. „Genau diese Erfahrungen brauche ich. Erzähl!"

Indrani lächelte. „Das war in einem Kloster in Tibet. Ich hatte zwei Matten. Die eine war zwei mal einen Meter groß, darauf habe ich geschlafen. Vier Stunden pro Nacht."

„Nur vier …?"

„Die andere war fünf mal acht Meter, auf der habe ich mich bewegt. Achtzehn Stunden pro Tag."

„Du willst mich auf den Arm nehmen."

„In den restlichen zwei Stunden haben wir schweigend unsere Mahlzeiten eingenommen."

Indrani sah zu Susan. „Das habe ich drei Monate lang gemacht, ohne in der Zeit ein Wort zu sprechen."

„Ich glaub dir kein Wort!"

„Danach wusste ich ein bisschen mehr über mich. Ein klitzekleines bisschen mehr, um genau zu sein."

Ihr Essen wurde gebracht, sie schwiegen, bis aufgedeckt war. „Und genau deshalb ist deine sogenannte Geschäftsidee kompletter Bullshit."

Susan schnappte nach Luft. „Dann erklär du mir, warum du predigst, dass man durch Meditation schlank wird, es aber selbst gar nicht bist!"

Indrani blickte auf ihr Essen und Susan bekam das Gefühl, dass die Frau ihr gegenüber am liebsten ohne ein weiteres Wort die vor ihr stehenden Nudeln in sich reingestopft hätte. Sie sieht aus wie ein Hund, den man nur mit großer Mühe vom gefüllten Fressnapf fernhalten kann, dachte Susan.

Indrani pustete einmal über die vor ihr stehenden Nudeln, die sehr heiß zu sein schienen. „Ich predige überhaupt nichts, ich mache Angebote", sagte sie ruhig. „Und ich bin nicht erleuchtet. Auch ich falle immer wieder ins Irdische zurück."

„Du fällst ins Irdische zurück?", fragte Susan irritiert.

„Es gibt Zeiten, da ist mir der Weg zu meinem inneren Kind versperrt. In so einer Zeit befinde ich mich gerade."

Dein inneres Kind?", fragte Susan mit offenem Mund.

Indrani nickte nur, dann begann sie zu essen.

Susan sah ihr ratlos dabei zu. Was für eine seltsame Frau. „Und was würdest du mir raten? Ich meine in Sachen Barfußpfad?", überwand sie sich schließlich zu fragen.

Indrani steckte sich eine mit Shrimps gefüllte Teigware in den Mund, dann legte sie das Besteck kurz zur Seite, um sich den Mund abzuwischen. „Eröffne deinen Barfußpfad. Hänge ein paar Traumfänger in die Bäume und lass Manager über Moos laufen", sagte sie.

„Echt, das ist dein Rat?", fragte Susan erleichtert.

„Nein, mein Rat ist das nicht", antwortete Indrani und steckte sich einen weiteren Bissen in den Mund, „aber du warst doch schon entschieden, das Ding durchzuziehen, bevor du dich mit mir getroffen hast."

„Ähm …"

„Eines kann ich dir allerdings ganz sicher sagen."

„Ja?"

„Für dein *Business* brauchst du niemanden wie mich. Du willst den Menschen nichts geben, du willst ihnen nur das Geld abzocken."

„Na hör mal!"

Indrani sah von ihrem Essen hoch. „Ich habe doch recht, oder etwa nicht?"

Susan fühlte sich unwohl wie selten. Dagegen war der Gang zum Arbeitsamt ein Kinderspiel gewesen. Sie atmete ein paar Mal tief durch. „Du meinst das wirklich ernst, oder?"

Jetzt war es Indrani, die sie verwundert ansah. „Wie meinst du das?"

„Na, dieser ganze Esoterikkram? Es ist dir wirklich ernst damit?"

„Das ist es allerdings", antwortete Indrani, während eine weitere Teigtasche in ihren Mund wanderte.

„Hi", sagte sie betont fröhlich und ließ sich in den schwarzen Ledersitz seines Wagens fallen. „Hallo Mareike." Karsten lächelte zaghaft und strich kurz über ihre Hand. Dann startete er den Wagen und fuhr aus der Einfahrt.

Die Sonne stand schon tief und Mareike ärgerte sich, dass sie keine Sonnenbrille eingesteckt hatte. Sie klappte die Sonnenblende runter und bemerkte ihre leicht zitternden Finger. Die Ungewissheit machte sie nervös. Was wollte Karsten von ihr? Sie räusperte sich. „Wie geht's dir?"

„Es geht", antwortete er und sah auf die Straße. Seine Stimme war belegt. Sie kannte ihn gut genug, um zu wissen, dass auch er nervös war.

„Ich habe gar keinen Hunger", sagte er nach einer Weile, „du?"

„Nein, nicht wirklich."

„Wollen wir was anderes machen?"

„Was denn?"

„Vielleicht können wir einfach ein Stück gehen?"

„Okay", antwortete sie und hörte ihrem Herzen beim Pochen zu. *Ein Stück gehen* klang nach einem ernsten Gespräch.

Während der weiteren Fahrt schwiegen sie, bis Karsten das Auto an dem See parkte. Das Kupferdach der kleinen Kirche schimmerte im Abendlicht. Auf dem See dümpelten noch ein paar Tretboote, auf denen sich Lichthungrige den letzten Sonnenstrahlen hingaben. Es war eine ruhige, fast romantische Stimmung.

Sie hatten den See schon zu einem Drittel umrundet, als Mareike stehen blieb und zum Wasser blickte. Am Ufer sorgte sich ein Gänsepaar um seinen plüschigen Nachwuchs. Der Gänserich kam ein paar Schritte auf sie zu, stellte sich auf und schlug aufgeregt mit den Flügeln.

„Manchmal wäre ich gerne ein Vogel", meinte Karsten ruhig.

„Warum das denn?"

„Na ja, vielleicht nicht gerade eine Gans oder Ente, die haben es immer so schwer mit dem Start." Er lachte trocken.

„Wovon redest du, Karsten?"

„Ach nichts, entschuldige. Ich bin nur etwas verwirrt."

„Aha?" Sie gingen weiter.

Drei Minuten später war die Stille zwischen ihnen so drückend, dass Mareike es nicht länger aushielt.

„Was ist los, Karsten?"

Er wurde rot. „Es ist mir so unglaublich peinlich", sagte er und strich sich die Haare aus der Stirn. Sie bemerkte das Zittern seiner Hände.

„Was denn?"

Ein leichter Wind war aufgekommen, die letzten Boote fuhren zurück zur Anlegestelle.

„Es ist so, dass ich in Schwierigkeiten geraten bin."

„Um Gottes Willen, was ist passiert?"

„Ich kann dir das nicht sagen, Mareike, ich habe es versprochen."

„Wem versprochen?"

„Corry", sagte er und schluckte schwer.

Mareike lachte. „Karsten! Du klingst, als hättest du im achtzehnten Jahrhundert eine Frau geschwängert, die nicht deinem Stand entspricht. Das ist doch lächerlich."

„Sieh es wie du willst, ich kann nicht darüber sprechen." Er sah fröstelnd und mit leerem Blick auf den See.

„Also gut, lassen wir das beiseite", erwiderte sie, „was genau ist dir denn peinlich?"

Karsten sah sie an und lächelte unsicher. „Kannst du mir Geld leihen, Mareike?"

„Komischerweise hat diese Indrani einen nach-
haltigen Eindruck bei mir hinterlassen", sagte Susan
und sah Julie mit einem Gesichtsausdruck an, der
belustigt wirken sollte.

„Kann ich verstehen, die Frau ist schon eine kolos-
sale Erscheinung."

„Sag mal, hast du vielleicht was Unvernünftigeres
zu trinken als Tee?"

Julie grinste. „Aber immer." Dann stand sie auf
und ging zum Kühlschrank. „Cremant?"

Susan machte ein überraschtes Gesicht. „Gerne,
woher hast du den denn?"

„Gekauft, wieso?"

„Ähm, nur so. Bisher war es dir doch egal, ob du
einen Aldifusel oder guten Sekt getrunken hast."

„Ach ja?" Julie sah Susan mit einer hochgezogenen
Augenbraue an.

„Dachte ich jedenfalls", meinte Susan entschuldigend.

Der Sektkorken knallte an die Decke und kurz
darauf klapperte im Flur eine Tür. Julie versteifte
sich, als sie aus dem Augenwinkel ihren Sohn in die
Küche kommen sah. Wortlos holte er ein drittes
Glas aus dem Schrank und stellte es neben die zwei
anderen.

„Sonst geht's gut?", fragte Julie, um einen lockeren
Ton bemüht. Sie goss das erste Glas voll und
reichte es Susan, die wortlos nickte. Dann goss sie

ein zweites ein, stellte es an ihren Platz und setzte sich. Gerade als sie Susan zuprosten wollte, schnappte sich ihr Sohn die Flasche und goss das dritte Glas voll.

„Es reicht, Flo!"

Der blickte völlig emotionslos, nahm das Glas und hob es provozierend langsam an den Mund.

Eine Sekunde wusste Julie nicht, was sie tun sollte. Dann gewann die Erkenntnis, dass sie vor der Freundin auf keinen Fall die überforderte Mutter geben konnte, die Oberhand. Sie baute sich vor ihrem Sohn auf. „Du wirst das Glas augenblicklich zurückstellen!"

Florian hob das Glas wie zu einem Toast, grinste und nahm einen Schluck. Zwei oder drei Sekunden blieb die Zeit stehen. Julie fühlte den bohrenden Blick der Freundin in ihrem Rücken, den provozierenden Blick ihres Sohnes in ihrem Gesicht. Dann schlug sie zu. Florians Kopf flog zur Seite, das Glas schmetterte samt Inhalt an der Wand. Die Flüssigkeit lief goldgelb die Tapete hinunter. Dann schaute sie ihrem Sohn in die Augen. Ein kleines, verwirrtes Kind blickte zurück. Eine Sekunde musste Julie an sich halten, um ihn nicht an sich zu drücken und um Verzeihung zu bitten. „Auf dein Zimmer!", sagte sie stattdessen in hartem Ton. Zu ihrer großen Verwunderung folgte er ihrer Anweisung. Sogar die Zimmertür ging leise zu.

„Puh", sagte Julie und ließ sich schwer auf den Küchenstuhl fallen, „wie kann ich das nur wieder gerade bügeln?"

„Gar nicht", antwortete Susan und musste lachen, „das war eine 1A-Erziehungsmethode aus dem letzten Jahrhundert."

Julie sah ihre Freundin erschrocken an.

Die hob ihr Glas. „Aber ich fand´s geil."

„Oh Mann, er hat es wirklich nicht leicht mit so einer Mutter", seufzte Julie, „diese ständigen Schläge …" Dann brach sie in hysterisches Gelächter aus.

„Das findet ihr wohl sehr witzig, was?" Florian stand wie von einem Außerirdischen ins Zimmer gebeamt da.

„Flo …"

„Du kannst dir dein dämliches Flo in den Arsch stecken", schnaubte er. „Du glaubst, du kannst mich einfach so schlagen? Da hast du dich aber geirrt. Ich werde gleich morgen das Jugendamt anrufen!" Triumphierend stand er da.

Während Julie fieberhaft überlegte, was sie darauf antworten sollte, sah sie, wie Susan sich aufrichtete.

„Damit würdest du deiner Mutter bestimmt einen großen Gefallen tun, Florian", sagte sie in kühlem Ton.

„Ach, halt du dich da doch raus. Das ist eine Sache zwischen Julie und mir."

„Schon bald wird das ja auch eine Sache des Jugendamtes sein", erwiderte Susan sachlich.

„Ähm …"

„Und wenn du mich fragst, lieber Florian, Julie könnte eine Auszeit gut gebrauchen."

„Wie meinst du das denn?"

Julie blickte verblüfft vom Sohn zur Freundin, die kerzengerade an Küchentisch saß und Florian belustigt ansah. „Damit meine ich, dass das Jugendamt sicher sehr schnell feststellen wird, dass ihr zwei nicht besonders gut miteinander klarkommt." Susans Stimme war klar und kalt wie Eiswürfel, die in einem Cocktailglas klirrten.

„Was auch sonst?", fragte Florian unsicher.

„Eben. Und was wird die Konsequenz sein?"

Julie sah ihren Sohn ratlos dastehen. Er konnte sich gerade noch ein hilfloses Achselzucken verkneifen.

„Die Antwort liegt doch auf der Hand, oder?", fragte Susan gnadenlos.

Florian zuckte zusammen. Julie sah seine unsicher durchs Zimmer irrlichternden Augen. Dann machte er sich steif. „Ach ja, und wie lautet deiner tollen Meinung nach die Antwort?"

Susan lächelte. „Die Antwort ist einfach und besteht aus nur einem Wort: Kinderheim. Na, wie klingt das für dich?"

„Das reicht, Susan."

Aber Florian hatte schon auf dem Absatz kehrtgemacht und war in den Flur gestürmt. Sie hörten, wie er seine Jacke von der Garderobe nahm und aus der Wohnung stürmte. Die Ausgangstür fiel krachend ins Schloss.

„Lektion gelernt, würde ich sagen", meinte Susan trocken.

„Du hast dem Jungen eine Heidenangst eingeflößt, Su." Ob sie Flo hinterherlaufen sollte?

„Ja, das stimmt wohl", antwortete Susan grinsend.

„Du bist wirklich gnadenlos."

„Das habe ich in der Wirtschaft bitter lernen müssen."

„Aber Flo ist erst vierzehn!"

„Und benimmt sich wie ein zwanzigjähriger Mafiosi in der Ausbildung."

„Wo er jetzt wohl hin ist?"

„Der kommt schon wieder, wenn es dunkel wird."

„Und wenn nicht?"

„Julie, nun komm mal wieder runter. Der Junge behandelt dich wie Scheiße! Wie lange willst du dir das noch gefallen lassen?"

„Aber was soll ich nur tun?", Julie war den Tränen nah, „er ist doch mein Baby."

„Er ist ein völlig verzogener vierzehnjähriger Junge, dem mal jemand seine Grenzen aufzeigen muss."

„Das habe ich immer gemacht …" Julie begann zu weinen und Susans Stimme wurde weicher.

„Du hast dein Bestes gegeben, Julie."

„Das klingt nach *sie hat sich stets bemüht* in einem schlechten Zeugnis." Julie schnäuzte sich gequält lachend in eine Serviette, während die Tränen weiter flossen.

„Du hast gesagt, dass du seinen Vater mehr in die Pflicht nehmen willst." Susan nahm sich noch einen Schluck Cremant und goss Julie nach. „Hast du mit ihm gesprochen?"

„Ja, und ich glaube, er hat das Problem verstanden."

„Ja und?", fragte Susan.

„Er will Flo anrufen."

„Machst du Witze?"

„Nee, wieso. Das hat er versprochen."

„Julie! Du hast mich darum gebeten, bei Mareike nach einem Zimmer für dich zu fragen. Du wolltest Flo für eine Weile mit seinem Vater allein lassen, schon vergessen?"

„Das hat sich erledigt. Philipp fliegt in ein paar Tagen für eine längere Reportage nach Pakistan."

„Dann lass ihn nicht in den Flieger!" Susan stand auf und tigerte durch die Küche. „Julie! Lass dir nicht so viel gefallen, verdammt!"

„Soll ich mich etwa auf der Rollbahn anketten, um den Flug zu verhindern?", fragte Julie halb lachend, halb weinend.

„Gute Idee. Vielleicht fällt uns ja noch was Besseres ein", erwiderte Susan. „Diese Indrani …"

Julie sah sie mit verheulten Augen erwartungsvoll an.

„Du sagtest da was von irgendwelchen Karten, die sie dir gelegt hat."

„Schon, aber das war doch ein absoluter Zufall."

„Und wenn es kein Zufall war?"

„Susan! Wir glauben nicht an sowas!"

Greta schob den Auflauf in den Ofen und deckte den Tisch auf der Terrasse mit dem schneeweißen Porzellan, das Mareikes und Karstens Initialen trug und ein Hochzeitsgeschenk ihrer Eltern gewesen war. Eines von vielen Hochzeitsgeschenken. Dann ging sie in den Garten, schnitt ein paar Hortensienblüten und schmückte den Tisch. Danach holte sie Rüdiger und stellte ihn dazu. Ihr Herz begann zu klopfen, als in der Ferne ein Motor zu hören war und kurze Zeit später das Geräusch von knirschendem Kies.

„Ich bin hier", rief sie, als die Tür aufging.

„Hi Greta." Mareike kam in die Küche, sie wirkte müde und abgekämpft.

„Schweren Tag gehabt?", fragte Greta locker. Mareike stutzte. „Du klingst wie eine Ehefrau, die am Abend ihren hart arbeitenden Gatten begrüßt."

„Echt? Wäre mir nicht aufgefallen. Hast du Zeit für ein Essen? Ich habe etwas viel gekocht für eine Person."

„Ach, das ist wunderbar, ich bin heute gar nicht richtig zum Essen gekommen."

Greta atmete vorsichtig aus, um ihre Anspannung zu verbergen. „Ich habe auf der Terrasse gedeckt. Wenn du willst, können wir einen Aperitif nehmen, dann müsste der Auflauf soweit sein."

Mareike sah sie mit schief gelegtem Kopf an. „Du hast aber nicht zufällig vor, dich als meine Haushälterin zu bewerben?"

Greta lachte unsicher. „Nee, keine Sorge." Sie goss zwei Martini in Gläser, die sie im Kühlschrank vorgekühlt hatte, gab Eiswürfel dazu und reichte Mareike ihren Drink.

„Ich zieh mir nur schnell was Bequemeres an", meinte die und verschwand nach oben.

Fünf Minuten später kam Mareike auf die Terrasse. Sie trug eine leichte, beige Leinenhose und ein gleichfarbiges Seidentop, das ihre schönen Schultern zur Geltung brachte. In der Hand hielt sie den Martini.

Greta sah ihre Freundin stutzen, als sie den geschmückten Tisch sah.

„Hallo Rüdiger", sagte Mareike trocken und prostete ihm zu.

„Rüdiger ist zu viel allein", meinte Greta und prostete ihrerseits Mareike zu, „deshalb darf er heute bei uns sein."

Mareike nahm einen weiteren Schluck von ihrem Martini, stellte dann ihr Glas auf den Tisch und sah ihre Freundin an. „Was ist los?"

„Ähm, nichts, wieso?"

„Keine Ahnung, wir kennen uns seit Ewigkeiten. Und gerade habe ich das Gefühl, dass du mir etwas - ich weiß auch nicht recht - vorspielst?"

„Quatsch, Rike, ich hole mal das Essen, okay?"

„Also gut."

„Ich habe einen Fischauflauf gemacht. Wollen wir dazu ein Glas Weißwein trinken?", flötete Greta, während sie die dampfende Auflaufform auf den Tisch stellte.

„Mein Martini ist noch halbvoll."

„Martini passt aber nicht zu Fisch, oder?"

„Greta, kannst du mir einen Gefallen tun?"

„Klar, welchen?"

„Kannst du bitte einfach du sein."

Greta sah ihre älteste Freundin an und begann zu lachen. „Tut mir leid, ich muss das Zusammenleben mit einer anderen Frau erst noch etwas üben."

Mareike antwortete nicht, sondern nahm sich von dem Auflauf. „Sieht köstlich aus", sagte sie und sah zum Goldfischglas. „Ob Rüdiger leidet, weil wir einen seiner Artgenossen essen?"

„Rüdiger ist ein Fisch, der hat keine Emotionen."

Für einige Minuten aßen sie schweigend, dann räusperte Greta sich. „Vorhin hat Susan auf dem Festnetz angerufen."

„Ach ja, was wollte sie denn?"

„Sie hat unsere Frauen-WG-Idee angesprochen." Greta beobachtete Mareike, die sich versteifte.

„Es gibt keine Frauen-WG-Idee. Jedenfalls keine, deren Schauplatz mein Haus ist."

„Ach, Rike, sei doch nicht immer so ablehnend, das ist echt anstrengend. Sorry, das hab ich nicht so gemeint. Wie war denn dein Treffen mit Karsten?"

Marcike legte genervt ihr Besteck neben den Teller. „Ich hole mal Wein."

Nachdem sie in der Küche verschwunden war, holte Greta tief Luft und überlegte, wie sie ihrer Freundin die WG-Idee besser verkaufen könnte.

„Willst du auch?", fragte Mareike, die mit einer von der Kälte beschlagenen Flasche Weißwein und zwei Gläsern zurück auf die Terrasse kam.

„Gerne."

Nachdem Mareike eingegossen hatte, aßen sie wieter. „Mein Treffen mit Karsten war äußerst merkwürdig."

„Warum?" Greta nahm einen Schluck Wein. „Hm, der Wein ist köstlich", sagte sie, obwohl sie keine Ahnung von Wein hatte.

„Karsten hat mich angepumpt."

„Oh, aber er hat doch eine eigene Firma."

„Er hat nicht nur eine eigene Firma, er hat eine *gutgehende eigene Firma*, deshalb war ich ja auch so verwundert."

„Und wofür brauchte er das Geld?"

„Keine Ahnung."

„Du hast ihn nicht danach gefragt?"

„Nein."

„Aber du hast ihm das Geld gegeben?"

„Habe ich."

„Wieviel denn?"

„Zwanzigtausend."

Greta schnappte nach Luft. „Zwanzigtausend? So viel Geld?"

Mareike aß schweigend weiter.

„Rike! SO VIEL GELD?"

„Ja."

„Warum hast du einem Mann, der dich für eine jüngere Frau verlassen hat, so viel Geld gegeben?"

Mareike legte ihr Besteck endgültig weg, der Appetit war ihr vergangen. Sie sah Greta an. „Weil er mein Mann ist?"

„Er war dein Mann. WAR DEIN MANN!"

„Ich weiß nicht, Greta, da war etwas …"

Greta wusste nicht, was sie mehr schockierte. Dass ihre Freundin einfach zwanzigtausend Tacken aus der Schublade ziehen konnte, oder dass sie es tatsächlich auch tat. Für einen Ex!

„Du musst doch wissen wollen, wofür er das Geld benötigt?"

Mareike nahm einen Schluck Wein, seufzte und sah in den Garten. „Ich habe ihn nicht danach gefragt."

Greta holte tief Luft. „Habe ich das richtig verstanden? Dein Ex bittet dich um zwanzigtausend Euro und du fragst nicht, wofür er die Kohle braucht?"

„Das hast du richtig verstanden."

„Und auch nicht, warum er das Geld nicht selbst aufbringen kann?"

„Genau."

„Spinnst du?"

„Nein, ich glaube nicht."

Greta nahm einen großen Schluck Wein. „Haben wir eigentlich noch mehr von dem Zeug?", fragte sie beiläufig.

„Im Keller, glaube ich."

„Ich hol mal."

Mareike zupfte an den Hortensienblüten, die auf dem Tischtuch lagen, als hätten sie sich ihrem siechenden Tod ergeben. Rüdiger schwamm seine Runden und sah teilnahmslos auf die Reste seiner Artgenossen, die zerfleddert auf dem Teller lagen.

Sie stand auf und holte sich Zigaretten und den Kristallaschenbecher aus dem Wohnzimmer.

Der Geruch von gemähtem Gras lag in der Luft. Was für ein Luxus, mitten in München zu leben und trotzdem diese gute Luft und Stille genießen zu können. Wann genau tat sie das eigentlich? An den zwei bis drei Abenden im Monat, an denen sie vor acht aus der Kanzlei kam?

Sie musste ihr Leben ändern! Radikal! Mareike hatte Lust auf ein weiteres Glas. Wo Greta nur blieb? Sollte sie sich noch einen Martini aus der Küche holen? Sie fand die Flasche im Eisfach, schenkte sich etwas in ihr Weinglas, schmiss drei Eiswürfel dazu und ging mit dem Drink zurück auf die Terrasse. Es wurde kühl, bald würde sie sich einen Schal holen müssen.

„Tadddaaa", hörte sie es hinter sich und drehte sich um.

In der Terrassentür stand Greta, in der linken Hand eine kleine Torte, auf der mehrere Kerzen brannten, in der rechten eine Flasche Champagner.

„Greta, was ist los?"

Ihre Freundin machte ein geheimnisvolles Gesicht und stellte die Torte mit den brennenden Kerzen auf den Tisch.

Scheiße, habe ich etwa ihren Geburtstag vergessen?

Greta lächelte. „Meine liebe Rike", begann sie, „heute auf den Tag genau vor vierzig Jahren sind wir zwei uns das erste Mal begegnet."

„Nein?"

„Doch!"

„Woher weißt du das so genau?" Mareike war fassungslos.

„Ganze einfach", grinste Greta, „du warst mit meiner großen Schwester Ingrid in einer Klasse. Und ich saß im Kinderwagen, als ihr zwei eingeschult wurdet. Es gibt Bilder."

Mareike musste lachen. „Mensch, Greta, dass du das noch weißt! Das muss gefeiert werden."

„Ganz deiner Meinung!", entgegnete die Freundin und verschwand in der Küche.

Zwei Minuten später standen zwei Kuchenteller und Sektgläser auf dem Tisch und Greta öffnete umständlich die Flasche.

„Champagner wäre wirklich nicht nötig gewesen, Greta. Ich weiß doch, dass du wenig Geld hast."

Greta schenkte ein, setzte sich, hob feierlich ihr Glas und sah Mareike an. „Es gibt noch etwas zu feiern."

„Was denn?" Mareike nahm ihr Glas ebenfalls in die Hand.

Greta strahlte übers ganze Gesicht. „Ich habe das Engagement bekommen."

„Echt? Das freut mich wirklich sehr für dich. Erzähl."

„Diese Krimidinner finden sechs- bis achtmal im Monat statt. Immer freitags und samstags."

„Das ist toll", meinte Mareike. Für sie klang es ein bisschen nach Tingeltangel, aber sie kannte sich in dem Metier natürlich gar nicht aus.

„Es wird dabei viel improvisiert. Die Gäste dürfen das Geschehen mit beeinflussen."

„Wie meinst du das?"

„Du musst unbedingt zu meinem ersten Auftritt kommen, dann weißt du, was ich meine."

„Klar komme ich, wenn ich es einrichten kann."

Greta schenkte nach. „Soll ich mal die Torte anschneiden?"

Mareike sah auf die Kalorienbombe, die vor ihr stand. „Vielleicht später."

„Weißt du, was das Besten an dem Engagement ist, Rike?"

Mareike freute sich über die Zuversicht, die sie im Gesicht ihrer Freundin las. „Was denn?"

„Ich kann dir Miete zahlen. Natürlich nicht viel, ich dachte so an - zweihundert, wenn das für dich in Ordnung wäre?"

„Das ist völlig in Ordnung, Greta."

„Mensch, Rike, endlich wieder spielen!"

Greta wirkte, als wäre eine große Last von ihr abgefallen.

Mareike blickte in den Garten. Seit Jahren hatte sie nicht mehr an Ingrid gedacht, ihre Schulfreundin aus Kindertagen, Gretas große Schwester. Sie hatten in einer engen Wohnung direkt an einer stark befahrenen Straße gewohnt. Mareike war nicht gerne dort gewesen. Ingrid - und später dann auch Greta - hingegen waren immer gerne hier gewesen. Als Kind hatte sie sich keine Gedanken darüber gemacht. Jetzt wurde ihr klar, dass die beiden damals einfach der Enge ihrer kleinen Wohnung entflohen sind. Hinaus in den großen Garten von Mareikes Eltern. Der jetzt ihr gehörte. Zusammen mit diesem riesigen Haus, für das sie selbst nichts geleistet hatte, es war ihr einfach in den Schoß gefallen. Mareike hob schläfrig ihr Glas und prostete Greta zu. „Auf unser Vierzigjähriges."

„Auf unser Vierzigjähriges", antwortete die Freundin feierlich.

Dann schwiegen sie gemeinsam mit Rüdiger, der seine Runden schwamm, hin und wieder neugierig an den Glasrand kam und sie mit seinen großen Glubschaugen betrachtete.

„Schau dir den Garten mal genauer an, Greta."

„Ja?"

„Was fällt dir auf?"

„Er ist wunderschön."

„Welche Farben siehst du?"

„Viel grün, weiße Hortensien und die zartrosa Rosen."

„Eben."

„Ich versteh nicht, worauf du hinauswillst, Rike."

„Der Garten sah schon so aus, als ich noch ein kleines Kind war. Die gleichen Farben wie heute."

„Stimmt."

„Meine Mutter hat ihn angelegt und ich habe nichts daran geändert. Ich bin nicht mal auf die Idee gekommen, etwas zu ändern."

„Warum auch, er ist toll."

Mareike nahm sich noch eine Zigarette. Eigentlich rauchte sie nie mehr als eine am Abend, manchmal auch gar nicht. „Aber es ist nicht mein Garten, es ist der Garten meiner Mutter. Warum habe ich nie etwas verändert?"

„Weil er dir so gefällt, wie er ist, nehme ich an."

„Oder weil ich mich nicht getraut habe."

„Wie meinst du das?"

„Weißt du, Greta, als meine Eltern mir das Haus überschrieben haben, da haben sie mir unterschwellig auch mitgegeben, dass sie keine Veränderungen wünschen."

„Okay?!"

„Und ich habe mich daran gehalten, ich dummes Huhn."

„Na ja, schlecht lebst du hier ja nicht gerade."

„Natürlich nicht. Aber darum geht es doch gar nicht."

„Worum geht es denn dann?"

Mareike seufzte. „Irgendwie habe ich das Gefühl, im falschen Leben festzustecken."

„Du hast doch ein super Leben. Ich meine, dieses Haus, der Garten, das viele Geld."

„Ich komme mir auch undankbar vor, so etwas überhaupt zu denken."

„Die Gedanken sind frei", begann Greta zu singen und Mareike musste lachen. Sie schob die düsteren

Gedanken beiseite und entspannte sich bei einem weiteren Glas Champagner.

„Du Rike", meinte Greta nach einer Weile, sah sie aber nicht an.

„Ja?"

„Dieses Engagement, du weißt, wieviel mir das bedeutet, oder?"

Mareike nickte.

„Ich würde das gerne irgendwie feiern", meinte Greta unsicher. „Vielleicht mit einer kleinen Grillparty. Ich meine, natürlich nur, wenn du einverstanden bist. Ich will auch nur ein paar Leute einladen. Vielleicht zehn, fünfzehn. Höchstens zwanzig."

„Welches ist deine Lieblingsfarbe, Greta?"

„Was?"

„Deine Lieblingsfarbe."

„Knallrot, dass weißt du doch."

„Ich werde zu deiner Grillparty knallrote Rosen pflanzen."

„Echt? Das geht also klar mit der Party?"

„Das geht klar", antwortete Mareike und lächelte ihre älteste Freundin an.

Frustriert schleppte Indrani sich die knarrende Treppe hinauf und steckte den Schlüssel ins Schloss. Dieses verdammte Retreat hatte sie kein Stück weitergebracht. Die zwei Frauen waren Pseudobuddhistinnen gewesen, das hatte sie gewusst, nachdem sie das sogenannte Kloster betreten hatte. Auf dem Empfangstisch standen Klangschalen, in einer von ihnen brannte eine Kerze. Quer über einer Wand hingen tibetische Gebetsfahnen, während aus einem versteckten Lautsprecher religiöse Gesänge zu hören waren. Indranis geschultes Auge sah sofort, dass sie in ein Fakeseminar geraten war und musste an diese komische Susan denken, die einen spirituellen Barfußpfad eröffnen wollte, als eine der Seminarleiterinnen den Flur betrat. Ihr Kopf war geschoren und sie trug eine leuchtend orangene Kasaya. Wortlos lächelnd legte sie ihre Handflächen zusammen und verbeugte sich. Indrani seufzte, beschloss dann aber, dem Ganzen eine Chance zu geben, und tat es ihr nach.

Die zwei Frauen hatten die ganze Zeit wie Erleuchtete getan. Was nicht stimmte, das hatte Indrani gleich gespürt. Das ganze Seminar war komplett für die Katz gewesen. Das gemeine war, dass es für die anderen Teilnehmerinnen - es waren nur Frauen gewesen - funktioniert hatte. Mit seligen Gesichtern hatten sie das *Kloster* verlassen, mit dem

172

festen Vorsatz, sich ab jetzt viel mehr mit ihrem Innersten zu beschäftigen. Indrani wusste, dass sie das schon morgen früh in ihrem kleinen Alltagsallerlei wieder vergessen haben würden. Das war jedenfalls nicht ihre Welt, nicht ihr Ansatz. Sie musste unbedingt für längere Zeit nach Indien in einen Ashram, der durch einen wirklich Erleuchteten geleitet wurde. Genervt schmiss sie ihre Tasche in die Ecke, als ihr Telefon zu klingeln begann. Sie sah auf das Display, es war Julie. Sie ging nicht ran.

„Sie geht nicht ran", sagte Julie und legte auf.

„Versuch es noch mal", meinte Susan.

„Ich will der nicht auf den Wecker fallen, Su."

„Julie, es geht um Florian!"

Julie seufzte und wählte. Dann hörte sie es klingeln und kurz darauf ein ungeduldiges „Ja?"

„Ähm, hallo. Hier ist Julie, erinnerst du dich an mich?"

„Julie, klar." Indrani klang nicht gerade begeistert. „Störe ich?"

„Nein, ich bin nur etwas erledigt. Komme gerade von einem Seminar. Was gibt es?"

„Also, Susan hast du ja auch kennengelernt …"

Am anderen Ende der Leitung blieb es still.

„Wir wollten dich fragen, ob du uns vielleicht, ähm, diese Karten, du weißt schon, legen könntest. Wir bezahlen dafür natürlich", fuhr Julie schnell fort.

Sie hörte, wie Indrani tief die Luft einzog und dann langsam wieder ausatmete. „Sei mir nicht böse, Julie, ich kann mich darauf im Moment nicht einlassen."

„Nicht einlassen, wie meinst du das denn?" Julie sah Susan an, die Fragenzeichen in die Luft malte.

„Ich brauche eine bestimmte Energie, damit jemand kommt. Und die ist gerade nicht da."

„Jemand kommt? Wer denn?" Susans Fragezeichenmalerei wurde energischer.

„Jemand muss die Antworten ja geben, oder?"

„Ähm, ich dachte, das machen die Karten?"

Indrani lachte müde. „Die Karten sind nur Werkzeuge."

„Und wann ist diese - ähm, Energie - wieder da?", fragte Julie unsicher.

Am anderen Ende der Leitung hörte sie Indrani wieder seufzen. „Heute jedenfalls nicht mehr, soviel kann ich sicher sagen."

„Und morgen?"

Susan grinste und malte Ausrufungszeichen in die Luft. Florian steckte kurz den Kopf in das Zimmer, verschwand aber wieder, als er Susan sah.

„Können wir uns vielleicht für morgen verabreden?", fragte sie und merkte selbst, wie frech dieser Vorstoß war. Sie konnten dieser Indrani nicht so auf die Pelle rücken.

„Wir können es versuchen", hörte sie zu ihrer Verblüffung, „aber es wird nur bei mir gehen. Hier ist die Energie am Reinsten."

„Wann dürfen wir kommen?"

„Sagen wir um sechzehn Uhr?"

„Gut, Susan und ich werden da sein."

„Susan will auch die Karten gelegt bekommen?", fragte Indrani überrascht.

„Ja, ist doch okay, oder?"

Ein leises Lachen drang durch den Hörer. „Wenn es ihr bei ihrem sogenannten Business ein besseres Gefühl gibt, soll sie halt dafür bezahlen." Dann legte Indrani ohne ein Wort des Abschieds auf.

Gegen Mittag gab Indrani zerstoßene Salbeiblätter in eine Bronzeschale und brachte sie in ihren Meditationsraum. Dann schloss sie Tür und Fenster und zündete den Salbei an. Sie setzte sich im Lotussitz in die Mitte des kleinen Zimmers auf eine Matte und blieb ruhig sitzen, bis auch der letzte Winkel des Raumes mit dem Rauch erfüllt war. Sie schloss die Augen. Kurze Zeit später hatte der Salbeirauch alle negativen Energien absorbiert. Indrani blieb einen Moment in der Stille, dann stand sie auf, öffnete Tür und Fenster und bat den Rauch, alle schlechten Energien mitzunehmen. Das hatte sie lange nicht gemacht. Ihr kam der Gedanke, dass darin vielleicht die Ursache ihrer Unausgeglichenheit lag und entschied, so bald wie möglich die komplette Wohnung von negativen Energien zu befreien. Indrani schritt das Zimmer gegen den Uhrzeigersinn ab, schlug bei jeder Umrundung einmal sanft mit dem Holz auf den Rand der Klangschale und bat um Licht. Dreißig Minuten später schloss sie Tür und Fenster wieder, setzte sich zurück auf die Matte und glitt schnell in eine tiefe Trance, in der sie um göttliche Hilfe für ihre Mission bat.

Als es klingelte, fühlte sie sich bereit. Sie gab Julie und Susan die Hand. „Kommt doch rein."

Sie setzten sich in die Küche, die etwas unsauber wirkte, wie Indrani erst jetzt beschämt feststellte.

Hier war nicht nur eine energetische Reinigung nötig. Sie sah zu Julie. „Was genau sollen die Karten dir denn sagen?"

„Tja, ich weiß auch nicht", Julie wand sich verlegen, „das mit meinem Sohn ist so unglaublich verzwickt und ich brauche einfach einen Plan."

„Okay", antwortete Indrani ruhig. „Dann ist das deine Frage?"

„Meine Frage? Wie meinst du das?"

„Je eindeutiger du deine Frage formulierst, desto klarer wird die Antwort sein."

„Aha, also muss ich erstmal über meine Frage nachdenken?"

„Wenn du sie noch nicht kennst."

Indrani sah zu Susan, die ein amüsiertes Grinsen aufgesetzt hat. „Und was ist mit dir?"

„Meine Frage ist klar", sagte sie hochnäsig. „Ich will erfahren, wie ich meinen Businessplan am besten umsetzen kann."

„Deinen Businessplan, soso", antwortete Indrani und schickte ein paar Kristallstrahlen in ihre Mitte. Auch Susan hat das Recht auf Antworten. „Dann lass uns gehen", sagte sie.

„Gehen?", fragte Susan erstaunt. Indrani stand auf und ging Richtung Meditationsraum. In ihrem Rücken spürte sie die Blicke, die Julie und Susan sich zuwarfen. „Soll ich auch mitkommen?", fragte Julie unsicher.

„Nein, du bist später dran."

Indrani öffnete die Tür und war sofort erfüllt von der reinen Kraft des Raumes. Dann sah sie zurück in die Küche, im Türrahmen stand eine unsichere Susan und sah sie fragend an.

„Komm", sagte Indrani sanft. Sie gab Susan ein Zeichen. „Bitte zieh deine Schuhe aus."

Susan tat, wie ihr geheißen und betrat den Raum, in dem zwei Matten und die Karten auf dem Boden lagen. Ansonsten gab es nur reines, klares Licht.

Indrani setzte sich Susan im Lotussitz gegenüber. „Du musst alle Gedanken loslassen. Es gibt jetzt nur noch dich und deine Frage", sagte sie in einschläferndem Ton. Susan antwortete nicht, sah sie aber neugierig an. „Konzentriere dich auf deine Frage. Wenn du willst, kannst du dabei die Augen schließen." Susan schloss die Augen, Indrani sah ein leichtes Schmunzeln in ihrem Mundwinkel. Ruhig nahm sie die Karten und legte sie mit dem Rücken nach oben vor Susan, die ihre Augen noch immer geschlossen hielt. „Hast du deine Frage klar formuliert?"

„Ja." Für einen Moment bleib es still. „Soll ich sie sagen?"

„Das ist nicht nötig", sagte Indrani in noch sanfterem Ton. „Öffne deine Augen und blicke auf die Karten." Susan machte die Augen auf und Indrani registrierte, dass ihr Blick sofort an einer der Karten hängen blieb. Sie lächelte. „Hast du deine Karte gefunden?"

„Ich glaub schon."

Susans tippte auf eine Karte. Indrani beobachtete, wie sie die Karte umdrehte und blass wurde. „Das ist … das ist Zufall!"

„Die Interpretation liegt ganz bei dir", sagte Indrani. Dann blieben sie schweigend sitzen, Susan mit dem Blick auf die Karte.

„Und nun?", fragte Susan irgendwann.

„Das weißt du." Indrani deutete auf die Karte. Susan nickte, dann standen sie auf und gingen zurück in die Küche. Verwirrt setzte sie sich auf einen Stuhl.

„Su?", fragte Julie besorgt, aber Indrani legte nur einen Finger auf ihre Lippen und gab Julie ein Zeichen, ihr in den Raum zu folgen.

„Ich fasse es nicht!" Susan haute mit der Hand auf das Lenkrad, kaum dass sie im Auto saßen. „Wie hat die das gemacht?"

Julie schwieg, während Susan den Wagen startete.

„Die Antwort auf meine Frage war glasklar!"

„Meine auch." Julies Stimme zitterte leicht.

„Okay, lass es uns analysieren. Da muss ein Trick dahinterstecken."

„Glaub ich nicht."

„Ja, was denn sonst?"

„Keine Ahnung. Engel vielleicht?"

„Engel? Julie!"

„Ich weiß es doch auch nicht."

„Da hilft nur ein kühler Blick von außen. Wie lautete deine Frage?", fragte Susan und schaltete das Radio aus.

„Was ich mit Florian machen soll."

„Und was stand in der Karte?"

„In deiner Familie wird sich etwas Wunderbares ereignen."

Susan atmete erleichtert aus. „Siehst du, das ist es! Du glaubst, dass das eine glasklare Antwort auf deine Frage ist, oder?"

„Schon."

„Ist es nicht, es ist nicht mehr als eine Floskel."

„Das heißt doch, dass alles gut wird, oder?"

„Das war nicht deine Fragen."

Julie überlegte einen Moment. „Es wäre aber so schön", seufzte sie dann. „Viel wichtiger war aber der Rat, den Indrani mir gegeben hat.

„Die hat dir einen Rat gegeben?"

„Dir nicht?"

„Nein, wir haben uns nur mit dieser einen bescheuerten Karte beschäftigt."

„Was stand denn eigentlich auf deiner Karte?"

Susan grinste. „Da stand ´schreite beschwingt voran auf deinem Pfad´. Und ich dumme Kuh habe es in diesem komischen Zimmer für ein Zeichen gehalten, das der Barfußpfad mein Weg sei."

„Kann doch auch stimmen, oder?"

„Ich verlasse mich lieber auf meinen gesunden Menschenverstand", lachte Susan. „Was war das denn für ein Rat, den diese Esotante dir gegeben hat?"

Julie wand sich etwas auf dem Beifahrersitz. „Sie hat selbst auch eine Karte gezogen. Für mich. Das war ein ganz komischer Moment, etwas Unheimliches lag in der Luft. Wir saßen uns gegenüber und vor uns die verdeckte Karte. Indrani hat ein Gebet gesprochen, oder etwas in der Art, bevor sie die Karte aufgedeckt hat."

Susans Grinsen wurde breiter. „Und das, was da stand, hat sie dir als ihren Rat verkauft?"

„Nicht verkauft, Susan. Sie hat ihn mir geschenkt."

„Julie, komm mal wieder runter. Wir haben der Tante Geld bezahlt, überflüssiges Geld, wenn du mich fragst."

„Für mich war das gut angelegtes Geld", sagte Julie entschieden.

„Was stand auf der Karte?"

„Da stand ´du musst weggehen, um anzukommen´."

„Und was soll das heißen?"

„Das ist doch wohl klar. Ich werde Florian verlassen."

„Du wirst was?" Sie kamen in eine Dreißigerzone, Susan schaltete runter. Am Straßenrand spielten ein paar Kinder. Ein Ball rollte vor dem Wagen auf die Straße und Susan trat scharf auf die Bremse. „Dämliche Gören", schimpfte sie.

„Ich werde gehen. Dann kann er sehen, wo er bleibt."

„Julie, dein Sohn ist vierzehn! Bei allem Verständnis für deine Situation, das kannst du nicht bringen."

„Philipp wird sich um ihn kümmern."

„Ich dachte, Philipp fährt für irgendeine Reportage nach Absurdistan?"

„Er wird nicht fahren."

„Wir sind uns also einig, die Angelegenheit außergerichtlich zu klären, Herr Vollmer?"

Der Anwalt, der ihr entspannt in einem der alten Ledersessel ihres Vaters gegenübersaß, lächelte. Er musste ungefähr in ihrem Alter sein.

„Das sollte uns gelingen, Frau Kollegin", antwortete er und erhob sich. Mareike stand ebenfalls auf. Der Anwalt sah sie einen Augenblick zu lange an, dann zwinkerte er ihr zu. „Wissen Sie eigentlich, dass unsere Väter zusammen studiert haben?"

„Nein, das wusste ich nicht. Ihr Vater war auch Anwalt?"

„Mein Vater *ist* Anwalt. Den wird man eines Tages aus seiner Kanzlei tragen müssen", lachte er. Mareike lachte ebenfalls. „Mein Vater hat sich auch erst vor drei Jahren zur Ruhe gesetzt."

„Ich weiß. Das war für Sie sicher eine Erleichterung, oder?"

„Erleichterung? Wir sind gut miteinander klargekommen."

Eine leichte Röte überzog die Wangen des Anwalts. „Bitte entschuldigen Sie meine unüberlegte Bemerkung. Mein Vater hat Ihren alten Herrn immer als *harten Knochen* beschrieben."

„Die Beschreibung passt durchaus", sagte sie lachend und sah ihm in die Augen.

„Ich wäre vermutlich ausgeflippt, wenn mein Vater mich gezwungen hätte, mein Referendariat bei ihm zu absolvieren."

„Wie meinen Sie das denn?"

Für einen Moment herrschte Stille. „Ähm, also … Gott, ich dachte …"

„Was dachten Sie?", fragte Mareike eine Spur zu scharf.

Der Anwalt zuckte mit den Achseln. „Ach nichts, vergessen Sie einfach, was ich gerade gesagt habe."

„Das werde ich ganz sicher nicht vergessen! Also klären Sie mich bitte auf, wie ich Ihre Bemerkung zu verstehen habe."

Mareike sah den Anwalt an, dem das Gespräch sichtlich peinlich war. „Ach je, nur eines dieser unzähligen Gerüchte, die in unseren Kreisen kursieren, Sie kennen das ja."

„Und was besagt dieses Gerücht?", fragte sie so ruhig wie möglich, während sich die Ackerwinde an die Arbeit machte, sich um ihre Organe schlang und sie erbarmungslos zerquetschte. Ihr wurde eiskalt.

„Das ist alles lange her", erwiderte der Anwalt lahm.

Konnte das wirklich sein? Hatte ihr Vater ihr das angetan?

Der Mann räusperte sich verlegen. „Dann telefonieren wir nächste Woche, Frau Dr. Rose?", sagte er und gab ihr die Hand.

„Ja natürlich, nächste Woche."

Mareike sah dem Anwalt dabei zu, wie er die schwere, mit einem dunkelgrünen Lederpolster bezogene Tür aufzog und in den Flur verschwand. Sie setzte sich hinter ihren Schreibtisch, starrte an die Wand und versuchte, dem Unkraut, das ihre Organe umschlang und ihr das Atmen schwer machte, Einhalt zu gebieten. Zehn Minuten später hatte sie sich einigermaßen gefangen.

„Ein Anruf, Frau Dr. Rose, darf ich durchstellen?"

Mareike seufzte und gab durch die Sprechanlage ihr Okay. Auch hier ist noch alles, wie Vater es hinterlassen hat, ging es ihr durch den Kopf. Im nächsten Moment durchfuhr ein stechender Schmerz ihren ganzen Körper. Ihr Magen krampfte sich so stark zusammen, dass sie sich unter den Schmerzen zusammenkrümmte. Keuchend blieb sie sitzen, während das Telefon klingelte und klingelte.

„Frau Dr. Rose?", kam es aus der Sprechanlage.

Mareike versuchte, ruhig zu atmen, die Schmerzen ließen etwas nach. Das Telefon läutete weiter.

„Frau Dr. Rose, alles in Ordnung?", hörte sie ihre Assistentin besorgt fragen. Kurze Zeit später ging die Tür auf. „Um Gottes willen, was ist denn mit Ihnen? Sie sind ja leichenblass." Frau Schubert nahm schnell das Telefonat an und vertröstete den Anrufer auf später, dann ging sie zum Servierwagen, goss Wasser in ein Glas und reichte es ihr.

„Danke, es geht schon wieder." Mareike betrachtete den Servierwagen, während sie etwas Wasser trank und ihr Magen sich beruhigte.

„Soll ich einen Arzt rufen?", fragte Frau Schubert mit gerunzelter Stirn.

„Nein, nein, das war nichts."

„Sie sehen nicht gut aus."

„Wer war denn am Apparat?", fragte Mareike, während sie zum Spiegel ging und sich mit einem Kleenex den Schweiß von der Stirn tupfte. Der Spiegel war ebenso hässlich wie der Servierwagen. Eigentlich war alles in diesem Zimmer hässlich.

„Ein Frau von Kronbach."

„Danke, ich rufe sie gleich zurück."

„Ist wirklich alles in Ordnung mit Ihnen?"

„Ja, danke."

Nachdem Frau Schubert das Zimmer verlassen hatte, setzte Mareike sich zurück an ihren Schreibtisch. Sie sah sich in dem Raum um. Dunkle Eiche, düstere Tapeten, riesige, mit grünem Leder bezogene Sessel. Das ganze Zimmer strahlte die altertümliche Vorstellung ihres Vaters nach einem Respekt gebietenden Ort aus. Ihr Magen begann wieder zu rebellieren. Ich werde den ganzen alten Krempel rausschmeißen und Licht und Luft in die Räume lassen, dachte sie, während sie ruhig zu atmen versuchte und sanft über ihren Magen strich. Dann wählte sie Gretas Nummer. „Was gibt es?"

„Gerade hat Susan auf dem Festnetz angerufen."

„Und, hat sie ihren Trampelpfad gefunden?"

Greta lachte. „Nein, es scheint genauso unmöglich zu sein, in München einen Kleingarten zu mieten, wie eine Wohnung. Mit der Bank lief es wohl auch nicht glatt."

„Bank, was für eine Bank?"

„Susan hat dort ihren Businessplan vorgestellt und - ich zitiere: - ´die alten Säcke haben nichts kapiert´."

Mareike musste lachen. „Warum wolltest du mich sprechen, Greta?"

Am anderen Ende der Leitung blieb es einen Augenblick still. „Susan hat gefragt, ob Julie sich mal bei dir melden darf - wegen der WG-Idee."

„Ich hab ihr doch gesagt, dass ich das nicht will."

„Och, Rike."

„Ich rufe Susan heute Abend an, jetzt ist es gerade schlecht." Nach einer kurzen Verabschiedung legte sie auf.

Mareike stand auf und sah aus dem Fenster. Konnte sie das wirklich bringen? Zu zweit in einem so großen Haus zu wohnen, wo der Wohnraum in dieser Stadt täglich knapper wurde?

Julie atmete erleichtert auf, als sie den Schlüssel im Schloss und dann Florian im Flur hörte, der sofort in seinem Zimmer verschwand. Immerhin war er da. Sie sah auf die Uhr, schob die Quiche in den Ofen und deckte den Tisch. Als es klingelte klopfte sie an Flos Zimmertür. „Wir essen gleich." Natürlich bekam sie keine Antwort. Dann öffnete sie die Haustür. „Hallo, komm rein."

„Hi, Julie." Phillip sah sie verlegen an und reichte ihr einen Strauß Blumen.

„Danke, kann ich dir deine Jacke abnehmen?"

„Geht schon." Er zog seine Jacke aus, schmiss sie achtlos auf einen Stuhl und folgte ihr in die Küche. „Hm, riecht lecker."

„Du kannst ja mal versuchen, deinen Sohn dazu zu bewegen, mit uns zu essen."

„Deinen Sohn, wie sich das anhört." Er ging zu Florians Zimmer und klopfte. „Hey, Flo, ich bin´s, kommst du zum Essen?"

Für einen Moment blieb alles still, dann öffnete Florian seine Tür. „Was machst du denn hier?"

„Euch besuchen, Julie hat mich eingeladen. Kommst du?"

„Ähm, weiß nicht."

Philipp haute ihm kumpelhaft auf die Schulter. „Na los, das wird lustig."

„Lustig? Spinnst du?"

„Nana, was ist das denn für ein Ton?", scherzte Philipp und ging zurück in die Küche. Florian folgte ihm unsicher.

„Setzt euch", sagte Julie betont fröhlich und gab jedem ein Stück Quiche auf den Teller.

Florian stand noch immer in der Tür, seine Unsicherheit war mit Händen zu greifen.

„Ich würde jetzt gerne essen, es sieht nämlich köstlich aus, also kommst du, Flo?", fragte Philipp. Julie hielt die Luft an. Florian setzte sich.

„Als dann, haut rein", sagte sie und trank einen Schluck Wasser. Vermutlich würde sie keinen Bissen runter bekommen.

„Wie geht es in der Schule, Flo?"

„Seit wann interessiert dich das denn?"

„Seit heute", antwortete Philipp. Julie beobachtete die beiden gespannt, während ihr Herz hart gegen die Brust hämmerte.

„Julie hat mir erzählt, dass du nicht immer zum Unterricht gehst", hakte Philipp nach.

„Na und?"

„Das ist nicht gut, wenn du mich fragst."

„Ich frag dich aber nicht."

Philipp legte das Besteck beiseite und sah Florian eindringlich an. Der beschäftigte sich intensiv mit seinem Essen. „Es gibt in Deutschland eine Schulpflicht, Flo, mit der Betonung auf Pflicht!"

Florian ignorierte ihn und aß seine Quiche, als wäre er allein im Zimmer.

„Du willst doch einen guten Abschluss machen, oder etwa nicht?", fuhr Philipp fort.

Würde er überhaupt etwas bewirken können?

Als Julie aufstand, hatte sie das Gefühl, das Klopfen ihres Herzens müsste im ganzen Raum zu hören sein, aber Philipp und Flo aßen schweigend weiter. Sie ging in den Flur und zog ihre Jacke an. Dann nahm sie leise Auto- und Hausschlüssel von dem kleinen Tischchen, auf dem das Telefon stand. Sie holte Luft, ging so ruhig wie möglich zurück in die Küche und legte den Wohnungsschlüssel auf den Tisch. Philipp und Florian sahen sie überrascht an.

„Ich glaube, es ist gut, wenn ihr Zwei mal etwas mehr Zeit miteinander verbringt", sagte sie mit zitternder Stimme.

Philipp wurde blass. „Was?"

Julie sah ihren Sohn an. „Tut mir leid, Flo, aber ich weiß mir nicht mehr anders zu helfen." Dann drehte sie sich um. Als sie die Wohnungstür öffnete, rief Philipp ihren Namen. Sie schloss die Tür, rannte die Treppe hinunter, sprang in ihren Wagen, den sie vormittags heimlich mit zwei Koffern beladen hatte, und fuhr davon.

„Sie kommt", rief Greta aufgeregt nach oben.

Na toll, dachte Mareike.

Barfuß lief sie die kühlen Treppenstufen hinunter und stellte sich neben Greta, die fröhlich dem Auto zuwinkte. Die untergehende Sonne spiegelte sich in der Wagenscheibe, so dass sie nicht in das Innere sehen konnten. Es roch nach Sommerabend. Für Sekunden hing eine verwirrende Unschlüssigkeit in der Luft.

„Warum steigt sie denn nicht aus?", fragte Mareike.

„Keine Ahnung, ich gehe mal hin." Greta hüpfte zum Auto wie ein kleines Mädchen. Obwohl die runden Kiesel sich unangenehm in ihre nackten Fußsohlen bohrten, folgte Mareike ihr. Vor dem Auto blieben sie stehen. Erst als sie zur Fahrerseite gingen, erkannten sie Julie, deren Kopf auf dem Lenkrad lag.

Nicht auch noch das, dachte Mareike und schickte einen lautlosen Fluch gen Himmel. Lächelnd öffnete sie die Fahrertür. „So schlimm?"

„Schlimmer", heulte Julie.

„Komm doch erstmal rein, wir trinken was zusammen und du erzählst uns alles", meinte Greta.

„Okay", kam es kläglich aus dem Auto. Dann stieg Julie aus und begrüßte sie beide mit einer Umarmung, die reichlich feucht ausfiel.

„Soll ich deine Koffer nehmen?", fragte Greta aufgeregt.

„Das hat Zeit", sagte Mareike, hakte Julie unter und bugsierte sie die geschwungene Außentreppe hinauf. Es kam ihr vor wie ein Déjà-vu. Wie lange war es her, dass sie Greta nach dem Besuch beim Griechen hatte in ihre Wohnung helfen müssen? Hoffentlich war das kein schlechtes Omen.

Auf der Terrasse bot sie Julie eine Zigarette an. „Danke, ich rauche nicht", schniefte die.

„Wein?"

„Das wäre toll, danke."

„Hol ich", flötete Greta und verschwand in der Küche. Julies Handy klingelte. Sie sah kurz aufs Display. „Das ist Philipp, er hat schon viermal angerufen. Gott, was habe ich nur getan?" Sie ließ sich in einen der weißen Korbstühle fallen, legte ihre Hände vors Gesicht und begann wieder zu weinen.

„Trink erst mal ein Schlückchen", meinte Greta, die mit einem schweren Rotwein aus dem Weinkeller und drei bauchigen Gläsern zurück auf die Terrasse kam.

„Was genau hast du denn getan?"

Julie trank einen großen Schluck Wein, auf den ein weiterer, höchst unmelodischer Schluchzer folgte. „Ich habe Philipp, das ist der Erzeuger meines Sohnes, zum Essen eingeladen." Sie putzte sich die Nase und trank einen weiteren Schluck. „Dann habe ich den Schlüssel auf den Tisch gelegt und bin gegangen."

„Ganz großes Damentennis", lachte Greta und klatschte vergnügt in die Hände.

„Ich weiß nicht, die beiden kennen sich ja kaum."

„Die kennen sich kaum?", fragte Mareike verblüfft.

„Ich habe Flo allein groß gezogen. Naja, was man so groß nennt. Er ist vierzehn." Julies Handy klingelte wieder, sie sah auf das Display. „Philipp." Sie drückte das Gespräch weg.

„Willst du nicht rangehen?"

„Um ihm was zu sagen?" Julie nahm noch einen Schluck. „Ich hätte nicht schlecht Lust, mich zu betrinken."

„Bin dabei", lachte Greta, „das ist eine tolle Nummer, die du da gebracht hast."

„Findest du?"

Nein, dachte Mareike.

„Ja", antwortete Greta, „die Typen können sich doch schließlich auch mal um ihren Nachwuchs kümmern. Funktioniert in der Tierwelt ja auch."

Was ist das denn für ein Vergleich?, dachte Mareike.

„Meinst du wirklich?", fragte Julie.

„Klar, meine ich das." Greta schenkte Wein nach.

„Für mich nicht mehr, ich habe morgen einen anstrengenden Tag."

„Och, Rike, es ist doch für Julie."

„Was ist für Julie?", fragte Mareike gereizt, „dass ich mich betrinke?"

Greta zwinkerte Julie zu.

„Danke, dass ich ein paar Tage hier unterkommen kann, Mareike. Das ist wirklich sehr nett, wo wir uns doch gar nicht gut kennen."

„Das ändern wir jetzt", meinte Greta, „eine echte Frauen-WG, das wird der Knaller!"

Mareike zündete sich eine Zigarette an. Dann sah sie Julie in die Augen. „Und was bezweckst du mit der Aktion? Ich meine, was soll das bringen, einen pubertierenden Jungen mit einem Mann allein zu lassen, den er offensichtlich kaum kennt? Erzeuger hin oder her."

Julie sah unsicher in den Garten. „Es klingt ein bisschen verrückt, aber ich habe mir die Karten legen lassen …"

Erbarmen, dachte Mareike.

„Wie aufregend", flötete Greta.

„Es war eine Verzweiflungsaktion, das ist mir schon klar. Ich hatte einfach keinen Plan mehr, wie es mit Flo weitergehen könnte."

„Und deshalb hast du seinen Vater eingeschaltet, absolut richtige Entscheidung", meinte Greta, „und wie war das mit den Karten?"

Julie grinste. „Susan und ich hatten einen Termin bei Indrani …"

„Susan?", fragte Mareike überrascht, „*die Susan*, die ich kenne?"

„Genau die", antwortete Julie.

„Indrani?", fragte Greta, „was ist das?"

Julies Handy klingelte, sie drückte das Gespräch weg, ohne aufs Display zu schauen. „Das ist ein … ähm, Medium."

Mareike stieß einen tiefen Seufzer aus.

„Rike! Hör doch einfach mal zu, das ist mega-spannend. Und die Karten haben dir gesagt, dass du deinen Sohn mit seinem Vater allein lassen sollst?", fragte Greta mit großen Augen.

„So was in der Art, ja."

„Wie aufregend. Da gehe ich auch mal hin."

„Greta, ich bitte dich, das ist doch Humbug!"

„Das hat Susan auch gesagt."

„Na, immerhin eine mit gesundem Menschenverstand."

„Man muss sich auch mal für Neues öffnen, Rike, sonst bleibt man immer in der gleichen Lebensschleife hängen." Greta prostete ihr zu.

„Ah ja." Mareike nahm noch einen Schluck Wein, den sie langsam zu merken begann, dann sah sie zu Julie. „Und warum willst du jetzt nicht mit diesem Philipp sprechen? Er scheint ja Gesprächsbedarf zu haben."

„Ich wüsste gar nicht, was ich ihm sagen soll."

„Das wüsste ich an deiner Stelle allerdings auch nicht", entgegnete Mareike trocken.

„Du findest nicht gut, was ich gemacht habe, oder?"

„Du scheinst keinen anderen Weg mehr gesehen zu haben."

„Das stimmt."

„Trotzdem halte ich dein Verhalten mindestens für bedenklich."

„Da spricht die Frau Anwältin", entgegnete Greta fröhlich.

Julie holte tief Luft. „Noch könnte ich einfach zurückfahren und so tun, als sei alles ein Scherz gewesen."

„Quatsch", meinte Greta schnell.

„Nicht die schlechteste Idee, wenn du mich fragst."

„Sie hat doch viel zu viel getrunken."

„Es gibt Taxis."

„Du willst mich hier nicht haben, oder?"

„Ich verstehe nur nicht, was du mit der Aktion erreichen willst, Julie."

„Dass Flo wieder so wird wie früher."

„Das klappt bestimmt", meinte Greta, „ich geh mal Rüdiger holen."

„Wer war noch mal Rüdiger?", fragte Julie und sah voller Bewunderung in den Garten. „Wie schön du es hier hast."

„Ihr Goldfisch."

Sie schwiegen, bis Greta mit ihrem Fisch zurück war und ihn in seinem Glas auf den Tisch stellte.

„Hallo Rüdiger", sagte Mareike trocken.

„Herr Vollmer für Sie, Frau Dr. Rose."

Mareike drückte auf den Knopf der Gegensprechanlage. „Danke, bitte stellen Sie durch." In der nächsten Sekunde nahm sie sich vor, dieses absurde Artefakt aus vergangenen Zeiten noch heute stillzulegen. Eine Gegensprechanlage, wie peinlich!

„Rose", meldete sie sich nach dem zweiten Klingeln.

„Hallo, Frau Dr. Rose, hier spricht Christian Vollmer."

„Guten Tag Herr Vollmer."

„Ich dachte, ich melde mich noch mal wegen dieser Sache mit ihrem Vater."

„Ja?"

„Es tut mir leid, wenn ich da etwas falsch verstanden hatte. Ich möchte das gern wiedergutmachen."

„Dafür besteht wirklich kein Grund, Herr Vollmer", entgegnete sie ruhig.

„Finde ich schon. Haben Sie vielleicht Lust, heute Abend ein Glas Wein trinken zu gehen? Es gibt ein Hoffest auf einem netten Gut etwas außerhalb von München, sehr gemütlich."

„Das kommt etwas plötzlich."

Sie hörte den Anwalt lachen. „Ich weiß. Wenn es nicht passt, dann vielleicht an einem anderen Tag?"

„Ich habe heute Abend noch nichts vor."

„Wunderbar, darf ich Sie irgendwo abholen?"

197

Mareike überlegte kurz. „Mein letzter Klient kommt gegen fünf, ab sechs sollte ich frei sein."

„Dann hole ich Sie gegen sechs in Ihrer Kanzlei ab, einverstanden?"

„Einverstanden", antwortete Mareike und fragte sich, was der Mann von ihr wollte.

„Ich freue mich", hörte sie ihn sagen und stellte sich dabei sein nettes Lächeln vor.

Nachdem sie aufgelegt hatte, ging Mareike in das Vorzimmer, in dem ihre Assistentin mit gekräuselter Stirn auf den Bildschirm starrte.

„Frau Schubert, wären Sie so nett und würden einen Container bestellen?"

Ihre Assistentin sah vom Bildschirm auf. „Was für einen Container, Frau Dr. Rose?"

„Einen Container für gemischte Abfälle. Also, ich glaube, so heißt das, oder?"

Die Stirn von Frau Schubert kräuselte sich noch etwas mehr. „Wofür benötigen Sie den denn?"

Mareike seufzte und sah sich im Vorzimmer um. Auch hier war alles alt und hässlich. „Ich will dieses ganze alte Gerümpel wegwerfen."

„Alte Gerümpel?"

Mareike deutete auf den massigen Schreibtisch, hinter dem Frau Schubert sie fragend ansah. „Dieses Monstrum zum Beispiel. Und die Möbel in meinem Büro, das ist doch alles altes Zeug."

„Aber das können Sie nicht einfach in einen Container werfen!"

„Und warum sollte ich das nicht können?"

„Ihr Vater würde …"

„Meinem Vater gehört diese Kanzlei seit drei Jahren nicht mehr!", entgegnete sie scharf.

„Das stimmt, aber …"

„Aber?"

Frau Schubert sah sie besorgt an. „Soll ich Ihnen vielleicht einen Kaffee machen?"

Mareike setzte sich seufzend in einen Sessel. „Warum eigentlich nicht?" Die Kaffeemaschine ist das einzig moderne in diesem Raum, dachte sie, während ihre Assistentin eine Tasse drunter stellte. Und die Computer, alles andere war hunderte von Jahren alt. „Trinken Sie einen Kaffee mit, Frau Schubert?" Die Assistentin nickte unsicher. Kaffeegeruch erfüllte den Raum. Dann kam sie mit zwei Espressotassen zurück und reichte Mareike eine davon.

„Wir ändern hier alles." Mareike trank einen Schluck. Der Espresso war schwarz und stark, so wie sie ihn mochte.

„Was denn ändern, Frau Dr. Rose?"

„Setzten Sie sich doch."

„Gerne." Frau Schubert setzte sich vorsichtig in den Sessel ihr Gegenüber.

„Zum Beispiel das *Frau Doktor*. Das streichen wir ab sofort aus dem Wortschatz."

„Ich verstehe nicht?"

Mareike lächelte. „Wie lange sind Sie eigentlich schon in der Kanzlei, Frau Schubert?"

„Ähm, ich weiß gar nicht, warten Sie mal, dass müssen jetzt fünfzehn Jahre sein. Ungefähr."

„Ganz schön lange."

„Wollen Sie mich loswerden?" Frau Schubert verschluckte sich an ihrem Espresso.

„Nein, natürlich nicht", erwiderte Mareike schnell. „Ich möchte nur ein paar Veränderungen durchführen und dafür benötige ich Ihre Unterstützung."

„Selbstverständlich. Was für Veränderungen denn?"

„Bitte lassen Sie in Zukunft das Frau Doktor weg, okay? Frau Rose genügt."

„Wie Sie wünschen, Frau Dr. … ähm … Frau Rose."

„Wir werden hier alles verändert. Das ganze alte Gerümpel wandert auf den Müll. Wir richten uns neu ein. Würden Sie nicht auch lieber in freundlichen, hellen Räumen arbeiten, Frau Schubert?"

„Darüber habe ich noch nie nachgedacht, Frau Dr. Rose. Es war ja immer schon so."

„Mein Vater wird einen Tobsuchtsanfall bekommen." Mareike lachte vergnügt.

„Wenn ich dazu etwas sagen dürfte."

„Natürlich dürfen Sie." Mareike beobachtete ihre Assistentin, die verlegen die Tasse in der Hand hin und her drehte. „Nun reden Sie schon."

„Diese Möbel sind sicher sehr wertvoll …"

„Aber scheußlich - und deshalb brauche ich den Container."

„Ich glaube, die Möbel sind zu wertvoll, um sie auf den Müll zu werfen."

„Man könnte sie bei eBay einstellen."

„Ich würde einen Antiquitätenhändler beauftragten."

„Einen Antiquitätenhändler?"

Ihre Assistentin nickte. „Darf ich noch einen Vorschlag machen? Wenn Sie wirklich renovieren wollen, Frau Dr. … Frau Rose, dann muss das gut geplant werden."

Mareike sah sie fragend an.

„Ich meine, wir müssen hier ja weiterarbeiten und ohne Schreibtisch, Sie wissen schon."

Mareike musste lachen. „Sie haben natürlich recht, Frau Schubert. Wir sollten die Sommerferien dafür nutzen."

„Wenn Sie so kurzfristig Handwerker bekommen." Ihre Assistentin sah sie zweifelnd an.

„Würden Sie Kontakt zu einem Antiquitäten-händler aufnehmen? Der soll sich den Kram hier einfach mal unverbindlich anschauen."

„Gerne."

Mareike lächelte ihrer Assistentin zu, dann ging sie zurück in ihr Büro. In der Tür drehte sie sich noch einmal um. „Danke für den Kaffee. Und die Gegensprechanlage, Frau Schubert, ist ab heute tabu. Stellen Sie die Gespräche einfach durch, solange ich keine Klienten habe."

Mareike sah in das verblüffte Gesicht ihrer Assistentin, bevor sie die Bürotür schloss, sich mit einem erleichterten Seufzer in ihren Schreibtisch-stuhl sinken ließ und sich wie befreit fühlte.

„Danke, dass ich dein Auto nehmen darf", rief Greta Mareike vergnügt zu und öffnete den Kofferraum, „ich muss bestimmt noch zehnmal fahren. Schon allein die ganzen Bierkisten."

„Die Getränke müssen schnell kaltgestellt werden, sonst sind die lauwarm heute Abend", meinte Julie, deren Wagen ebenfalls bis obenhin voll war. Gemeinsam gingen sie in den Garten, wo Mareike die Rosenstöcke in die Beete setzte.

„Die sehen ja schön aus", meinte Julie.

„Gretas Lieblingsfarbe."

„Das ist toll von dir, Rike." Greta strahlte übers ganze Gesicht. „Das wird eine Hammerparty heute Abend."

Mareike richtete sich auf. „Wie viele Leute kommen eigentlich?"

„Keine Ahnung, ich habe einfach rundum eingeladen. Vielleicht hätte ich um eine Zusage bitten sollen? Vergessen. Na ja, egal, das wird mega." Greta hüpfte vergnügt auf und ab.

„Was meinst du denn mit rundum?" Mareike wischte sich den Schweiß von der Stirn, wobei sie einen dünnen, erdigen Strich hinterließ.

Greta lachte, nahm ein Tempo, spuckte einmal drauf und wollte Mareike damit die Stirn abwischen. „Untersteh dich, Greta!"

„Aber du hast da was."

„Also, wie viele Leute kommen heute Abend, ich meine, in etwa?"

„Keine Ahnung. Guck mal, wir haben Fackeln gekauft, die machen wir an, wenn es dunkel wird. Romantisch, oder?"

Mareike seufzte und wischte sich mit einem Taschentuch die Stirn sauber. „Ich habe auch jemanden eingeladen."

„Echt? Wen?" Greta sah sie neugierig an.

Mareike nahm eine Schaufel Hornspäne und schüttete sie in ein Erdloch. „Einen Kollegen."

„Was für einen Kollegen?"

Sie nahm einen Rosenstock und setzte ihn behutsam in das mit Hornspänen gefüllte Erdloch. „Einen Kollegen eben."

„Rike! Was für einen Kollegen?"

„Sein Name ist Christian Vollmer, wir waren einmal zusammen aus."

„Was? Warum weiß ich das nicht?", fragte Greta entrüstet. Julie grinste verlegen.

„Greta! Ich muss dir keine Rechenschaft ablegen!"

„Ja, ja. Aber erzählt doch mal. Ich meine, ist da was zwischen euch?"

„Ich würde sagen, wir bringen mal die Einkäufe rein, sonst wird das alles noch wärmer", meinte Julie.

„Auch wieder wahr", erwiderte Greta. „Ähm, Rike, ich muss dir noch was …"

„Bringt ihr mal die Einkäufe rein und ich kümmere mich um die Rosen", schnitt Mareike ihr das Wort ab.

„Womit kann ich Ihnen helfen?", rief eine bleistiftdünne Frau aus dem hinteren Teil des Ladens und balancierte auf hohen Absätzen auf Indrani zu, während die Türglocke ein resigniertes Bing ertönen ließ. Das braungebrannte, von harten Linien durchzogene Gesicht der Verkäuferin war so schmal, dass die Zähne darin riesig wirkten. Wie der Wolf, der sich als Großmutter verkleidet, ging es Indrani durch den Kopf. Unschlüssig sah sie sich in der Boutique um, dann zuckte sie hilflos mit den Achseln. „Ich suche etwas für eine Gartenparty."

„Oh, eine Gartenparty, wie schön", erwiderte der als Großmutter verkleidete Wolf und trippelte zu einem Kleiderständer. „Wie wäre es mit einem Cocktailkleid? Warten Sie, hier habe ich was für Sie"

Indrani blickte auf den mit goldenen Pailletten bestickten Kaftan, den die Frau triumphierend hoch hielt. „Nein, das gefällt mir nicht."

„Nun ja, allzu viel habe ich in Ihrer ... Größe nicht da."

Indrani sah die dünnen, wie gegerbt wirkenden Arme der Frau, die mit fachmännischem Schwung die Kleider durchsah, wobei die Kleiderbügel hysterisch aneinander klackerten. Dann hatte sie scheinbar gefunden, wonach sie suchte. „Ist das nicht ein Traum?", fragte sie.

Indrani blickte auf die riesigen Zähne der Frau und Fluchtinstinkte machten sich in ihr breit. Der *Traum* war in zarten Lilatönen gehalten und sehr weit geschnitten, wirkte aber trotzdem nicht unförmig. „Meinen Sie, dass würde mir stehen?", fragte Indrani skeptisch.

„Das sage ich Ihnen, wenn Sie es anhaben", erwiderte die Verkäuferin und schob sie energisch in eine lächerlich kleine Umkleidekabine. „Ich bin ganz in ihrer Nähe, wenn Sie etwas brauchen, rufen Sie einfach", meinte die Verkäuferin flötend, während die Tür zuging. Indrani konnte sich kaum bewegen. Zweifelnd sah sie sich in dem Ganzkörperspiegel an, zog schnell Shirt und Hose aus, vermied dabei den Blick in den Spiegel, und schlüpfte umständlich in das Kleid, wobei sie mit den Ellenbogen an die Wände stieß. Danach hatte sie das Gefühl, den Sauerstoff der Kabine zur Gänze aufgebraucht zu haben und stolperte zurück in den Laden.

„Ein Traum!", rief der Wolf und bleckte die Zähne. Indrani sah sich suchend um und fand einen, an eine Säule gelehnten vergoldeten Spiegel. Zögernd stellte sie sich davor. Eine dicke Frau in einem lila Sack blickte sie an.

Ein Alptraum. „Haben Sie noch was anderes?"

„Natürlich! Aber dieses Kleid sollten Sie unbedingt in die engere Wahl nehmen. Die zarten Pastelltöne passen perfekt zu ihren Haaren." Die Frau balancierte zu einem weiteren Kleiderständer und wieder begannen die Kleiderbügel hysterisch zu klackern. „Was sagen Sie dazu?" Sie hielt ein schwarzes Kleid hoch, dessen Ausschnitt mit schimmernden Pailletten besetzt war. Es wirkte sehr elegant.

„Vielleicht etwas zu elegant für eine Gartenparty?"

„Kommt drauf an, wer die Party gibt?", lächelte der Wolf hinterlistig, „in Nymphenburg wären Sie damit underdressed.

Indrani erinnerte sich, dass diese überdrehte Greta ihr tatsächlich eine Adresse in Nymphenburg genannt hatte, nachdem sie ihr die Karten gelegt hatte. Ob sie sich überhaupt noch daran erinnerte, sie eingeladen zu haben? „Okay, ich probiere es mal an."

Was folgte, war die gleiche erniedrigende Prozedur. Schmerzende Ellenbogen. Atemnot. Flucht aus der Kabine.

„Ein Traum!" Der Wolf bleckte wieder die Zähne.

Gar nicht schlecht, dachte Indrani, als sie sich im Spiegel betrachtete.

„Dazu noch flotte Schuhe und ein dramatisches Make-up – und es wird die Party Ihres Lebens."

Während Indrani sich fragte, was die Frau wohl unter *flotten Schuhen* verstand, drehte sie sich einmal um sich selbst. Das Kleid ließ sie zwanzig Kilo leichter aussehen. „Was ist denn ein dramatisches Make-up?", fragte sie lachend.

Die Verkäuferin baute sich vor ihr auf. „Schwarzumrandete Augen, dicke Wimpertusche und knallrote Lippen – glauben Sie mir, die Männer werden Ihnen zu Füßen liegen."

„Darauf warte ich seit Jahren", erwiderte Indrani trocken.

„Auf der Gartenparty wird es soweit sein. Jedenfalls, wenn Sie dieses Kleid tragen." Der Wolf sah sie mit funkelnden Augen an. Indrani verkniff sich eine Bemerkung und suchte das Preisschild des Kleides. Sie fand keines. „Was kostet das überhaupt?"

„Warten Sie, ich sehe schnell nach." Die Frau balancierte in Richtung Kasse und Indrani betrachtete sich noch einmal im Spiegel. „Was für Schuhe würden Sie mir dazu empfehlen?", rief sie Richtung Kasse.

„Ballerinas", rief die Verkäuferin und ihr Blick heftete sich an eine Zahlenkolonne in einer Mappe, „Sie sind ja recht groß und wir wollen die Männer ja nicht verschrecken, oder?" Ein wieherndes Lachen erfüllte die kleine Boutique.

Sie ist kein Wolf, sie ist ein Pferd, dachte Indrani. Die Frau kam mit der aufgeschlagenen Mappe zurück und sah hinein, während sie ihr den Preis des Kleides nannte. Indrani begann zu lachen. „Also, jetzt mal im Ernst, was kostet es?"

„Das ist ein Einzelstück, handgenäht."

Ja klar, dachte Indrani und schluckte. „Das ist wirklich der Preis?"

Die Frau nickte, lächelte und zack - der Wolf war wieder da. „Ich könnte Ihnen aber etwas entgegenkommen. Sagen wir, fünf Prozent?"

Greta hatte *Lässig* geantwortet, als Susan sie per WhatsApp nach dem Dresscode für den Abend gefragt hatte. Also zog sie eine verwaschene Jeans an, bei der jede modebewusste Frau sofort erkannte, dass sie über zweihundert Euro gekostet hatte, und ein offenes, weißes Leinensakko über ein Shirt von Tom Cosma. Die weißen Segelschuhe - ebenfalls Tom Cosma - vervollständigten das Bild. Irgendein Weltverbesserer in irgendeiner Bar hatte Susan mal mit rotem Hals darauf aufmerksam gemacht, dass Kleidung von Tom Cosma gar nicht ging, weil der angeblich rechtsradikal sei. Was ging es sie an? Sollte sie eines guten Gewissens wegen alle ihre Klamotten wegschmeißen? Damit irgendjemand in der dritten Welt sie auftrug?

Susan war zu früh fertig, also setzte sie sich auf die Terrasse und trank ein Gläschen zum Warmwerden.

Eine Party in Mareikes Garten, von Greta veranstaltet. Vermutlich würden nur Paare kommen und sie wäre der einzige Single. Ein Anflug von Einsamkeit schwebte kurz vorbei. Nee, stimmte ja gar nicht, Karsten hatte Mareike verlassen, Julie war solo und Greta ebenfalls. Susan ging zurück in die Küche und goss sich noch einen Whiskey ein. Es war nicht mehr viel in der Flasche, dann konnte man den auch gleich ganz leer machen, lohnte nicht, die Flasche mit so einer Pfütze am Boden zurück ins Regal zu stellen. Was das wohl geben würde, diese Party bei der verrückten Greta? Einer arbeitslosen Schauspielerin. Vermutlich würde man Tsatsiki und Fladenbrot essen, dazu billigen Wein vom Aldi. Wie damals in ihrer Studentenzeit. War nicht die schlechteste Zeit gewesen. Wie wenig Geld sie damals gebraucht hatte. Mit ein paar Hundert Euro war man über die Runden gekommen. Und die Euros hatten noch D-Mark geheißen. Sie trank einen Schluck Whiskey, der brennend die Kehle runter ran. Was hatte sie damals eigentlich für Klamotten getragen? Second Hand von *Lumpen Lonie*. Sie hatte sich in dieser staubigen Lagerhalle bei funzeligem Licht Shirts und Hosen ausgesucht, die wurden von Lonie, einem Hippieüberbleibsel mit Rasta-Frisur, auf eine Waage gelegt und dann bekam man die Summe genannt, die man zahlen musste. Eine Mark für ein Shirt, selten mehr. Zwei bis drei für eine Jeans. Susan hatte die Sachen gewaschen und in ihren Lieblingsfarben gefärbt. Hier und da etwas abgenäht, mal eine Bordüre draufgebügelt und fertig war der Look. Sie hatte während ihrer Studentenzeit ausgesehen, wie Greta heute noch aussah.

Wann war sie eigentlich so ein Snob geworden, der auf Klamotten von Tom Cosma stand? Könnte sie noch mal umkehren? Ihren Standard wieder runterfahren? Wenn sich nicht bald ein lukrativer Job auftat, würde ihr gar nichts anderes übrig-bleiben. Bei dem Gedanken nahm sie einen weiteren Schluck.

Julie sah auf das Display ihres klingelnden Handys. Drei Tage war es jetzt her, dass sie fluchtartig ihre Wohnung verlassen und Flo mit Philipp alleine gelassen hatte. Konnte sie das Gespräch wieder wegdrücken? So, wie sie es die ganze Zeit getan hatte? Sie setzte sie sich auf ihr provisorisches Bett und nahm das Gespräch an. „Hallo Philipp."

Einen Moment blieb es still am anderen Ende, sie hörte ihn atmen. „Sag mal, tickst du noch ganz sauber?"

Aus dem Garten schallte fröhliches Lachen herauf. Sollte sie einfach wieder auflegen?

„Was denkst du dir dabei, einfach abzuhauen und mich mit diesem Jungen alleine zu lassen?"

„*Dieser Junge* ist dein Sohn", antwortete sie so ruhig wie möglich. Dem Stimmengewirr nach zu urteilen, trudelten Gretas Gäste ein.

„Ach, hör doch auf mit dem Schmarrn."

„Wie geht es Flo?"

„Frag mal lieber, wie es mir geht!"

„Also gut, wie geht es dir?"

„Scheiße!"

„Warum?"

„Das fragst du mich allen Ernstes?", zischte er.

Gretas schrilles Lachen klang herauf. Dann das Lachen einer weiteren Frau. War das Susan?

Wieder blieb es einige Zeit ruhig. Sie hörte Philipp ruhig atmen. Offensichtlich war er bemüht, nicht komplett auszurasten.

„Julie! Ich fliege übermorgen nach Pakistan und habe noch jede Menge zu erledigen."

„Wie geht es Flo?", fragte sie noch einmal. Mit halbem Ohr lauschte sie den Geräuschen aus dem Garten.

„Julie! Wo bist du?"

„Bei einer Freundin."

„Bei welcher Freundin?"

„Das möchte ich lieber nicht sagen."

„Hast du sie noch alle? Ich habe keine Zeit für den Jungen, verdammt noch mal!"

„Wie ist es euch ergangen die letzten Tage?"

Statt einer Antwort hörte sie nur ein verächtliches Schnauben. Im Garten wurde es immer lauter. Julie stand auf und ging zum Fenster. Ganz schön viele Leute da unten, dabei war es noch nicht mal sieben. Philipp räusperte sich. „Julie, diese Aktion bringt doch nichts."

„Ach ja?"

„Florian ist total verstört, er glaubt, dass du überhaupt nicht zurückkommst."

„Hat er das gesagt?" In ihrem Inneren schnürte sich alles zusammen.

Philipp lachte bitter. „Der Junge hat die volle Panik, dass er die Zeit bis zum achtzehnten Geburtstag mit mir verbringen muss."

„Ich habe eine Bitte, Philipp." Er sagte nichts. „Kannst du Florian sagen, dass ich nicht zurückkommen werde."

„WAS?", schrie Philipp so laut, dass Julie ihr Handy fallen ließ. Es schlug hart auf dem Stein-boden auf und schlitterte unter einen Sessel. Sie ging in die Knie und fischte es darunter hervor. Das Display war voller Wollmäuse, aber heil geblieben. Sie pustete die Flusen fort. „Bist du noch dran?" Das Stimmengewirr aus dem Garten wurde lauter.

„Julie! Ich werde die Polizei informieren, wenn du nicht augenblicklich …"

„Hör zu Philipp, ich …"

„Du wirst sofort …"

„Jetzt hör mir doch mal zu!" Am anderen Ende der Leitung wurde es still. „Philipp, ich verspreche dir, dass ich morgen Abend wieder da bin." Sie hörte ihn schnauben. „Ich gebe zu, dass ich auch nicht weiß, ob ich richtig handel. Ich habe einfach keine andere Idee, diesen Jungen zur Vernunft zu bringen." Sie musste schlucken, um nicht in Tränen auszubrechen. Philipp schwieg. „Bist du noch dran?"

„Florian soll also glauben, dass du ihn für immer verlassen hast?"

„Oh Gott, dass klingt so schrecklich." Julie begann zu weinen. „Ich bin eine schlechte Mutter." Sie setzte sich in den Sessel und ließ ihren Tränen freien Lauf. „Ich bin eine so schlechte Mutter", schluchzte sie.

„Das kann ich nicht beurteilen", entgegnete Philipp und es klang, als wolle er noch etwas sagen.

„Ja?", fragte sie deshalb.

„Der Junge hat in der Schule absoluten Bockmist gebaut."

„Woher weißt du das?"

„Das hat mir seine Lehrerin erzählt."

Julie richtete sich auf. „Du hast mit seiner Lehrerin gesprochen?"

„Dein Festnetztelefon hat geläutet und ich hatte die leise Hoffnung, du könntest dran sein, also bin ich rangegangen."

„Und was hat die Frau dir erzählt?"

„Das, was sie dir vor drei Wochen schon erzählt hat, nehme ich an."

„Ähm, ich hab das nicht so ernst genommen."

„Das hat sie auch gesagt", erwiderte Philipp trocken.

Julie zögerte. „Was hast du dann gemacht?"

„Ich habe mir den Jungen natürlich vorgeknöpft."

„Vorgeknöpft?"

Philipp seufzte. „Ich habe ihm gesagt, dass man Mädchen nicht so behandelt und dass er in einem Heim landet, wenn er sich weiterhin so benimmt."

„Oh Gott, wie hat er darauf reagiert?"

„Erst hat er gebockt, dann geheult."

„Geheult? Flo?"

„Tut mir leid das zu sagen, Julie, aber ich glaube, du hast dem Jungen viel zu viel durchgehen lassen."

„Vielleicht", antwortete sie zögernd.

„Deshalb ist das keine schlechte Idee, ihn noch ein bisschen zu grillen." Philipp lachte. „Du bist wirklich morgen Abend zurück?"

„Versprochen."

„Okay, dann werde ich *unserem Sohn* jetzt einen ordentlichen Schrecken einjagen. Ich kann ihm ja sagen, dass er mich nach Pakistan begleiten muss."

„Meinst du, das klappt?"

„Keine Ahnung."

„Versuchen wir es."

Nachdem sie das Gespräch beendet hatte, ging Julie zurück zum Fenster und sah in den Garten. Das mussten mindestens fünfzig Leute sein, die dort mit Weingläsern und Bierflaschen bewaffnet auf dem Rasen standen. Und es war eine halbe Stunde vor dem eigentlichen Beginn der Party.

„Diese Blumen haben eine ganz und gar schreckliche Farbe!"

Mareike zuckte zusammen, schickte ein kurzes Stoßgebet gen Himmel, das nicht erhört wurde, denn als sie sich umdrehte, stand ihre Mutter vor ihr. Kerzengerader Rücken, graue, zu einem eleganten Knoten gebundene Haare, rot geschminkte Lippen, die Fingernägel in der gleichen Farbe lackiert und in einem Kleid, das für eine Gartenparty definitiv zu elegant war.

„Mutter! Was machst du denn hier?"

„Was ist das für eine Frage? Greta hat uns eingeladen", entgegnete ihre Mutter und deutete auf die Rosen, „diese Farbe ist vulgär."

Mareike nahm den Geruch eines schweren Parfüms war. Ihre Mutter trug es, seit sie denken konnte, ebenso lange hatte sie sich davor geekelt.

„Ist Vater auch da?"

Ihre Mutter straffte die Schultern und Mareike fragte sich nicht zum ersten Mal, wie es ihr immer wieder gelang, durch eine einzige Bewegung noch größer zu wirken, als sie ohnehin war. „Er unterhält sich mit einem jungen Anwalt, vermutlich wird er wieder den ganzen Abend fachsimpeln."

Mareike durchfuhr ein kurzer, durchaus nicht unangenehmer Blitz. „Was für ein Anwalt?"

„Was weiß ich. Also, diese Rosen, Kind …"

„Die sind für Greta", schnitt sie ihrer Mutter das Wort ab.

„Für Greta? Wie darf ich das verstehen?"

„Sie haben Gretas Lieblingsfarbe, ich wollte ihr eine Freude machen."

„Dann stehen diese schrecklichen Blumen hier nur temporär?"

„Mal sehen."

„Bitte sag mir, dass du sie nicht dauerhaft gepflanzt hast!"

Mareike schickte ein paar imaginäre Giftpfeile in Gretas Richtung. „Und warum sollten sie nicht dauerhaft hier stehen, Mutter?"

„Das sind billige Zuchtrosen. Es würde mich nicht wundern, wenn sie aus dem Baumarkt wären. Völlig unpassend."

Natürlich waren die Rosen aus dem Baummarkt. „Kann ich dir etwas zu trinken bringen?"

„Erst will ich die Gartenfrage geklärt wissen!"

Ein weiterer Köcher voller Giftpfeile wurde auf die Reise geschickt. „Ich sage mal Vater Guten Tag."

„Diesen Garten habe ich angelegt", ließ ihre Mutter nicht locker, „es hat Jahre - ach, was sage ich - Jahrzehnte gedauert, bis er in dieser Pracht dastand. Du wirst diese Rosen hier nicht stehen lassen!" Ihre Mutter sah sie mit vor Zorn bebenden Lippen an.

Mareike redete sich zu, dass ihre Mutter alt und deshalb mit Milde zu behandeln sei, als eine in ihrem Gedächtnis tief vergrabene Begebenheit hervorlugte und ihr hämisch zuwinkte.

Achtundzwanzig Jahre war das jetzt her. Sie hatte ihren achtzehnten Geburtstag gefeiert, hier in diesem Garten. Ein paar Freunde eingeladen zu einer lockeren Party zum Einstand ins Erwachsen-werden.

Ihr Vater hatte Bier und Wein eingekauft, die Mutter ein paar Girlanden aufgehängt, die Mareike scheußlich gefunden hatte, und dann kamen die Gäste. Mareike war auf einigen Achtzehnerfeten gewesen. Eltern hatten dort nichts verloren.

Ihre Mutter schlich wie eine Krähe mit dem Geheimauftrag, schlimme Übeltäter aufzuspüren, durch den Garten und pickte mit angeekeltem Gesicht jede ausgedrückte Zigarettenkippe auf, um sie dann vor sich her in den Mülleimer zu tragen. Die ersten Gäste begannen sich lustig zu machen und Mareike wäre am liebsten für immer nach Neuseeland ausgewandert. All ihr Flehen, das doch bitte zu unterlassen, hatte ihre Mutter stoisch ignoriert.

Und dann die Eskalation! David, ein Austausch-schüler aus New York, hatte sich einen Joint angezündet. Absolut normal damals. Aber nicht in Mareikes Welt. Ihre Mutter war auf David los-gestürmt, hatte ihm den Joint aus der Hand geschlagen, ihm Hausverbot erteilt und mit einer Anzeige gedroht.

Fünf Minuten später war der Garten leer gewesen. Es hatten nur noch zwei Menschen darin gestanden. Ihre empörte Mutter und sie. Sie war damals nicht nur in Tränen aufgelöst, sondern völlig verzweifelt gewesen. Sicher, auf einen Schlag alle ihre Freunde verloren zu haben.

Mareike sah zu ihrer Mutter, die mit verschränkten Armen und herausforderndem Blick dastand. Das Gesicht voller Abneigung. Wegen ein paar Blumen, die ihrer Meinung nach weder die richtige Herkunft noch die richtige Farbe hatten. „Diese Rosen werden morgen verschwunden sein", sagte sie in hartem Ton.

Mareike blieb einen Moment still stehen. Dann sagte sie, was sie schon vor achtundzwanzig Jahren hätte sagen sollen. „Weißt du was Mutter?" Die alte Dame hob eine Augenbraue. „Du kannst mich mal am Arsch lecken." Bevor ihrer Mutter die Gesichtszüge entgleiten konnten, drehte Mareike sich um und ging.

„Puh, ganz schön viele Leute", Greta sah hilfe-suchend zu Julie, „hoffentlich reicht das Essen."

„Wird schon. Sag mal, wer ist der Typ dahinten?"

„Wer?"

„Na, der mit der Sonnenbrille mit den blauen Glä-sern."

„Ich sehe keine Sonnenbrille. Meinst du, Rike wird sauer auf mich sein?"

„Warum sollte sie?"

„Weil ... ähm ... doch ein paar mehr Leute gekom-men sind?"

„Frag sie einfach, da kommt sie ja."

„Oh je, sie sieht sauer aus." Greta zuppelte an ihrem Kleid herum und zog den Kopf ein. „Ich wusste ja auch nicht, dass so viele ..."

„Wie konntest du meine Mutter einladen!", zischte Mareike.

„Oh ... ich fand sie immer sehr nett und es ist ja ir-gendwie ihr Garten, oder?"

„Es ist nicht ihr Garten, es ist mein Garten!"

„Was ist eigentlich los mit dir, bist du böse, dass es nun doch ein paar mehr Leute geworden sind?"

„Das ist mir scheißegal!"

„Rike, wie redest du denn?"

„Du kannst nicht einfach *meine Eltern* zu einer Party in *meinen Garten* einladen, ohne mich vorher zu fra-gen!"

„Wollte ich ja ..."

„Hast du aber nicht! Wer kommt denn sonst noch, auf den ich vorbereitet sein sollte?"

„Ähm, also …"

„Meine Großeltern können es ja zum Glück nicht sein, die sind unter der Erde", schnitt Mareike ihr das Wort ab, dann drehte sie sich um und verschwand.

„Die wird irgendwann mal wie ihre Mutter", meinte Greta trocken.

„Wenn ich das so ehrlich sagen darf, ich wäre auch sauer, wenn meine Eltern ungefragt auf einer Party auftauchen würden, die ich für Freunde gebe."

„Aber es ist meine Party!"

„Es ist Mareikes Garten."

„Deshalb muss Rike aber nicht so reagieren."

Julie wollte Greta gerade etwas entgegnen, da stockte sie. „Was macht die Frau denn da?", fragte sie mit einem nervösen Flattern in der Stimme.

$\mathcal{D}$a läuft etwas ganz gewaltig aus dem Ruder, dachte Julie, während sie der alten Dame dabei zusah, wie sie mühsam eine Schubkarre über den Kiesweg manövrierte. Die bis zu den Ellenbogen reichenden Gartenhandschuhe unterstrichen erstaunlicherweise die elegante Erscheinung der Frau. Julie fühlte sich an Audrey Hepburn in ´Frühstück bei Tiffany´ erinnert.

„Oh nein", sagte Greta neben ihr.

„Was will die mit der Schubkarre?"

„Weiß nicht."

„Greta! Du musst was tun!"

„Was tun? Wieso ich?"

„Du hast sie eingeladen. Die Frau kann doch jetzt keine Gartenarbeiten verrichten. In dem Kleid. Ist die dement?"

Julie beobachtete Mareikes Mutter, die die Schubkarre vor einem der Beete abstellte.

„Meine Rosen", sagte Greta in kläglichem Ton.

„Wieso deine Rosen?"

„Die hat Mareike gepflanzt, weil sie meine Lieblingsfarbe haben."

„Wie süß."

„Sie hat es auf meine Rosen abgesehen. Das ist ein Zeichen. Sie will nicht, dass ich hier wohne."

„Greta! Das ist lächerlich."

Gemeinsam standen sie da und sahen der alten Frau dabei zu, wie sie mit einem Spaten, der in der

Schubkarre gelegen haben musste, eine der Rosen ausgrub. Dabei versanken ihre Pumps in der schweren, feuchten Erde.

„Komm, wir gehen zu ihr." Energisch nahm Julie Gretas Hand und zog sie zu Mareikes Mutter, die verbissen um einen Rosenstock herum grub. Scheinbar waren ihr ihre teuren Pumps egal. Die waren auf jeden Fall restlos ruiniert.

Julie stieß Greta in die Seite.

„Hallo", sagte die vorsichtig. „Was machen Sie denn da, Frau Rose?"

Mareike hat ihren Geburtsnamen behalten, interessant, dachte Julie.

Mareikes Mutter arbeitete verbissen weiter.

„Hat das nicht Zeit bis morgen?", fragte Julie in sanftem Ton. Die alte Dame hatte die Wurzeln des ersten Rosenstocks ausgebuddelt und pfefferte ihn in die Schubkarre.

„Die schönen Rosen", meinte Greta.

„Warum müssen die denn raus?", fragte Julie, bekam aber keine Antwort. Ratlos sah sie zu Greta, die hilflos mit den Schultern zuckte. Julie fühlte mehrere Blicke in ihrem Rücken. Ein paar der Gäste waren auf die Szene aufmerksam geworden und schauten ihr verwundert zu. Mareikes Mutter stand bis zu den Fußknöcheln in der matschigen Erde und hieb mit dem Spaten auf eine der Rosen ein.

„Ich hole Rike", flüsterte Greta.

„Hol besser ihren Vater", murmelte Julie. Greta nickte und verschwand, während Julie verblüfft dabei zusah, wie die Frau mit ungeahnten Kräften die Rosen attackierte.

„Warum machen Sie das?", fragte sie noch einmal. Wie erwartet bekam sie keine Antwort. Mit klopfendem Herzen blieb Julie stehen und beobachtete die Frau, wie sie den schweren Spaten über ihren Kopf hob wie eine Lanze, wobei sich etwas von der feuchten Erde löste und auf ihrem streng gescheitelten Haar landete. Für eine Sekunde blieb sie regungslos stehen, dann hieb sie den Spaten mit voller Wucht in die Rosen.

Wenige Minuten später eilten Greta, Mareike und ein unbekannter, älterer Herr – Mareikes Vater, nahm Julie an – auf sie zu.

„Frau Rose, Ihr Mann kommt", hörte sie Greta mit großem Theatertimbre rufen. Julie fühlte sich an eine Tschechowaufführung erinnert, die sie als Kind mit ihren Eltern hatte durchleiden müssen. Sie war vor Langeweile fast gestorben. Die alte Frau schlug unbeirrt weiter auf die Rosen ein.

Julie verlagerte ihr Gewicht auf das andere Bein. Erst jetzt wurde ihr bewusst, wie angespannt sie dagestanden hatte. Nun sollten andere sich um diese irre Frau kümmern. Sie würde ein Glas trinken gehen.

„Großer Gott, Mutter!", sagte Mareike fassungslos.

„Annegret, was soll das?", hörte sie den Ehemann fragen. Er war sehr blass, aber um Haltung bemüht. Annegret schien nichts zu hören und zu sehen. Sie war mit den Rosen beschäftigt.

„Vielleicht sollte man einen Arzt rufen", sagte Julie an Mareike gewandt.

„Einen Arzt?", entgegnete Mareikes Vater ein wenig verwirrt.

„Ähm, weil die Dame sich ... etwas ... ungewöhnlich verhält?"

„Annegret!", sagte der Mann in strengem Tonfall.

Annegret schlug auf die Rosen ein.

Julie sah zu Mareike, aus deren Gesicht jegliche Farbe gewichen war.

*S*ie blamiert mich bis auf die Knochen, genau wie damals, dachte Mareike, während sie ihrer Mutter in ihrem Furor zusah. „Ich rufe einen Notarzt."

„Nicht doch, Mareike", entgegnete ihr Vater.

„Hast du eine bessere Idee?"

„Ich kümmere mich darum."

Der ehemalige Staranwalt zog sich umständlich sein Jackett aus und gab es Greta, die am nächsten zu ihm stand. Dann krempelte er sich die Ärmel hoch und blickte zu den anderen Gästen, die in gebührendem Abstand dem Geschehen folgten. Die einen, ohne auch nur im Geringsten ihre Neugier zu verbergen, andere in dem Bemühen, uninteressiert zu wirken.

„Stellt euch bitte so, dass ihr uns abschirmt", sagte er knapp. Greta sah verwirrt zu Julie. Die nahm ihre Hand und stellte sich mit dem Rücken zu den anderen Gästen. Mareike sah ihrem Vater dabei zu, wie er sich vorsichtig seiner Frau näherte, die alles um sich herum vergessen zu haben schien. Alles, außer den restlichen Rosen, die sich unter ihren Schlägen zu ducken schienen.

„Annegret", flüsterte er, was komplett ohne Wirkung blieb.

Neben Mareike hielten Julie und Greta die Luft an.

„Annegret, Liebes, komm, lass das jetzt mal."

Mareike beobachtete ihre Mutter, die innehielt und auf etwas hörte, dass weit entfernt zu sein schien.

„Johann?", fragte sie leise und begann zu lächeln.

„Annegret, ich bin es, dein Mann Bernhard."

„Mein Mann heißt Johann", sagte die alte Frau und kräuselte störrisch die Lippen.

Ihr Vater setzte vorsichtig einen Fuß in das Beet und legte eine Hand auf die Schulter ihrer Mutter. „Komm, wir gehen jetzt nach Hause."

Sie hatte nicht gewusst, dass ihr Vater eine so sanfte Stimme haben konnte. Wortlos zog er seine Frau aus dem Beet.

„Die Schuhe sind hin, würde ich sagen", meinte er, um einen lockeren Ton bemüht und deutete mit dem Kinn nach unten. Ihre Mutter sah an sich hinab, kicherte wie ein junges Mädchen und legte eine Hand über den Mund.

„Mama?", fragte Mareike leise.

„Nicht jetzt." Ihr Vater sah sie ernst an und für den Bruchteil einer Sekunde setzte ihr Herz aus. „Wir gehen durch den hinteren Teil des Gartens in die Nebenstraße und warten dort. Kannst du bitte meinen Wagen dort hinfahren?"

Mareike sah ihren Eltern hinterher, die langsam durch den Garten gingen. Ihr Vater hatte seinen Arm um die Schulter ihrer Mutter gelegt, die mit jedem Schritt eine Dreckspur hinterließ.

Als sie die schmiedeeiserne Pforte erreicht hatten, nahm Mareike Greta die Jacke ihres Vaters ab und ging eilig zu dessen Wagen, während sie die Pforte mit einem schepperten Geräusch hinter sich zuschlagen hörte.

Indrani blieb verdutzt vor dem Haus stehen und sah auf ihr Handy. Sie war in der richtigen Straße und die Hausnummer stimmte auch. Konnte es wirklich sein, dass Greta *hier* wohnte? Unsicher ging sie den Kiesweg entlang, wobei ihr immer wieder kleine Steinchen in die Ballerinas gerieten. Sie war noch nie in ihrem Leben auf so einem Grundstück gewesen. Das glich ja einer Schlosseinfahrt.

Als ein Auto langsam auf sie zugefahren kam, trat sie vom Weg auf eine Rasenfläche, die mit hohen Bäumen bepflanzt war. Am Steuer des dunkelblauen Jaguars saß eine Frau. Sie hielt neben ihr, ließ das Fenster runter und lächelte etwas gequält. „Sie wollen zu der Gartenparty?"

„Ähm, ja, die von Greta. Bin ich hier richtig?"

„Sie gehen weiter den Weg entlang, linkerhand am Haus vorbei in den Garten." Die Autoscheibe glitt lautlos nach oben und der Wagen setzte sich wieder in Bewegung.

Gütige Göttin, wo bin ich denn hier gelandet?, dachte Indrani, die zwischen Flucht und Neugier schwankte, wie ein Halm im Wind.

Auf jeden Fall war sie in dem eleganten Kleid, das diese dürre Boutiquetrulla ihr aufgeschwatzt hatte, nicht overdressed. Vermutlich trugen die Partygäste lang. Wenn sie schon in Jaguars herumfuhren und Sätze sagten, wie *linkerhand am Haus vorbei.*

Sie selbst hatte sich ein Taxi gegönnt, weil die Straßenbahn nicht zum Kleid gepasst hätte.

Langsam ging sie weiter, blieb alle paar Meter stehen, um sich ein Steinchen aus dem Schuh zu schütteln, und hörte nach einer Kurve die typischen Geräusche einer Party. Musik, Gelächter, eine Sektflasche, die entkorkt wurde. Wohl eher Champagner. Sie entspannte sich, als sie die ersten Menschen auf einer ausladenden Rasenfläche stehen sah und Julie erkannte. Ach, und da waren ja auch Greta und Susan. Indrani holte ihr Gastgeschenk, einen Buddha aus geschliffenem Granit, heraus und ging auf die Frauen zu. „Hallo, Greta, danke für die Einladung." Sie überreichte ihr Geschenk.

„Oh … danke." Greta sah verwirrt vom Buddha zu ihr und wieder zurück.

„Magst du ihn nicht?" Indrani hatte lange überlegt, welches Geschenk das richtige für Greta wäre.

„Doch klar", entgegnete Greta eine Spur zu schnell. „Julie und Susan kennst du, oder?"

„Ja, aber woher kennt Ihr Euch?", fragte Susan.

„Sie hat mir die Karten gelegt", antwortete Greta fröhlich, „ich habe eine große Karriere als Filmschauspielerin vor mir. Wo Rike nur bleibt?"

Indrani musste innerlich grinsen. So eindeutig, wie Greta die Karten interpretierte, waren sie nicht gewesen. Sie musterte die drei Frauen verstohlen. Julie und Susan trugen Jeans. Greta hatte ein Sommerkleid an, das nicht sehr teuer aussah. Und sie? Sie war in einem Cocktailkleid gekommen, das sie ein Vermögen gekostet hatte! Zum Glück hatte sie auf das von dem dürren Wolf empfohlene *dramatische Make-up* verzichtet.

Greta stupste sie an. „Dir muss sie doch begegnet sein, Indrani."

„Wer?"

„Mareike, die Besitzerin des Hauses. Sie müsste dir auf dem Kiesweg mit dem Auto entgegengekommen sein."

Also gehörte dieses Haus gar nicht Greta.

Irgendwie fand Indrani das beruhigend. „Mir ist eine Dame in einem Jaguar begegnet."

„Das war sie! Wo ist sie denn jetzt nur?", fragte Greta aufgeregt und viel zu laut.

„Keine Ahnung." Indrani zuckte mit den Schultern und fragte sich, was hier eigentlich gespielt wurde. Und dann fuhr die Erkenntnis wie ein Blitz durch sie hindurch. Greta hatte ihr doch von ihrem Engagement in einem Krimidinner erzählt, und dass dort viel improvisiert wurde und das Publikum mitspielen musste.

Sie war in eine Improvisationsshow geraten! Und Greta hatte extra einen Jaguar gemietet, um die Gäste schon in der Auffahrt ein bisschen auf die Schippe zu nehmen. *Linkerhand am Haus vorbei*, haha. Diese kühle Frau hinter dem Steuer war Schauspielerin. Und dass das Haus wirklich ihr gehörte, bezweifelte Indrani stark.

Eine Improshow! Da wäre sie die letzte, diesen Spaß nicht mitzumachen.

„Wo Rike nur bleibt?", fragte Greta wieder.

„Du meinst die Frau im Jaguar?", fragte Indrani lässig und wünschte sich, sie könnte sich James-

Bond-mäßig eine Zigarette anzünden. Wer von den Leuten hier waren Schauspieler und wer einfache Gäste? Schwer zu sagen.

„Wo ist sie denn nur?", fragte Greta mit einem hysterischen Unterton.

Indrani dachte kurz nach, dann sah sie Greta mit dramatischem Blick an. Wenn schon kein dramatisches Makeup, dann jedenfalls ein dramatischer Blick. „Sie fuhr mit dem Auto an mir vorbei."

„Ja, und dann?" Greta warf sich theatralisch ihre Haare über die Schulter. Spielen konnte sie, diese Greta.

Indrani lächelte. „Dann kamen diese zwei finsteren Typen …"

„Was?, hörte sie alle drei Frauen erschrocken rufen. Julie und Susan waren vermutlich eingeweiht. Das machte die Sache nicht leichter, sie würde ein paar Finten legen müssen.

Indrani sah in Gretas weit aufgerissene Augen. „Der eine hat sich auf die Motorhaube geworfen, so dass die Fahrerin - wie hieß sie noch gleich?"

„Rike!", kreischte Greta.

„So, dass diese Rike den Wagen stoppen musste."

„Das kann doch nicht sein!" Greta legte sich eine Hand auf die Brust.

„Der andere hat die Beifahrertür aufgerissen und ist ins Auto gesprungen. Ich bin nicht sicher, aber ich glaube, der hatte eine Pistole."

„Sag mal, bist du auf Droge?", fragte Susan eine Spur zu kühl.

Indrani legte ihre Handflächen aneinander, hob sie vor die Brust und verbeugte sich. „Meine Droge ist die Meditation."

„Julie! Susan! Wir müssen etwas tun!" Greta spielte die Hysterische wirklich überzeugend. Indrani sah sich um. Dieser dandyhafte Typ mit der albernen, blauen Sonnenbrille war garantiert auch ein Schauspieler. Wie der schon dastand. Dann legte sie eine Schippe drauf. „Da fällt mir ein ..."

„Ja?" Alle drei Frauen hingen an ihren Lippen und sie genoss es. „Da kam ein älterer Mann die Auffahrt herauf."

„Rikes Vater!" Gretas Augen wurden Tellergroß.

„Der wurde von einem der Typen in den Wagen gezerrt."

„Großer Gott", sagte Julie und wurde leichenblass. Indrani fragte sich, ob Julies Teilnahme an ihrem Tantrakurs und die darauffolgenden Begegnungen mit den anderen zwei Frauen nicht auch schon inszeniert gewesen waren. Vielleicht gehörte das ja zum Konzept. „Wo gibt es eigentlich was zu essen?", fragte sie und sah in drei erstaunte Gesichter. „Ähm, sorry, ich bin leicht unterzuckert."

„Du denkst an Essen, wo unsere beste Freundin gerade entführt wurde?"

Greta war wirklich eine sensationelle Schauspie-lerin.

„Und Marcikes Vater offensichtlich auch", setzte Susan mit zweifelndem Blick nach.

„Gott, wo ist Mareikes Mutter denn jetzt bloß?"

Da musste Indrani sich mit dem Essen wohl noch ein bisschen gedulden. Sie zwinkerte den Frauen zu. „Dann lasst uns mal die Ermittlungen aufnehmen."

Susan sah Indrani an. „Was für ein Spiel spielst du hier eigentlich?"

„Spiel? Wieso Spiel? Die Frau im Jaguar gab es wirklich."

„Natürlich, das war Rike!", weinte Greta. Warum die wohl kein Engagement am Staatsschauspiel bekam, bei dem Talent?

Indrani schwieg. Nun sollte mal was von denen kommen, sie hatte genug Input geliefert. Aber es kam nichts. Sie standen einfach zusammen auf dem Rasen, während die restlichen Gäste ihnen neugierig dabei zusahen. Greta leise weinend, Julie mit verwirrtem Gesichtsausdruck. Einzig Susan schien ihr nicht zu glauben. Vermutlich war sie doch nicht eingeweiht.

„Oder sollen wir vielleicht erstmal was trinken?", bot Indrani an, nachdem sie schon sehr lange geschwiegen hatten. Statt einer Antwort bekam sie einen herzerweichenden Schrei geliefert.

Greta war auf die Knie gesunken. „Rike! Oh Gott, da bist du ja!"

Indrani fand das etwas überzeichnet, aber das könnte sie Greta ja später noch sagen. Auf dem Rasen war die Frau erschienen, die ihr im Jaguar begegnet war.

Interessante Inszenierung, wie es wohl weitergehen wird?

Susan sah über den Rasen, auf dem Mareike langsam auf sie zukam. Dann holte sie tief Luft und packte Indrani hart am Arm, die vor Schmerzen aufstöhnte. „Was erzählst du uns für einen Scheiß von Entführungen, hast du komplett den Verstand verloren?"

Indrani schüttelte ihre Hand ab und erwiderte den Blick störrisch. „Was ich gesehen habe, habe ich gesehen."

„Das ist kompletter Schwachsinn", schnaubte Susan, dann wandte sie sich an Mareike. „Was ist passiert?"

Mareike sah mitgenommen und erschöpft aus, sagte aber nichts.

„Können wir etwas für dich tun?", hakte Susan nach.

„Ich könnte jetzt was zu trinken vertragen und es sollte hochprozentig sein."

„Ich hole dir was", meinte Greta und wischte sich die Tränen fort. Auf ihrem Kleid hatten sich in Kniehöhe zwei grüne Flecken gebildet. Als sie zum Haus ging, registrierte Susan peinlich berührt, dass ihr Kleid sich in der Ritze ihres Hinterns eingeklemmt hatte.

Susan legte einen Arm um Mareike Schultern. „Erzähl uns einfach, was passiert ist."

Ihre Freundin schüttelte den Kopf, dann wandte sie sich an Indrani. „Bitte entschuldigen Sie, wir haben uns noch gar nicht bekannt gemacht." Sie reichte ihr die Hand. „Mareike Rose, willkommen in meinem Garten."

Susan beobachtete Indrani, die grinste, sich aufrichtete und Mareikes Hand nahm. „Gräfin Indra von und zu Hohenstaufen, sehr angenehm."

„Einfach gar nicht ernst nehmen", flüsterte Susan.

„Ich bin sehr dankbar, dass ich dabei sein darf. Was für ein Abend", seufzte Indrani.

„Aquavit!!!", hörten sie Greta rufen, die über den Rasen gestolpert kam. Sie hatte das Kleid nicht gewechselt, trotz der Grasflecke. Hoffentlich hatte ihre Arschritze den Stoff wieder freigegeben, dachte Susan, während sie Greta näher kommen sah.

„Ich habe Rüdiger mitgebracht!" Dann stellte Greta den Goldfisch auf den Rasen. „Rüdiger hat eine beruhigende Wirkung."

Indrani klatschte vergnügt in die Hände, Mareike verdrehte die Augen und Julie bemühte sich um einen neutralen Gesichtsausdruck.

„Stell dir vor, jemand stößt aus Versehen an das Glas und Rüdiger kippt um", meinte Susan.

Greta kicherte. „Oh, ich hab gar nicht an die Gläser gedacht, sorry, bin gleich wieder da." Damit verschwand sie erneut Richtung Haus. Der hintere Teil ihres Kleides floss hinunter, wie es sich für ein Kleid gehörte.

„Sie hängt an ihm", meinte Mareike.

„An dem Fisch? Das ist nicht dein Ernst?", erwiderte Susan.

„Manchmal stellt sie ihn morgens auf den Tisch, wenn wir zusammen frühstücken."

„Sag, dass das nicht wahr ist!"

„Vielleicht ist Rüdiger ja die Inkarnation von jemandem, der ihr nahestand", gab Indrani zu Bedenken.

„Ja klar, sonst noch was?" Susan sah sie genervt an. Was hatte diese Esotante hier eigentlich zu suchen.

„Sag mal, Greta hat dich wirklich eingeladen?"

„Ja, wieso?", kam es schnippisch zurück.

Susan wollte gerade antworten, da kam Greta über den Rasen zurück zu ihnen.

„Rüdiger geht es gut, wir haben sein kostbares Leben mit unserem eigenen verteidigt", meinte Susan. Diese doofe Indrani klatschte wieder in die Hände und gluckste vergnügt. Sie erinnerte Susan an irgendwen, aber sie kam nicht drauf, an wen.

„Wie süß von euch", entgegnete Greta und hielt triumphierend fünf Schnapsgläser in die Luft.

„Wieso nur fünf?", fragte Indrani.

Greta zählte durch. „Wir sind fünf."

„Und Rüdiger? Trinkt der nicht mit?"

Susan schloss genervt die Augen.

„Rike, du musst uns alles ganz genau erzählen", meinte Greta, füllte die Gläser, prostete erst Rüdiger und dann den Frauen zu, bevor sie ihren Schnaps in einem Zug runterkippte.

Indrani lachte. „Was für ein Abend." Sie beugte sich zu dem Goldfischglas hinunter. „Ich glaube, Rüdiger ist eine Frau."

„Wie kommst du denn darauf?", fragte Greta.

„Na, schau dir doch mal die dicken Lippen an. Eindeutig weiblich!"

Susan ignorierte Indrani. „Was genau ist passiert, Mareike?"

„Ich glaube, ich möchte jetzt nicht darüber sprechen. Lasst uns einfach diesen Abend genießen."

„Du willst nicht darüber sprechen?" Greta sah sie entgeistert an. „Rike!"

„Nein, möchte ich wirklich nicht."

„Aber, du wärst fast gestorben ..."

„Lass gut sein, Greta", meinte Julie.

Greta schnappte sich die Schnapsflasche und schenkte nach.

„Ich glaub, ich hab schon einen Schwips", lachte Indrani, „Schnaps bin ich überhaupt nicht gewöhnt."

„Dann trink ihn doch nicht", zischte Susan.

„Was sind das nur für negative Vibes, die du die ganze Zeit abstrahlst?"

„Abstrahlst? Sag mal, geht's noch?"

„Mädels, das hier ist meine Party und ich möchte Harmonie." Greta nahm das Glas mit dem Fisch in den Arm. „Mein kleiner Rüdiger, wenn ich früher gewusst hätte, dass du ein Mädchen bist", säuselte sie, „dann hättest du einen ganz anderen Namen bekommen."

Mareike sah ihre älteste Freundin an, die sich allen Ernstes mit einem Fisch unterhielt. Kurz streifte sie der Gedanke, von einer Reihe von Irren umgeben zu sein. Diese merkwürdige Indra, oder wie die hieß, Greta mit ihrem Rüdiger. Und nicht zuletzt ihre Mutter.

Mit fest zusammen gekniffenem Mund hatte sie dagestanden und sich anschließend widerstandslos die Schuhe ausziehen und von ihrem Vater ins Auto verfrachten lassen. Auf Mareikes fragenden Blick hin hatte er ein ´wir telefonieren morgen´ geflüstert, war ins Auto gestiegen und hatte sie mit hundert unbeantworteten Fragen stehen lassen.

„Mareike, da bist du ja." Sie drehte sich um. Christian Vollmer stand vor ihr. Den hatte sie in der Aufregung völlig vergessen. „Christian, hallo."

Er nahm ihre Hand und deutete einen Handkuss an, dann zwinkerte er ihr zu. „Ich dachte schon, die Dame des Hauses sei gar nicht anwesend."

Mareike hörte Indra hinter sich kichern und spürte förmlich die neugierigen Blicke von Greta, Julie und Susan in ihrem Rücken. „Christian, das ist Greta, die zu dieser Party eingeladen hat. Susan, Julie und … ähm … Indra?"

„Gräfin Indra von und zu Hohenstaufen." Christian hob kurz eine Augenbraue, dann gab er ihr die Hand. Nach einer Runde Smalltalk zog

Mareike ihn von den Frauen weg. Sie gingen über den Rasen hinüber zu den restlichen Gästen.

„Schön hast du es hier."

„Ja, ich sollte nur mehr Rosen pflanzen", meinte Mareike.

„Hier stehen schon ziemlich viele Rosen."

„Die haben nicht die richtige Farbe. Du hast dich mit meinem Vater unterhalten?", fragte sie.

„Ja, netter Mann, wo ist er denn eigentlich abgeblieben?"

„Meine Eltern sind gegangen."

„Oh, dann waren sie aber kurz auf dem Fest."

„Ja. Wollen wir ein Glas Wein trinken?"

„Gerne."

„Der Abend mit dir war sehr schön", meinte er, nachdem sie sich Wein eingeschenkt hatten.

„Das fand ich auch."

Er lächelte und strich ihr kurz mit dem Handrücken über die Wange.

„Rike, ich muss mal kurz mit dir reden." Wie aus dem Nichts stand Greta neben ihr.

„Hat das nicht Zeit?"

„Nur kurz."

„Das ist übrigens Rüdiger", meinte Mareike an Christian gewandt, „Gretas ständiger Begleiter."

Greta begann zu kichern. „Glaub ihr kein Wort."

Dann zog sie Mareike ein Stück mit sich fort.

„Was gibt es denn?"

Greta trat von einem Fuß auf dem anderen, sagte aber nichts.

„Greta?"

„Es ist nur wegen dem Mann. Du scheinst ihn zu mögen."

„Darf ich das etwa nicht?"

„Doch, klar. Ich mein ja nur, wegen Karsten und so."

„Wegen Karsten? Was soll das heißen?"

„Ich will dich nur warnen, Rike."

Mareike sah ihrer Freundin in die Augen. „Wovon redest du überhaupt?"

Greta klopfte an das Goldfischglas. „Rüdiger ist beleidigt."

„Rüdiger ist immer beleidigt. Also, was wolltest du mir sagen, Greta?"

„Ach, weißt du was, ist eigentlich auch egal." Damit drehte sie sich um und schwirrte wieder ab.

Wo war dieser süße Typ mit der blauen Sonnenbrille abgeblieben? Julie sah sich um, fand ihn aber nicht. Sie musste grinsen, als Greta ihr Goldfischglas auf das Buffet stellte und sich mit Indrani unterhielt. *Gräfin Indra von und zu Hohenstaufen.* Hallo?! Vielleicht glaubte sie wirklich an diesen Inkarnationsscheiß.

Julie schlenderte zu den beiden. „Na, Hunger?"

„Und was für einen", entgegnete Indrani und schob sich ein Sandwich in den Mund.

„Rüdiger geht es gut?", fragte sie Greta und deutete auf das Goldfischglas, „nach seinem Outing als Frau ist er doch sicher fertig mit der Welt, oder?"

„Rüdiger ist beleidigt."

„Woran merkt man das?", fragte Indrani kauend.

„Rüdiger ist immer beleidigt."

„Sag mal, Greta, wer ist eigentlich der Typ dahinten?" fragte Julie.

„Welcher Typ?"

„Der mit der blauen Sonnenbrille."

„Das ist ein Geheimagent", entgegnete Indrani und schob sich ein weiteres Sandwich in den Mund.

Julie sah sie entgeistert an. „Bist du sicher, dass du nicht gekifft hast?"

„Klaro."

„Ich weiß nicht, wen du meinst. Zeig ihn mir doch mal." Greta sah sich um.

„Ich sehe ihn gerade nicht mehr."

„Das ist doch kein Wunder, Geheimagenten arbeiten im Verborgenen."

„Komm, wir gehen mal ein Stück, vielleicht finden wir ihn", sagte Julie, hakte sich bei Greta unter und zog sie mit sich.

„Indrani ist ja schräg drauf", meinte Greta, nachdem sie außer Hörweite waren, „dabei kam die mir ganz normal vor, als sie mir die Karten gelegt hat."

„Die hat irgendwas genommen."

„Meinst du?"

„Was sonst? Gräfin Indra von und zu Hohenstaufen. Hallo?! Und dann diese Räuberpistole mit der Entführung von Mareike."

Greta lachte vergnügt. „Jedenfalls haben ihre Karten mir prophezeit, dass ich noch eine große Karriere vor mir habe. Schönes Fest, oder?"

„Ja, es ist wirklich schön. Schade, dass es diesen Vorfall mit Mareikes Mutter gegeben hat."

„Oh, das hatte ich schon fast wieder vergessen. Was sie wohl hatte?"

„Ich fürchte, dass sie dement ist."

„Arme Rike."

„Oh, guck mal, da ist er, der Typ dahinten mit der blauen Sonnenbrille."

„Ach der, das ist Janko."

„Und was macht der so?"

„Schauspieler, richtig fett im Geschäft", Greta seufzte, „im Gegensatz zu mir."

„Ach komm, denk an die Karten." Julie stupste ihr lachend in die Seite."

„Auch wieder wahr. Willst du Janko kennenlernen?"

„Ist er … ähm … solo?"

„Soweit ich weiß ja."

„Aber unauffällig."

Greta zog sie zu einer Gruppe von Männern, die sich angeregt unterhielten.

„Alles gut bei Euch?", fragte sie in die Runde.

„Alles bestens", schallte es kakofonisch zurück.

„Das ist übrigens Julie, sie wohnt hier."

Julie lächelte in die Runde. „Hallo."

„Hallo, schöne Frau", antwortete ein junger Mann, dem der Pubertätsspeck noch auf den Rippen saß.

„Und diese Herren hier sind die Creme de la Creme deutscher Schauspielkunst", meinte Greta lachend.

„Wo sie recht hat, hat sie recht", entgegnete Janko und grinste Julie an.

„Ihr seid alle Schauspieler?"

„Wir haben nichts Ordentliches gelernt", entgegnete die pubertäre Pausbacke.

„Du bist aber noch in der Ausbildung, oder?"

„Unterschätze Ramon nicht", lachte Janko, „der ist schneller beim Film, als ich *Die Glocke* rezitieren kann."

Julie entspannte sich und begann, das Gespräch zu genießen. „Du hast nette Freunde", meinte sie an Greta gewandt.

„Stimmt, aber sie könnten uns ruhig mal einen Schluck von ihrem Wein abgeben."

„Oha, wie unaufmerksam." Janko nahm zwei Gläser von einem in der Nähe stehenden Biertisch und goss Greta und Julie ein. Dann erhoben alle ihr Glas. „Auf Gretas Fest!"

„Auf Gretas Fest!"

„Auf Rüdiger!", sagte Greta und kicherte.

„Wer ist Rüdiger?"

„Ach, egal."

Julie sah Janko an, der ihren Blick erwiderte.

„Ich finde, wir sollten mal ein bisschen tanzen", meinte Greta. Sie schnappte sich die Pausbacke und zog hüftschwingend mit ihm fort. Julie zwinkerte Janko zu. „Lust zu tanzen?"

Er nickte stumm, nahm ihre Hand und sie gingen Greta und Ramon hinterher.

Kaum hatten sie die Musik aufgedreht und zu tanzen begonnen, füllte sich die Terrasse. Als erstes kam Indrani, die ihre Arme in wilden Bewegungen hin und her warf. Julie erinnerte das an eine der tantrischen Übungen, die sie hatte machen müssen.

Janko nahm seine Sonnenbrille ab, stecke sie in die Hemdtasche und nahm sie in den Arm. Die Musik passte nicht ganz zu seinen Schritten. Julie roch seine warme Haut, die frisch gewaschenen Haare und eine ungeahnte Sehnsucht machte sich in ihr breit.

Sie legte ihren Kopf auf seine Schulter. Die Sorgen um Flo sollten sich gefälligst hinten anstellen.

Susan beobachtete die tanzenden Menschen und kam sich seltsam ausgeschlossen vor. Diese merkwürdige Wahrsagerin führte einen Fruchtbarkeitstanz auf und schien sich nicht die Bohne darum zu scheren, wie sie auf andere wirkte. Ihr fetter Hintern wurde hin und her geworfen, ohne Rücksicht auf Verluste. Julie tanzte eng mit einem gutaussehenden Typen. Greta wirbelte durch eine ganze Gruppe von Männern und sogar Mareike war auf der Tanzfläche. Die raue Stimme von Bruce Springsteen klang aus den Boxen, während es langsam Nacht wurde.

Susan schenkte sich ein Glas Rotwein ein und blieb auf Abstand zu den anderen. Warum fühlte sie sich nur so elend? Als diese irre Indrani ihnen von der Entführung erzählt hatte, hätte sie ihr am liebsten eine runtergehauen. Warum machte diese Esotante sie nur so aggressiv?

Ein dicklicher Junge kam auf sie zu und tanzte vor ihrer Nase herum.

„Was ist?", fragte Susan genervt und pustete sich eine Haarsträhne aus der Stirn.

„Oh, oh, da bläst mir ja polare Meeresluft in Reinform entgegen." Er lachte unbekümmert. „Dabei können die Frauen meinem Luxuskörper eigentlich nicht widerstehen."

„Sorry, ist heute nicht mein Tag."

„Komm tanzen, dann wird es jedenfalls noch deine Nacht."

„Lieber nicht."

„Doch, doch", sagte er, schnappte sich ihre Hand und zog sie auf die Tanzfläche. Susan begann zu tanzen, wobei sie immer wieder mit dieser Esofettel zusammenstieß, der das gleichgültig zu sein schien. Vermutlich hatte die sich gerade mit irgendeiner Gottheit verbunden, oder so einen Scheiß.

„Wie heißt du?", fragte Dicki, während es sie antanzte.

„Susan."

„Ich bin Ramon."

„Hallo Ramon." Das Tanzen machte sie etwas lockerer. „Woher kennst du Greta?"

„Wir sind Kollegen."

„Du bist Schauspieler?"

„Ich bin der Til Schweiger des einundzwanzigsten Jahrhunderts." Dicki drehte eine Pirouette.

„Wer´s glaubt." Susan grinste ihn an.

Greta tanzte auf sie zu. „Hallo, Su, alles klar bei dir?"

Susan bemühte sich um ein Lächeln. „Alles super."

„Nicht wahr?", erwiderte Greta glücklich, „genau die richtige Art, mein Engagement zu feiern."

„Auf Greta", meinte Dicki und kniff ihr in den Hintern.

Sie schlug lachend nach ihm. „Untersteh dich."

Susan versetzte die harmlose Neckerei einen Stich. Vielleicht sollte sie nach Hause fahren. Oder sich betrinken.

Sie wusste einfach nicht, was mit ihr los war, also tanzte sie weiter und schob die dunklen Wolken, die in ihrem Kopf aufzogen, so gut es ging beiseite. Ramon bemühte sich nach Kräften, sie zum Lachen zu bringen, was ihm hin und wieder sogar gelang. Als ein langsames Stück gespielt wurde, verließ sie unter Ramons lautem Protest die Tanzfläche.

„Du wirst es dein Leben lang bereuen, Cherie!", rief er ihr nach. Sie winkte, ging zur Bar und schenkte sich ein Glas Rotwein ein.

„Ich sterbe ohne dich", hörte sie Ramon rufen, der seine Hand auf die Brust legte und tat, als würde er zusammenbrechen.

„Hallo, Susan."

Sie fuhr zusammen. „Karsten, was machst du denn hier?"

„Na, das ist ja mal eine Begrüßung. Greta hat mich eingeladen." Wie zum Beweis hob er eine Flasche Champagner in die Luft.

Susan blickte zur Tanzfläche. Mareike hatte ihre beiden Arme um Christians Hals gelegt, während sie zu einem langsamen Song von Beyonce tanzten.

„Wie geht´s?", fragte Karsten.

„Gut." Wie hatte Greta ihn nur einladen können?

„Guck mal, da hinten ist Rüdiger." Sie nahm seine Hand. „Komm, wir sagen ihm Guten Tag."

Karsten folgte ihr zögernd zum Buffet. Susan deutete auf den Fisch, der ungerührt seine Runden drehte. „Gretas Fisch", sagte sie, „der darf mitfeiern."

„Originell", meinte Karsten lahm.

„Wollen wir was essen?", fragte Susan, die überhaupt keinen Hunger hatte.

„Ich will erstmal Greta Hallo sagen."

„Das ist vielleicht keine so gute Idee."

„Was? Wieso nicht?" Er blickte sie verwirrt an.

„Es geht ihr nicht gut", log Susan. „Zuviel getrunken, fürchte ich. Als ich sie das letzte Mal gesehen hab, hing sie über der Kloschüssel."

„Ganz schön früh für einen Rausch." Karsten wischte sich über die Stirn. „Aber, nun ja, ist ja ihr Leben."

„Genau."

Karsten stellte die Champagnerflasche auf den Buffettisch. „Dann werde ich Mareike suchen", meinte er, drehte sich um und setzte sich in Bewegung.

„Nein!" Susan hielt ihn am Arm fest.

„Sag mal, was ist denn eigentlich los?" Karsten legte den Kopf schief und sah sie fragend an. Sie zuckte nur hilflos mit den Schultern.

Susan schaute ihm hinterher, wie er über den Rasen zur Tanzfläche ging, als ihr Handy vibrierte. Sie fingerte es aus der Hosentasche und sah auf das Display. Unterdrückte Nummer. Sie beantwortete zerstreut die Frage nach Julie, während sie in Gedanken noch bei Karsten war.

Was für ein geiles Fest, dachte Greta und drehte sich vergnügt im Kreis. Sie hatte so tolle Freunde! Und Freundinnen. Fröhlich winkte sie Julie zu, die immer noch mit Janko tanzte. Deren Wangen glühten, als sie zurück winkte. Mareike sah auch nicht mehr so gestresst aus, sondern schien den Abend mit diesem Christian zu genießen. Greta lächelte zu Ramon rüber, der jetzt Indrani antanzte. Die ließ es mit stoischer Gelassenheit geschehen und wirkte, als würde sie komplett in sich ruhen. Ob deren ominöse Karten wohl hielten, was sie prophezeit hatten? Greta von Kronbach, die berühmte Filmschauspielerin. Vielleicht als Tatortkommissarin, dafür hatte sie genau das richtige Alter, fand sie. Wie schön es wäre, mal auf eine Gala eingeladen zu werden, gar einen Preis verliehen zu bekommen. Das konnte alles geschehen, sie musste nur fest daran glauben. Es durch ihre Gedanken manifestieren. Das hatte Indrani ihr mit auf den Weg gegeben und Greta hatte vor, diese Chance zu ergreifen. Eines nicht mehr fernen Tages würde sie in eleganter Abendrobe in der ersten Reihe eines bekannten Festspielhauses sitzen und dem Laudator zuhören, der ihre schauspielerischen Leistungen in den Himmel lobte. Seufzend drehte Greta sich um sich selbst. Jemand hatte sich zum DJ erklärt, seinen iPod in die Anlage gestöpselt und eine Playlist erstellt. Die Songs passten gut zusammen, man wollte einfach immer weitertanzen.

Greta kniff die Augen zusammen, da kam ein Nachzügler zu ihrem Fest. Sie erkannte ihn nicht und kniff die Augen noch weiter zusammen. Brauchte sie etwa eine Brille? Bloß das nicht! Sie beobachtete die Gestalt, die zögernd auf die Tanzfläche zuging und dann abrupt stehen blieb. Oh je, das war Karsten!

Greta schaute zu Mareike, die ihren Kopf auf Christians Schulter gelegt hatte und wie versunken mit ihm tanzte.

Schnell ging sie zu ihm. „Hallo Karsten." Sie küsste ihn auf die Wange. „Du bist auch noch gekommen."

Verwirrt sah er an ihr vorbei auf die Tanzfläche. „Wer ist der Kerl, der mit meiner Frau tanzt?"

Greta zuppelte nervös an ihrem Kleid herum. „Ich weiß nicht genau, er war plötzlich einfach da."

„Willst du mich auf den Arm nehmen?"

„Als ich dich eingeladen habe, wusste ich nicht, dass Christian auch kommen würde."

„Christian?"

„Tut mir leid, Karsten." Greta wollte ihm über den Arm streicheln, aber er schob ihre Hand beiseite.

„Schon gut, ich verschwinde wieder. Der Champagner steht bei deinem Fisch."

„Warte doch", meinte sie lahm, aber Karsten ging schnellen Schrittes zum Ausgangstor.

Greta sah zu Mareike, die zum Glück nichts mitbekommen hatte.

„Na, du stehst hier so allein rum?" Eigentlich hatte Indrani nur eine Kleinigkeit essen wollen, aber sie konnte diese arrogante Frau ja nicht einfach ignorieren.

„Na und?", fragte Susan schnippisch zurück, „hast du damit ein Problem?"

Indrani nahm sich ein Stück Melone mit Schinken.

„Ich glaube, du bist diejenige, die ein Problem hat."

„Ach ja? Und warum, wenn ich fragen darf?"

Indrani sah sie an. „Weil dein inneres Kind noch keine Heimat gefunden hat."

„Oh bitte, verschone mich mit deinem Esoterikscheiß."

„Kein Problem." Indrani rollte eine Scheibe Schinken zusammen, schob sie sich in den Mund und aß schweigend.

„Tut mir leid, ich bin heute nicht gut drauf", meinte Susan nach einer Weile.

„Das ist mir aufgefallen."

„Du hast aber auch einen Scheiß erzählt vorhin", seufzte Susan und lehnte sich an eine Mauer, die noch warm war von der Abendsonne.

„Wieso, was denn?"

„Na, die Nummer mit dem Überfall auf Mareikes Auto." Susan trank einen Schluck Rotwein.

„Ach das", meinte Indrani leichthin. „Schau mal, jemand macht die Fackeln an. Sieht schön aus, oder?" Als sie keine Antwort bekam, sah sie Susan an. Deren Lippen waren vom Wein leicht bläulich verfärbt. „Was macht eigentlich dein Achtsamkeitspfad?"

„Kannst du vergessen. In München ein Grundstück zu finden, ist genauso aussichtslos, wie bezahlbaren Wohnraum."

„Was denn für ein Grundstück?"

„Na, ich kann das Ding ja schlecht auf dem Stachus aufziehen, oder?"

Indrani nahm sich ein Stück Käse und biss hinein. „Du suchst nach einem Grundstück?"

„Suchte."

„Hast du die Idee aufgegeben?"

Susan zuckte mit den Schultern. „Sieht ganz so aus."

„Und wenn du weiter außerhalb suchst?"

„Hab ich. Im Umkreis von hundert Kilometern gibt es nicht mal eine verkackte Kuhweide, die ich kaufen oder mieten könnte."

Indrani überlegte einen Moment. Einerseits mochte sie Susan nicht, andererseits wäre das jetzt eine gute Gelegenheit, ein paar Karma-Punkte zu sammeln. Sie grinste.

„Warum grinst du so dämlich?", fragte Susan genervt.

Indrani nahm sich eine Schale Zitronencreme. „Warum bist du eigentlich so schlecht drauf?", fragte sie, wahrend sie nach einem Löffel suchte, „weil dein Projekt nicht klappt?"

„Keine Ahnung, kann dir doch auch egal sein, oder?"

„Erinnerst du dich an das, was auf der Karte stand, die du gewählt hast, als du bei mir warst?"

„Oh bitte, verschone mich", stöhnte Susan.

„Schreite beschwingt voran auf deinem Pfad", sagte Indrani lächelnd.

„Sehr witzig."

Indrani aß einen Löffel Zitronencreme. „Was hältst du von einer Wiese mit alten Apfelbäumen drauf?"

Susans Augen wurden groß. „Wie meinst du das denn?"

Indrani sagte nichts. Sollte Susan ruhig noch etwas zappeln.

„Sag schon!"

„Ungefähr zwanzig Ar, würde ich schätzen."

„Ähm …"

„In der Nähe von Garching."

„Ich verstehe nicht", stammelte Susan.

„Meine Eltern haben einen Bauernhof, den sie nach und nach verkleinern wollen. Dazu gehört besagte Obstbaumwiese."

„Du willst mich verarschen, oder?"

„Nein."

„Und diese Wiese wollen deine Eltern verkaufen?"

„Was spricht gegen eine Pacht?"

„Nichts!" Susan sah Indrani mit einem nervösen Lächeln an. „Aber warum sollten sie ihre Wiese ausgerechnet mir verpachten?"

„Vielleicht, weil ich sie darum bitte?"

„Warum solltest du das tun?"

Indrani sah Susan an, der eine leichte Röte ins Gesicht gestiegen war. „Warum nicht?"

„Ähm, naja, ich war ja nicht gerade sehr nett zu dir."

„Schon vergessen", erwiderte Indrani und fühlte sich großartig. Wie schön es doch war, sein Herz ganz weit zu öffnen.

„Und das ist keine Verarsche?" Susan sah sie mit einem so flehenden Ausdruck an, dass Indrani echtes Mitleid durchströmte wie ein heißer Lavastrom. „Ich verarsche niemals Menschen", entgegnete sie mit Wärme in der Stimme. „Aber du musst mir einen Gefallen tun, Susan."

„Welchen?"

„Häng keine Traumfänger auf."

„Darf ich dich morgen anrufen?"

„Warum nicht?" Mareike lächelte, während Christian sein Auto entriegelte. Sie war todmüde.

„Das war eine tolle Party."

Als sie nichts erwiderte nahm er sie in den Arm und küsste sie zum Abschied, sie ließ es geschehen.

Es war ein verwirrender Abend gewesen und Mareike hatte keine Ahnung, was sie empfand, als sie seinem Auto nachsah. Seufzend ging sie die Auffahrt zurück zu ihrem Haus.

„Wir haben schon fast alles aufgeräumt", rief Greta von Weitem. Sie trug Rüdiger ins Haus. Mareike musste lächeln. Susan und Julie brachten die letzten Sitzkissen in das Gartenhaus. Es gab tatsächlich nichts mehr zu tun, also löschte sie alle Lichter, setzte sich in einen Korbstuhl auf die Terrasse und kickte ihre Schuhe von den Füßen. Die Kerzen waren fast runtergebrannt.

„Wir wollen noch ein letztes Gläschen trinken. Bist du dabei?", fragte Greta, die mit einer frischen Flasche Rotwein zu ihr kam.

„Ich bin todmüde."

„Ach, komm schon."

Mareike blieb sitzen, zu erledigt, um zu widersprechen. Wortlos nahm sie das Glas, das Greta ihr reichte, während Susan und Julie zu ihnen kamen.

„So, alles aufgeräumt", meinte Julie und setzte sich seufzend, „was für ein Abend."

Susan schnappte sich den letzten Korbsessel, ließ sich reinfallen und trank einen Schluck Wein. „Diese Indrani ist mir sowas von auf den Keks gegangen", grinste sie, „und dann bietet die mir plötzlich einen Obstgarten an."

„Janko will mich morgen anrufen", seufzte Julie.

„Was für einen Obstgarten?", fragt Greta und warf sich ihre Haare über die Schulter.

„Für meinen Erlebnispfad. Oder Achtsamkeitspfad, wie Indrani das genannt hat. Wenn das klappt, wäre das der Hammer."

„Ist der auch wirklich solo, Greta?", fragte Julie.

„In Garching, direkt an der Autobahn, aber absolut ruhig, sagt Indrani."

„Soviel ich weiß, ja." Greta seufzte. „Meint ihr, das mit den Karten, die Indrani legt, stimmt?"

„Das ist doch Quatsch", antwortete Susan.

„Wer weiß", entgegnete Julie.

„Indrani sagt, dass man sich Sachen in sein Leben ziehen kann."

„Was denn für Sachen?", fragte Susan.

Greta kicherte. „Obstgärten?"

„Das ist alles Zufall, Greta."

Mareike lächelte müde. „Wenn du daran glauben willst, Greta, dann tu es einfach. Was soll daran schlecht sein?"

„Auch wieder war", meinte Susan und zog ihr Handy aus der Tasche. „Es wird Zeit, ich ruf mir mal ein Taxi."

„Morgen werden wir alle aussehen wie etwas, das von der Katze ins Haus geschleppt wurde", meinte Greta kichernd.

„Oh je", seufzte Julie, „morgen muss ich zurück nach Hause."

„Das ist total schade. Von mir aus könnten wir hier alle für immer wohnen."

Mareike sah in den Garten. Etwas bewegte sich in der Einfahrt. Sie richtete sich auf.

„Was ist denn?", fragte Greta.

„Da steht jemand."

Eine Gestalt löste sich aus der Dunkelheit und kam zögernd auf sie zu.

Hoffentlich ist das nicht Karsten, dachte Greta und sah die Person langsam näher kommen. „Vielleicht hat jemand was vergessen", sagte sie schnell und ging dem Schatten entgegen. Der Himmel war wolkenverhangen, so dass sie nicht erkennen konnte, ob es sich um eine Frau oder einen Mann handelte. „Hallo", rief sie unsicher, bekam aber keine Antwort. Die Gestalt war stehen geblieben und Greta wurde unheimlich zumute. Sie blickte zurück, auf der Terrasse konnte sie die Freundinnen nur vermuten. Es war stockdunkel, die Kerzen warfen unheimlich flackernde Schatten an die Hauswand.

„Hallo", rief sie noch einmal, während sie zögernd weiter ging. Die Gestalt setzte sich ebenfalls wieder in Bewegung. Das war ein Mann, aber nicht Karsten, der war größer. Greta musste an die Entführung denken, von der Indrani ihnen erzählt hatte. Ein kalter Schauer durchlief sie. „Wer sind Sie?", rief sie laut.

„Greta?", hörte sie Mareike entfernt rufen.

Mit pochendem Herzen blieb Greta stehen, es war sicher besser, in Rufweite zum Haus zu bleiben. Die Gestalt war bis auf zwei Meter an sie herangekommen, als eine Wolke den Mond freigab. Ein silberner Streifen ergoss sich über den Rasen und fiel auf das Gesicht eines Jungen. „Wer bist du denn?", fragte Greta erleichtert. Mit dem Jüngelchen würde sie fertig werden, selbst wenn er sie beklauen wollte.

„Ich suche Julie", antwortete er verlegen.

„Ganz schön spät für einen Besuch."

„Ich muss sie unbedingt sprechen." Seine Stimme klang wie die eines kleinen Kätzchens, das den Baum hinauf aus eigener Kraft geschafft hatte, sich allein aber nicht wieder hinunter traute.

„Greta, alles in Ordnung?", hörte sie Mareike noch einmal rufen.

„Alles gut", rief sie zurück. Dann sah sie den Jungen an. „Julie?"

„Ähm, meine Mutter. Susan hat mir geschrieben, dass sie hier ist."

Greta war unschlüssig, was sie tun sollte. Was würde Julie wollen?

Der Junge stand mit hängenden Schultern vor ihr. „Ich glaube, du bist hier falsch."

„Scheint so." Seine Schultern begannen zu beben.

Eine Welle von Mitleid durchfuhr Greta. „Warum stromerst du denn überhaupt mitten in der Nacht hier rum?"

„Ich suche meine Mutter. Susan hat gesagt, dass sie hier ist." Eine dicke Träne lief ihm über die Wange.

Greta hätte am liebsten mitgeheult. „Bleib mal einen Moment hier, ich hole was zu trinken, okay?"

„Und was soll das bringen?", schniefte er.

„Das wirst du dann sehen. Bitte nicht abhauen, versprochen?"

„Okay", erwiderte er kläglich und setzte sich ins Gras.

Greta ging eilig zurück zur Terrasse und erklärte den anderen die Situation.

„Gütiger, es ist mitten in der Nacht", sagte Julie leise.

„Geschieht ihm recht", meinte Susan ungerührt.

„Warum hast du ihm die Adresse gegeben?", fragte Greta.

„Ich? Ich habe niemandem ... ach du Scheiße, die WhatsApp war von Florian?"

„Du hast Flo gesagt, wo ich bin?", zischte Julie.

„Tut mir leid, ich war so durch den Wind wegen Karsten."

„Wegen Karsten?", fragte Mareike, „was hat der denn damit zu tun?"

Greta sah zu Julie. „Was soll ich Florian sagen?"

„Su, was hat Karsten damit zu tun?", fragte Mareike, die kerzengerade in ihrem Korbstuhl saß.

Genau wie ihre Mutter, ging es Greta durch den Kopf. „Das können wir doch später besprechen, was mache ich mit Florian?"

„Er kommt", sagte Mareike leise und alle vier sahen zu der dunklen Gestalt, die langsam näher kam. Susan schnappte sich Julies Arm und zog sie ins Haus.

„Hallo", sagte Greta unsicher lachend, „da bist du ja. Ich wollte gerade wieder zu dir kommen."

„Ich dachte, ich hätte Julies Stimme gehört."

„Wein?", fragte Greta und hielt ihm ihr Glas hin. Am Glasrand befand sich ein Lippenstiftabdruck.

„Weiß nicht." Der Junge sah sich verlegen um.

„Das ist übrigens Mareike, wir wohnen hier zusammen", meinte Greta. „Guck mal, hier ist noch ein sauberes Glas. Trink was mit uns."

„Ich bin erst vierzehn."

„Na und?"

„Greta, das ist vielleicht keine so gute Idee", mischte Mareike sich ein.

„Ach Quatsch, für Wein ist man nie zu jung."

Greta goss das Glas randvoll und reichte es dem Jungen. Seine Unsicherheit zerriss ihr fast das Herz. Sie hatte gar nicht gewusst, dass etwas Mütterliches in ihr schlummerte. „Prost", sagte sie und hob ihr Glas, „setz dich doch."

Zögernd nahm er Platz und trank einen winzigen Schluck.

„Wie heißt du eigentlich?"

„Florian."

„Ich bin Greta und das ist Mareike."

„Hallo", sagte er schüchtern und trank noch einen Schluck.

„Du bist ja ganz schön spät unterwegs", meinte Mareike.

„Ich suche meine Mutter", sagte der Junge mit tränenerstickter Stimme.

Im Haus hörte man etwas klappern, dann ein Zischeln, danach wurde es wieder still.

Florian sah auf. „Ist da noch jemand?"

„Die Katze", meinte Mareike.

„Und warum suchst du mitten in der Nacht deine Mutter?", fragte Greta, „ich meine, warum ist die denn nicht zu Hause?"

„Sie hat mich verlassen", sagte er, dann begann er zu weinen.

Im Haus wurde es wieder hektisch.

„Die Katze macht ja vielleicht einen Rabatz", meinte Greta, setzte sich neben den Jungen und nahm ihn in den Arm. „Ich glaube, eine Mutter kann ihr Kind gar nicht verlassen", sagte sie und strich ihm eine Haarsträhne aus dem Gesicht.

„Hat sie aber", weinte er.

„Bestimmt nur vorübergehen."

„Für immer. Das hat sie Philipp gesagt", schluchzte er.

„Wer ist Philipp?"

„So ein blöder Typ."

Greta konnte ein Grinsen nicht unterdrücken.

„Der hat mich gezeugt. Und jetzt muss ich für immer mit dem leben." Florian trank noch einen Schluck Wein und bekam einen Schluckauf. „Oder ins …" - ein Hickser unterbrach ihn - „… ins Heim."

„Und warum hat deine Mutter dich verlassen?", fragte Mareike ruhig.

„Ich …" - ein weiterer Hicks schüttelte ihn durch - „… weiß nicht."

„Na ja, so ganz ohne Grund kann das ja nicht gewesen sein, oder?", hakte Greta nach.

„Ich habe - hupps, schuldigung - Mist gebaut." Florian trank noch einen Schluck.

„Halt mal den Atem an, dann geht der Schluckauf weg. Was für einen Mist?" Greta hielt ihn noch immer in ihrem Arm.

„Was in der Schule", brachte er hicksfrei heraus.

261

„Und was genau?", fragte Greta und schenkte ihm Wein nach.

„Greta, du machst den Jungen betrunken." Mareike zündete sich eine Zigarette an.

„Willst du auch eine rauchen?", fragte Greta und stupste Florian in die Seite.

„Es reicht, Greta."

„War nur ein Scherz. Also, sag schon, was hast du angestellt?"

Florian befreite sich aus Gretas Arm, trank noch einen Schluck und seufzte tief. „Es gibt eine Mädchengang in meiner Schule", sagte er mit schwerer Stimme, „die haben mich immer Spasi, ähm Spasti, genannt."

„Warum das denn?"

„Keine Ahnung." Er zuckte mit den Schultern und sah in sein Glas.

„Und das wolltest du dir nicht gefallen lassen?", hakte Greta nach.

„Vanessa ist die Schlimmste von allen."

Mareike stand auf und ging ins Haus, kurze Zeit später kam sie mit einem frischen Glas und einer Flasche Wasser zurück. „Ich glaube, du solltest mal auf Wasser umsteigen." Sie stellte das gefüllte Glas vor Florian auf den Tisch und nahm ihm das Weinglas ab. Er trank folgsam einen Schluck Wasser.

„Und was hast du mit Vanessa gemacht?", fragte Mareike so beiläufig wie möglich.

Florian schwieg einen Moment, dann hob er den Kopf. „Ich hab sie mir geschnappt, sie an eine

Wand gedrückt und in ihre Brust gebissen." Es klang ein bisschen Stolz mit.

Greta und Mareike zogen verblüfft die Luft ein.

„Dafür kannst du im Gefängnis landen", log Mareike.

„Rike ist Anwältin", ergänzte Greta.

„Was? Wieso das denn?", fragte Florian und setzte sich auf, „das war Notwehr."

„Das war es nicht."

„Die haben angefangen."

„Nun, jemanden zu beleidigen ist eine Sache. Handgreiflich zu werden, eine ganz andere. Das ist ein Straftatbestand."

Florian schwieg.

„Hat das Mädchen dich angezeigt?", fragte Mareike.

„Weiß ich nicht. Sie hat es jedenfalls überall herumerzählt, deshalb bin ja jetzt auch der Arsch der Schule."

„Zu recht", entgegnete Greta trocken.

Florian stand auf. „Ich geh jetzt mal, danke für den Wein."

„Du kannst natürlich jederzeit gehen", meinte Mareike. Florian blieb stehen. „Scheint ja deine Art der Konfliktlösung zu sein."

„Wie meinen Sie das?", fragte er trotzig. Greta nahm seine Hand und zog ihn zurück in den Korbsessel. „Rike meint damit, dass es keinen Sinn macht, vor Problemen davonzulaufen."

„Ich kann das ja nicht mehr rückgängig machen", meinte Florian, dessen Stimme weinselig hin und her schaukelte.

„Wir denken uns was aus", meinte Greta, „lass mich mal überlegen."

Eine Weile saßen sie schweigend da und starrten in die Kerzen. Von drinnen war leises Getuschel zu hören, Florian schien es nicht zu bemerken.

„Du könntest dieser Vanessa ein Geschenk machen und dich entschuldigen", sagte Greta nach einer Weile.

„Ein Geschenk? Dafür, dass die mich Spasti genannt hat?", fragte er empört.

„Dafür, dass du ihr Schmerzen zugefügt hast", entgegnete Mareike.

„Was denn für ein Geschenk?"

„Vielleicht ein Parfüm?", schlug Greta vor.

„Ich weiß nicht. Kann ich noch Wein haben?"

„Nein", sagte Mareike.

„Klar." Greta reichte ihm ihr Glas und ignorierte Rikes Kopfschütteln.

„Greta macht meinen Sohn betrunken", flüsterte Julie besorgt.

„Die beiden sind viel zu nett zu ihm", entgegnete Susan leise und starrte durch das offene Fenster auf die Terrasse. Von der Küche aus konnten sie das Gespräch zwar bestens hören, sahen aber kaum etwas. „Mareike sollte ihn verhaften."

„Dann wäre das also geklärt", hörten sie Greta sagen, „diese blöde Vanessa bekommt ein Parfüm und eine Entschuldigung." Florian sagte nichts.

„Kommen wir zu deiner Mutter", fuhr Greta fort. Julie hielt die Luft an.

„Zu Julie?"

„Zu Julie."

„Wie meinst du … ähm … Sie das?"

„Du kannst mich ruhig duzen, ich bin Greta."

„Okay."

„Du hast uns erzählt, dass deine Mutter dich verlassen hat."

„Ja." Julie zog es das Herz zusammen, als sie die klägliche Stimme ihres Sohnes hörte.

„Und was hast du vor, um sie davon zu überzeugen, dass sie wiederkommen soll?"

„Ich weiß nicht. Ich weiß ja nicht mal, wo sie ist."

Susan hielt Julies Arm fest, als diese nach draußen stürmen wollte. „Lass ihn zappeln."

„Ist da noch jemand?", hörten sie Flo fragen.

„Nur die Katze", antwortete Mareike.

„Zwei Katzen", flüsterte Susan kichernd.

„Stellt dir doch einfach mal vor, deine Mutter würde jetzt vor dir stehen", übernahm Mareike, „was würdest du ihr sagen?"

„Keine Ahnung. Der Wein schmeckt lecker."

„Wenn du sie wiederhaben willst, musst du dich schon ein bisschen anstrengen - und hör auf zu trinken", sagte Mareike in einem Ton, als würde sie vor Gericht stehen.

„Tschuldigung", nuschelte Flo. Dann wurde es wieder still. Julie hielt es kaum noch aus in der dunklen Küche. Sie wollte ihren Sohn in den Arm nehmen.

„Ich würde ihr sagen, dass sie …"

Julie hielt den Atem an.

„Ja?", hörte sie Greta fragen.

„Das sie toll ist. Eine tolle Mutter."

„Und wann hast du ihr das das letzte Mal gesagt?", fragte Mareike im Anwaltsmodus.

„Ich glaub noch nie."

„Dann wird es aber Zeit", lachte Greta.

„Wenn ich nur wüsste, wo sie ist", wimmerte Florian.

„In der Küche", entgegnete Mareike.

Zwei Tage später betrat Mareike das kleine Café am Hofgraben. Er saß an einem der hinteren Tische und winkte. Mareike schlängelte sich an den kleinen Bistrotischen vorbei. Das Café war gut besucht. Sie lächelte, als sie sich für einen Kuss herunterbeugte. „Hallo Vater."

Ihr Vater trug eine helle Sommerhose aus Leinen und ein lachsfarbenes Oberhemd, dessen Ärmel er lässig hochgekrempelt hatte. Er war noch immer eine imposante Erscheinung, obwohl er stark auf die achtzig zuging.

„Wie geht es Mutter?"

Er seufzte. „Es geht mal besser, mal schlechter. Aber so, wie sie sich Samstag aufgeführt hat, habe ich sie noch nie erlebt."

„Was sagen die Ärzte?"

„Es scheint eine beginnende Demenz zu sein."

„Wie lange weißt du das schon?"

„Ein paar Monate."

Mareike lehnte sich zurück. „Und warum weiß ich nichts davon?"

Als ihr Vater schweigend in seinem Kaffee rührte, schweiften ihre Gedanken kurz ab, zurück zu dem Abend der Party. Das tränenreiche Wiedersehen von Julie und ihrem Sohn. Beide hatten geweint und sich festgehalten wie Ertrinkende. Am nächsten Morgen, Flo hatte in einem der freien Zimmer übernachtet, sahen sie tatsächlich alle aus, wie von der Katze hereingeschleppt. Genau, wie Greta es prophezeit hatte. Flo hatte den ersten Kater seines Lebens erlebt und wirkte verwirrter, als am Abend zuvor, ließ es aber zu, dass Julie seine Hand hielt. Greta hatte sich bemüht, gute Laune zu verbreiten und Mareike mit der WG-Idee genervt. Wie toll es wäre, wenn Julie und Flo für immer in das Haus einziehen würden und für Susan sei doch auch noch Platz.

Ihr Vater hatte das Rühren eingestellt. „Wir wollten dich damit nicht belasten, Mareike."

„Ich bin kein kleines Kind mehr, Vater!"

„Für deine Mutter ist es jetzt sehr wichtig, dass sich in ihrer Umgebung möglichst wenig verändert, sagen die Ärzte", er lachte bitter, „na ja, das haben wir Samstag ja trefflich erleben dürfen."

„Dann sollten wir uns zukünftig besser bei euch treffen, Vater."

„Das mit den Rosen war ein Spleen, Mareike, das wird Annegret jetzt schon nicht mehr wissen."

„Trotzdem. Ich werde nämlich das Haus umbauen lassen", sagte sie schnell, „und die Kanzlei eben- falls." Unter dem Tisch wischte sie ihre feuchten Handflächen an der Hose trocken.

„Was?" Ihr Vater sah sie entgeistert an.

Mareike bemühte sich um einen sachlichen Ton. „Das Haus ist viel zu groß für mich. Ich mache kleinere Wohnungen daraus."

„Das wirst du nicht tun!" Er schlug mit der flachen Hand auf den Tisch. Ein Paar am Nachbartisch schielte zu ihnen herüber.

„Doch, das werde ich."

„Auf gar keinen Fall. Und die Kanzlei bleibt ebenfalls, wie sie ist. Wo kämen wir denn da hin?"

Mareike seufzte. „Vater, ich bin sechsundvierzig Jahre alt ..."

„Das hat damit überhaupt nichts zu tun", schnitt er ihr das Wort ab.

„Ach nein? Und warum sollte ich nicht selbst entscheiden dürfen, was mit dem Haus und der Kanzlei geschieht?"

„Weil ich es dir sage." Ihr Vater sah sie mit der gleichen Unerbittlichkeit an, mit der er sie ihre komplette Kindheit eingeschüchtert hatte.

Sie hielt seinem Blick stand. „Das Haus gehört mir."

„Das ist völlig irrelevant!" Die Stimme ihres Vaters war schneidend wie ein frisch geschliffenes Messer. „Ich weiß am besten, was gut für dich ist."

Mareike sah ihrem Vater fest in die Augen. „So, wie du damals auch wusstest, dass ein Referendariat in deiner Kanzlei das Beste für mich ist?"

Das Gesicht ihres Vaters verlor ein wenig Farbe. „Ich habe keine Ahnung, wovon du sprichst."

„Das weißt du ganz genau, Vater", sagte sie bemüht ruhig, „und ich werde mir deine Bevormundung nicht länger gefallen lassen."

Die Oberlippe ihres Vaters zitterte ein wenig. „Wenn du das Haus veränderst, wird das deine Mutter umbringen", sagte er ruhig und Mareike meinte, einen winzigen Triumpf in seinen Augen aufflackern zu sehen.

269

„Ich bin gespannt, was das geben wird heute Abend." Susan parkte ihren BMW unter einem Baum, es war in den letzten Tagen mörderisch heiß geworden. Sie wäre lieber zu Hause geblieben.

„Das wird sicher lustig", meinte Julie und stieg aus.

„Bestimmt", entgegnete Mareike, „schickes Kleid hast du an."

„Danke, ist neu." Julie drehte sich einmal um sich selbst.

Mama sei Dank, dachte Susan.

Sie mussten ein Stück gehen bis zum See.

„Was macht eigentlich dein Artikel über die weibliche Sexualität, Julie?", fragte Susan, hielt sich an Mareikes Arm fest und schüttelte ein Steinchen aus ihrer Sandale.

„Ach der."

„Hast du ihn fertig?"

„Ich glaub, wir müssen da lang, oder?"

„Nun sag schon."

„Lass uns über was anderes reden, okay?"

„Wieso? Du hast doch gesagt, das sei ein superspannendes Thema. Diese verdammten Schuhe sind einfach nichts für so eine Schotterpiste."

„Ist es ja auch. Aber in letzter Zeit hatte ich andere Sorgen - oh wow!"

Alle drei blieben stehen und schauten auf den Starnberger See. Das Wasser glitzerte in der untergehenden Sonne, Segler dümpelten vor sich hin, die

Berge am anderen Ufer waren in ein warmes Rot getaucht.

„Alpenglühen, wie schön", meinte Julie.

„Ich find´s kitschig", erwiderte Susan.

Mareike legte einen Arm um Susans Schulter und drückte sie kurz an sich. Am Ufer lag ein festlich beleuchteter Ausflugsdampfer. „Meint ihr, das ist es?"

„Bestimmt, schau dir mal den Typen an der Gangway an, das ist garantiert ein Schauspieler", meinte Julie grinsend.

„Apropos Schauspieler", entgegnete Susan und sah Julie fragend an.

„Was denn?"

„War da nicht was?"

„Keine Ahnung, wovon du redest, Su", entgegnete Julie und ihr glückliches Lächeln versetzte Susan einen Stich. Bald wäre sie als einziger Single übrig.

„Küss die Hand, gnä´ge Frau", meinte der Frackträger an Susan gewandt und verbeugte sich tief.

„Willkommen an Bord", hörten sie einen tiefen Bass aus dem Schiffsinneren tönen, während der Frack einladend die Gangway hinaufwies. Am Eingang des Schiffes erwartete sie ein großer, bärtiger Mann in Kapitänsuniform.

„Der Bart ist nicht echt", flüsterte Julie, stupste Susan in die Seite und kicherte wie ein kleines Mädchen.

„Nichts ist hier echt, Julie."

„Willkommen! Willkommen!" Der bärtige Hüne gab jeder Frau einen Handkuss. „Ich darf Sie im Namen meiner Besatzung recht herzlich an Bord der MS Europa begrüßen." Der *Kapitän* sah sich suchend um. „Ah, und da haben wir ja unseren Stewart, der Sie zu ihren Plätzen bringen wird. Ich wünsche Ihnen eine angenehme Schiffspassage, meine Damen."

„MS Europa, geht's vielleicht 'ne Nummer kleiner?", raunte Susan.

„Sei doch mal locker, Su", lachte Julie.

Der *Stewart* war ein dunkelhäutiger, sehr schlanker und sehr schwuler junger Mann in einer schlecht sitzenden Phantasieuniform. Lächelnd verbeugte er sich vor ihnen. „Darf ich die Damen bitten, mir zu folgen."

Sie wurden in einen festlichen Speisesaal geführt und an einem runden Tisch platziert, an dem schon drei Paare saßen und betreten vor sich hin schwiegen. Nach einer kurzen Vorstellung durch den Stewart setzten sie sich ebenfalls.

Mareike sah sich um. „Wann wir Greta wohl zum ersten Mal sehen?"

„Weiß eigentlich jemand, was für eine Rolle sie spielt?", fragte Susan.

„Sie hat mir nur verraten, dass sie nicht sterben muss", grinste Mareike.

„Na immerhin", entgegnete Susan trocken.

„Sag mal, was ist dir eigentlich für eine Laus durch das Fell gekrochen?" Julie sah Susan kopfschüttelnd an. „Immer diese schlechte Laune."

„Über die Leber."

„Was?"

„Eine Laus läuft einem über die Leber, nicht über das Fell. Schon gar nicht durch das Fell."

„Herrgott, Su, das ist doch total egal."

Die drei Paare sahen sie neugierig an und schienen sich zu fragen, ob sie zum Schauspielensemble gehörten. Ein dicker Mann mit roten Wangen stieß seiner Frau fröhlich in die Seite.

Susan wollte gerade etwas erwidern, als es dunkel wurde und Klaviermusik einsetzte. Ein Spot war auf den Pianisten gerichtet, ein weiterer auf ein altertümlich wirkendes Mikrofon, das einsam auf der kleinen Bühne stand. Dann ging ein roter Samtvorhang auf und eine Göttin betrat die Bühne. Cremefarbenes, bodenlanges Satinkleid, Federboa, die Haare hoch aufgetürmt, lasziv geschminkte Augen, knallrote Lippen. Mit einer rauchig-verruchten Stimme begann sie zu singen.

„Das ist Greta", flüsterte Mareike.

„Quatsch", entgegnete Susan.

„Doch, ganz sicher."

„Psst", machte der dicke Bayer.

Greta stöhnte *My beautyful summer love* ins Mikrofon und der komplette Speisesaal hing an ihren Lippen.

My beautyful summer love
you know my dreams
stay here my summer love
you're all for me ...

Dann fiel ein Schuss, ein paar Leute schrien erschrocken auf. Susan sah den dicken Bayern fast vom Stuhl fallen, danach wurde es stockdunkel im Saal.

„Nur die Ruhe bewahren, nur keine Panik", rief der tiefe Bass, der sie als Kapitän begrüßt hatte.

Als das Licht wieder anging, sahen Susan, Julie und Mareike sich erschrocken an.

„Oh mein Gott, großer Gott, das ist nicht wahr!", hörten sie Greta schluchzen. Sie hatte sich neben den Pianisten gekniet, der zusammengesunken über dem Flügel lag, ein dickes Einschussloch im Rücken.

Susan musste lachen. „Was für ein Blödsinn."

„Su!"

„Darf ich die Vorspeise servieren, während wir die Leiche entsorgen?" Wie aus dem Nichts stand eine kleine, japanisch aussehende Frau neben Susan und hielt ihr einen Teller vor die Nase.

„Greta war wirklich toll", meinte Julie, während die Schauspieler sich ihren Applaus abholten. Greta strahlte übers ganze Gesicht, als sie sich wieder und wieder verbeugen musste.

„Das war sie wirklich, ich freue mich so über ihren Erfolg", ergänzte Mareike. „Wir müssen nachher unbedingt mit ihr anstoßen."

„Sagt mal, ist Greta von Kronberg eigentlich ein Künstlername?", fragte Susan.

„Wie kommst du denn darauf?" Julie sah neugierig zu ihr rüber.

„Na ja, ist doch kein gewöhnlicher Name oder? Ich meine, Du heißt Julie Morgenstern, Mareike heißt Mareike Rose und ich heiße Susan Feuerbach."

„Ja und?"

„Greta von Kronbach? Hallo?!"

„Es ist ein Künstlername", meinte Mareike und trank einen Schluck Mineralwasser.

„Echt? Und wie heißt sie wirklich?"

„Das sag ich euch nicht."

„Na komm, sag schon, Rike!" Julie stupste sie an.

„Jetzt fang du nicht auch noch mit dem *Rike* an!"

„Sorry, ich meinte natürlich Mareike. Also sag, wie heißt Greta wirklich?"

„Nein."

„Aber Greta ist ihr richtiger Vorname?", hakte Susan nach.

„Naja", sagte Mareike grinsend.

275

„Wie heißt sie denn wirklich?"

„Elisabeth."

Julie lachte. „Das ist nicht dein Ernst!"

„Wehe, ihr sagt ihr, dass ich es euch verraten haben."

„Und wie heißt sie mit Nachnamen?" Susan konnte nicht lockerlassen.

„Hausmann."

„Elisabeth Hausmann, ich schmeiß mich weg." Julie prustete los und der gemütliche Bayer sah interessiert zu ihnen rüber. Vielleicht war die Show ja noch gar nicht vorbei. Wer konnte das wissen?

„Das behaltet ihr schön für euch. Greta killt mich, wenn sie erfährt, dass ich das ausgeplaudert habe."

„Wir schweigen wie die Gräber!", meinte Julie und deutete mit dem Zeigefinger einen imaginären Reißverschluss über ihrem Mund an.

„Da kommt sie ja, unsere Elisabeth", grinste Susan.

„Kein Wort über ihren Namen!"

„Greta! Du warst so toll!", rief Julie und der dicke, rotgesichtige Mann setzte sich etwas aufrechter hin, als Greta, noch immer in Kostüm und Maske, zu ihnen an den Tisch kam.

„Hallo, wie schön, dass ihr gekommen seid."

Mareike stand auf und nahm ihre Freundin in den Arm. „Du warst absolut großartig, Greta."

„Dem dade mi grod aschliaßn!", polterte der Dicke.

Greta strahlte so sehr, dass es fast blendete. „Danke. Ich ziehe mich kurz um und dann trinken wir was zusammen, okay?"

„Natürlich, sehr gerne", meinte Julie.

„Von Nahem sieht sie aus, als hätte sie die Schminke eines ganzen Karnevalsumzugs im Gesicht", meinte Susan, nachdem Greta in der Garderobe verschwunden war.

Julie schüttelte den Kopf. „Was ist nur los mit dir, Su?"

„Was soll los sein?"

„Du bist nur noch schlecht drauf in letzter Zeit."

„Bin ich überhaupt nicht."

„Darf ich Ihnen noch etwas zu trinken bringen?", fragte die kleine Japanerin. Sie trug das Kostüm einer Hausdame der dreißiger Jahre.

„Oiso, i hob gnuag vom Sprudlwossa, i brauch 'etz a Mass", meinte der Dicke, schnappte sich seine Frau und zog sie mit sich fort. Die anderen beiden Paare folgten ihnen.

„Den sind wir los", meinte Susan, „was für ein Proll. Bitte bringen Sie uns vier Gläser Sekt."

Nachdem sie angestoßen und Greta noch mehrmals versichert hatten, was für eine tolle Schauspielerin und Sängerin sie sei, wurde es langsam ruhig auf dem Schiff.

„Das Essen war sehr gut", meinte Julie und trank den letzten Rest Sekt aus. „Interessantes Konzept, dieses Krimidinner. Macht bestimmt Spaß, da mitzumachen."

„Macht es total", entgegnete Greta, die abgeschminkt und in Jeans und Shirt mit ihnen am Tisch saß. „Könnt ihr mich eigentlich mit zurück in die Stadt nehmen?"

„Stimmt, du hast ja kein Auto", meinte Susan.

„Nö, ich hab ein lila angemaltes Omarad." Greta strahlte noch immer übers ganze Gesicht. „Mit der S-Bahn brauche ich auch nur vierzig Minuten zurück nach München. Alles gar kein Problem."

„Natürlich nehme ich dich mit zurück, Elisabeth." Susan grinste.

„Su!" Julie sah unsicher zu Greta, die nur mit den Schultern zuckte. „Da hat meine gute alte Freundin wohl ein bisschen aus dem Nähkästchen geplaudert", meinte sie lachend und stupste Mareike in die Seite. „Aber untersteht euch, mich in Zukunft nicht mehr Greta zu nennen."

Die bringt heute nichts aus der Ruhe, dachte Susan und schämte sich für die Eifersucht, die schon wieder in ihr hochschwappte.

Eifersüchtig auf eine mittellose Schauspielerin, das war ja lächerlich.

$\mathcal{D}$ie Sonne stand tief, als Mareike ihren Wagen auf den Parkplatz neben der kleinen Kirche lenkte. Karsten war noch nicht da, also blieb sie am Auto stehen und blickte auf den See. Was er wohl dieses Mal von ihr wollte? Wieder Geld? Das würde sie ihm nur leihen, wenn sie auch erfuhr, wofür er es benötigte. Jedenfalls hatte sie sich das fest vorgenommen. Ihr wurde etwas mulmig, als sein roter Sportflitzer auf dem Parkplatz einbog. Schwungvoll stieg er aus und kam federnden Schrittes auf sie zu. Er sah aus, wie für ein Date zurechtgemacht. Vielleicht würde er später noch die Frau mit dem bescheuerten Spitznamen treffen.

„Hallo, Mareike." Er gab ihr einen zögernden Kuss auf die Wange.

„Hallo, Karsten", erwiderte sie kühl.

„Gehen wir ein Stück?"

„Klar."

Wie beim letzten Mal schwiegen sie eine ganze Weile, bis Karsten sich endlich räusperte. „Ich habe dir das Geld gestern zurücküberwiesen. Danke, dass du mir ausgeholfen hast."

„Okay."

„Mareike, dieser Typ auf dem Fest …"

Sie blieb stehen. „Was für ein Typ?"

Karsten wurde rot. „Der, mit dem du auf Gretas Fest getanzt hast", sagte er verlegen.

„Woher weißt du, mit wem ich auf Gretas fest getanzt habe?"

„Ich war kurz da."

„Was? Warum weiß ich das nicht?"

„Hat Greta dir das nicht erzählt?"

„Nein, hat sie nicht."

„Dann hast sie es wohl vergessen." Sie schwiegen wieder. „Ich bin ja auch raus aus deinem Leben."

Ein merkwürdiger Satz, fand Mareike, erwiderte aber nichts.

„Ist es was Ernstes?"

„Ich finde nicht, dass dich das noch was angeht."

Karsten lehnte sich an ein Geländer und blickte über den See. „Ich wüsste es einfach gerne."

„Ich weiß es nicht genau, eher nicht, würde ich sagen." Karsten atmete aus, Mareike kannte ihn gut genug, um zu erkennen, dass es ein Zeichen von Erleichterung war.

Er strich sich die Haare aus der Stirn, dann sah er ihr in die Augen. „Weißt du, als ich dich an dem Abend gesehen habe, deine Arme um diesen Typen geschlungen, da ist mir ganz komisch geworden."

„Komisch?"

„Ich bekam Angst, dich zu verlieren."

Sie wurde rot. „Du hast mich verlassen, schon vergessen?"

„Wie könnte ich das vergessen. Es war der größte Fehler meines Lebens."

„Sag mal, Karsten, hat deine junge Freundin dich in die Pilze geschickt, oder was ist los?"

Er lachte bitter. „Du darfst gerne Aufkleber drucken lassen, auf denen ´Vollpfosten des Jahres´

steht, sie mir auf die Stirn kleben und mich mitten auf dem Marienplatz ausstellen."

Mareike sah ihn an. „Was genau ist passiert?"

„Diese Frau hat mich nach Strich und Faden verarscht. So sehr, wie ich noch nie verarscht worden bin. Lass uns noch ein Stück gehen, okay?" Sie setzten sich wieder in Bewegung. „Das war auch der Grund, weswegen ich kurzfristig Geld brauchte", meinte Karsten nach einer Weile. „Corry hat mir erzählt, dass sie …", er räusperte sich, „… an einem Gehirntumor leide …"

Mareike blieb stehen. „Was sagst du da?"

„… und dass alle konventionellen Therapien versagt hätten. Es gäbe nur noch die Chance einer teuren OP in den USA." Er zuckte mit den Schultern und lächelte verlegen.

„Willst du damit sagen, dass sie sich das nur ausgedacht hat?"

„So sieht es aus." Er strich sich verlegen die Haare aus der Stirn.

„Um dich auszunehmen?"

„Exakt. Vor dir steht der Oberdepp der Nation."

„Das ist nicht wahr?"

„Doch."

„Und seit wann weißt du, dass die Geschichte nicht stimmt?"

Karsten seufzte. „Als ich die Zwanzigtausend von dir geliehen habe, hatte ich schon Zweifel. Es gab da ein paar Ungereimtheiten. Auf der anderen Seite konnte ich einfach nicht glauben, dass Corry mir so etwas vorlügt. Das gehört doch ins Reich der Kitschliteratur."

„Allerdings." Mareike schwieg eine Weile und dachte nach. „Und wie geht die Geschichte weiter?", fragte sie dann.

„Wie meinst du das?"

„Hast du die Frau angezeigt?"

„Was soll das bringen?"

„Karsten! Das ist ein eindeutiger Betrugsfall."

„Ach, ich weiß nicht."

„Du weißt nicht? Spinnst du?"

„Corry ist irgendwie krank, ich meine psychisch."

„Das ist noch lange kein Grund, Männern das Geld aus der Tasche zu ziehen. Schon gar nicht mit so einer Räuberpistole."

„Ja, ich weiß."

„Du musst sie anzeigen!"

„Ich habe ihr mit einer Anzeige gedroht, deshalb habe ich auch fast das gesamte Geld zurückbekommen. Insgesamt hatte ich ihr Fünfzigtausend gegeben."

Mareike zog die Luft ein. „Einfach so?"

„Für die Operation in den USA", sagte Karsten, dann grinste er, „solche Eingriffe sind kostspielig."

„Und wieviel hat sie dir zurückgegeben?"

„Fünftausend sind futsch, aber das ist mir egal. Ich will mit der ganzen Sache nichts mehr zu tun haben."

„Karsten! Diese Frau macht das doch mit dem nächsten Mann wieder."

Er lachte kurz auf. „Ich kann mir nicht vorstellen, dass es auf der Welt noch so einen Volltrottel gibt, wie mich."

Sie lächelte ihn an. „Da hast du auch wieder recht."

Als Indrani in der Einfahrt stand und winkte, wusste Susan, dass es ein Fehler gewesen war, hierher zu fahren.

Ein Achtsamkeitspfad, was für eine Schnapsidee!

Sie bemühte sich trotzdem um ein Lächeln. „Hallo."

„Hallo, Susan, ich freue mich, dich zu sehen."

Ich mich nicht, dachte Susan.

„Komm, ich stell dich meinen Eltern vor, Mischa ist auch extra angereist."

„Mischa?"

„Eigentlich Michael, mein Bruder."

„Extra angereist?"

„Er will dein Projekt begleiten."

„Begleiten? Wie meinst du das?" Susans Stimme hatte sich leicht nach oben geschraubt.

Indrani blieb mitten im Hof ihrer Eltern stehen. Es roch nach Kuh. Susan mochte den Geruch von Kühen. Eigentlich. Im Moment wollte sie nur weg. Fliehen vor dieser komischen Esotante. Vor allem aber vor ihrer eigenen bescheuerten Selbstständigkeitsidee. Ein Achtsamkeitspfad! Sie hatte doch überhaupt keine Ahnung von sowas.

Indrani sah ihr fest in die Augen. „Hör mal gut zu, Susan, du kannst weiterhin die Kratzbürste geben und mir damit tierisch auf den Senkel gehen."

„Oder?"

„Oder du gehst einfach mal davon aus, dass du hier auf Menschen treffen wirst, die deine Idee unterstützen wollen."

„Ähm."

„Ja, ähm. So etwas gibt es, wenn auch scheinbar nicht in deiner Welt. Nun komm schon." Indrani ging weiter, Susan schlappte betreten hinterher. Gleich würde sie in einer Bauernstube sitzen, die vermutlich das letzte Mal in den Fünfzigern neu tapeziert worden war und dünnen Tee aus angeschlagenen Porzellantassen trinken. Und es würde nach Schweinebraten riechen, der sich die letzten Jahrhunderte in die verblichenen Polster gefräst hatte.

Ihre Erwartungen wurden erfüllt, als sie Indranis Elternhaus näher betrachtete. Es handelte sich um ein typisches bayrisches Bauernhaus, auf dessen Holzbalkonen die üblichen Geranienkästen saßen wie dekorierte Pfingstochsen. Die alte Haustür ging auf und ein Mann, braungebrannt, mit verschmitzten Augen, stand im Eingang und lächelte ihnen entgegen. Das musste Indranis Bruder sein.

„Das ist Georg, mein Dad", sagte Indrani.

„Hallo, ich bin der Georg", sagte Georg.

„Susan Feuerbach, es freut mich, Sie kennenzulernen."

„Wenn´s okay ist, können wir uns gerne duzen."

„Ja klar." Susan wurde durch einen Flur, der netter eingerichtet war, als sie vermutet hatte, in einen großen Raum geführt.

„Das ist die ehemalige Diele", meinte Indranis Vater, „aber für eine Diele fanden wir den Raum zu schön. Na ja, früher hatte das Vieh Vorrang."

Susan sah sich um. Hohe Decken, weiße Wände, offen liegende Balken, tolle Holzmöbel und eine breite Glasfront, die den Eindruck vermittelte, man säße direkt im Garten.

„Oh, das ist aber schön bei Ihnen."

„Bei euch." Georg lächelte sie mit einer solchen Wärme an, dass sie sich für ihre Gedanken schämte. Von wegen Fünfzigerjahre Tapete und Schweinebratengeruch.

„Chris, Mischa und das Küken müssen auch gleich kommen, willst du solange was trinken?"

„Chris ist meine Mum." Indrani setzte sich in einen unglaublich gemütlich aussehenden Sessel. „Setz dich doch."

„Danke." Susan war verunsichert. Das Ambiente war komplett anders, als sie es sich vorgestellt hatte.

„Tolle Möbel", sagte sie.

„Saubequem, die macht meine Mum alle selbst."

„Echt? Das ist ja der Wahnsinn."

„Ah, da kommen sie ja."

Susan sah aus dem großen Glasfenster. Eine sehr schöne Frau mit einem kleinen Mädchen an der Hand und ein ebenso gutaussehender junger Mann kamen über den Rasen. „Das ist deine Mutter?", fragte Susan verblüfft.

„Ja, wieso?"

„Ähm, keine Ahnung, ich glaube, ich habe mir eine Bäuerin einfach anders vorgestellt."

Indrani lachte. „Du und deine Vorurteile, das ist echt schräg."

„Wieso das denn?" Susan bekam keine Antwort mehr, denn Indrani schob einen Teil der Glasfront zur Seite und ließ die drei herein.

„Susan, das ist meine Mum Chris und das ist Mischa, mein doofer Bruder." Der doofe Bruder lachte, schnappte sich seine Schwester und hob sie ohne Mühe in die Luft. Bei dem Gewicht, dachte Susan.

„Hallo, wir duzen uns, oder?", fragte Chris, die aussah, als sei sie die schöne, große Schwester von Indrani, und gab ihr die Hand.

Das kleine Mädchen strahlte Susan an. „Ich bin Askria."

„Hallo Askria, einen schönen Namen hast du."

„Hat meine Mama gependelt."

„Ich bin Mischa."

„Susan." Sie lächelte ihn an und wandte sich wieder an die Kleine. „Gependelt? Wie meinst du das denn?"

„Na, so mit Buchstaben und einem Pendel. Zack, war mein Name fertig."

Susan lachte und wandte sich an Chris. „Interessante Art, seinem Kind einen Namen zu geben."

Chris erwiderte ihr Lächeln. „Stimmt, ich hätte wohl einfach gegoogelt. Hat allerdings den Nachteil, dass ein Jahr später alle so heißen."

„Wenn Oma den Namen ausgesucht hätte, würde ich jetzt Momo heißen", meinte die Kleine, „wie blöd wär das denn?"

Susan sah zu Mischa. „Dann ist dieses zauberhafte, kleine Geschöpf also deine Tochter."

Das zauberhafte, kleine Geschöpf sprudelte fast über vor Lachen. „Du bist ja vielleicht dumm, das ist doch mein Onkel."

Susan sah verwirrt von Chris zu Mischa.

„Indrani ist meine Mama", sagte Askria lachend.

„Du hast ein Kind?", fragte Susan verblüfft.

„Was dagegen?"

„Natürlich nicht, ich dachte nur …"

„Ja?" Indrani sah sie amüsiert an.

„Nichts."

„Du dachtest nur, dass Lesben keine Kinder haben können?"

„Quatsch, ich wusste nur nicht, dass du eine Tochter hast."

„Woher auch?" Indranis Augen blitzten vor Vergnügen. Sie zwinkerte ihrer Mutter zu, schnappte sich ihre Tochter und kuschelte sich mit ihr auf ein Sofa. Nachdem alle einen Platz gefunden hatten, kam Indranis Vater mit einer Karaffe Wasser und schenkte ihnen ein. „Du willst einen Achtsamkeitspfad errichten?", fragte er Susan.

„Nun ja, es war mal so eine Idee. Vielleicht ist die ja komplett absurd."

„Das ist Blödsinn", mischte Indranis Bruder sich ein, „damit liegst du sowas von im Trend."

„Echt?"

„Mischa hat gerade einen Achtsamkeitspfad für die Diakonie angelegt", meinte Indrani, „deshalb habe ich ihn gebeten, dir ein paar Tipps zu geben."

Susan sackte das Herz eine Etage tiefer. „Es gibt hier schon einen Achtsamkeitspfad?"

Mischa sah sie mit seinen warmen, bernsteinfarbenen Augen an und zwinkerte vergnügt. „Nein, gibt es nicht. Außer diesem Looserpfad in Bogenhausen. Die hatten aber von nix ne´ Ahnung, als sie den eröffnet haben."

Genau wie ich, dachte Susan. „Und wo ist der, den du für die Diakonie angelegt hast?"

„In der Eifel, weit genug weg. Ich finde deine Idee toll. Und wenn wir das hier auf dem Gelände machen könnten, wäre das der Knaller."

Mischas Augen leuchteten vor Eifer.

Susan richtete sich auf. „Um ehrlich zu sein, ich habe von der Materie auch keine Ahnung." Für einen Moment blieb es still. Dann begannen alle zu lachen. Alle außer Susan. Die blickte verlegen zu Boden.

„Wovon hast du denn Ahnung?", fragte Mischa, nachdem sich alle einigermaßen wieder eingekriegt hatten. Susan straffte die Schultern und sah ihm fest in die Augen, aus denen er sich eine Lachträne wischte. „Ich bin Marketingexpertin. Ich kann einen Businessplan erstellen, das Risikokapital beschaffen, die Werbestrategie entwickeln und damit letztlich die Kunden gewinnen."

„Das klingt doch super - und ich mache den Rest."

„Den Rest?"

Wieder zwinkerte er ihr zu und ein warmer Schauer durchlief sie kurz. „Ich biete dir eine Partnerschaft an. Darauf hat Helga mich gebracht."

„Helga, welche Helga?"

Mischa deutete mit einem unverschämten Grinsen zu Indrani. Susan musste lachen, Indrani hieß in Wirklichkeit Helga, wie putzig.

„Wir haben größtes Verständnis dafür, dass sich unsere Tochter einen anderen Namen gegeben hat", meinte Chris, „ich war kurz nach der Geburt nicht zurechnungsfähig und habe mich von meiner Schwiegermutter dazu überreden lassen, meinem Kind deren Namen zu geben." Sie lächelte verliebt zu ihrem Mann. „Und Georg hat es nicht verhindert."

Susan entspannte sich. Hier hatte sie es mit einer wirklich netten Familie zu tun.

„Ich habe mir den Namen nicht selbst gegeben", entgegnete Indrani und küsste ihre Tochter auf die Nase.

„Ich weiß, Schatz."

„Gut, machen wir uns an die Arbeit", meinte Mischa und stand auf. Susan sah ihn fragend an. „Na, ich nehme an, du willst dir das Gelände unseres Achtsamkeitspfades mal ansehen?" Er reichte ihr die Hand und zog sie aus dem Sessel.

„Susan, du bist herzlich eingeladen, zum Essen zu bleiben", meinte Chris, „dann könntest du später Indrani wieder mit nach München nehmen."

„Ich kann die S-Bahn nehmen."

„Quatsch, natürlich fährst du mit mir. Und danke für die Einladung, ich freue mich auf das Essen."

Susan holte tief Luft, als sie mit Mischa draußen im Hof stand. „Du hast die netteste Familie, die mir je begegnet ist", sagte sie und meinte es von ganzem Herzen ehrlich.

„Ja, meine Eltern sind toll. Aber sie haben es nicht leicht hier. Den Hof hat mein Dad von seinen Eltern übernommen, unsere Mum kommt nicht vom Land. Sie ist Architektin."

„Dann hat sie das Haus so toll umgebaut?"

„Ja, aber von außen musste alles so bleiben. Denkmalschutz." Er grinste. „Die Glasfront in der alten Diele ist auch verboten, aber die sieht ja niemand."

„Verstehe."

„Unser Dad hat schon früh auf Öko umgestellt. Demeter. Das fanden die Nachbarhöfe überhaupt nicht witzig."

„Mann, mit sowas habe ich mich noch nie beschäftigt, das ist echt peinlich."

Er sah ihr in die Augen. „Du bist halt ein Münchner Madl, oder?"

„Das bin ich." Dieser Mischa hatte einen lustigen Wuschelkopf und leuchtende Augen. Ein Naturbursche, wie er im Buche stand. Überhaupt nicht ihr Beuteschema. Eigentlich. Sie gingen ein Stück.

„Zieh deine Schuhe aus."

„Was?"

„Achtsamkeitspfad! Schon vergessen?"

Wieso machte sein Lächeln sie nervös? Sie war schließlich keine Zwanzig mehr.

Nachdem sie ihre Schuhe ausgezogen hatten, nahm Mischa wie selbstverständlich ihre Hand und zog sie mit sich. „Indrani hat dir von unserer Obstbaumwiese erzählt, aber das ist Humbug."

„Warum, das klingt doch toll?"

„Viel zu klein. Meine Eltern sind der gleichen Meinung. Wir haben noch einen Wald, den sie uns für den Pfad geben würden."

„Einen Wald? Du meinst, mit Bäumen und so?"

Oh Gott, Susan, krieg dich mal wieder ein!

Er blieb stehen und sah ihr in die Augen. „Ja, mit Bäumen und so", grinste er.

„Also, ich meine, mit echten Bäumen", stotterte sie, „mit so großen, also, größer als Apfelbäume, ach, verdammt, du weißt schon." Sie machte es immer schlimmer.

Er lachte. „Du bist ja vielleicht eine Stadtpflanze. Schau mal, hier beginnt unser Pfad."

Nun ist es schon *unser Pfad*, dachte Susan und es fühlte sich gut an.

„Riechst du die Tannen?"

„Nö."

„Mach die Augen zu."

Susan schloss die Augen. „Das riecht wie der Badezusatz, den ich als Kind ins Wasser bekommen habe."

Mischa, der ihre Hand hielt, lachte wieder. „Lass deine Augen geschlossen. Was hörst du?"

„Vögel."

„Was noch?"

„Rauschen."

„Was rauscht?"

„Die Bäume."

„Und sonst?"

Susan konzentrierte sich. „Hört sich an wie Wasser."

Mischa zog sie weiter. „Weißt du, was das Beste an diesem Achtsamkeitspfad ist?"

„Was?"

„Wir brauchen überhaupt kein Risikokapital. Sieh dich um. Was würdest du verändern?" Susan schaute in die Wipfel der Bäume, den moosweichen Boden, fühlte die Stille. „Nichts", sagte sie, „ich würde nichts verändern."

„Indrani legt sich manchmal stundenlang in das Moos, atmet den Wald und meditiert. Ich beneide sie darum."

„Wirklich? Mir kommt das ziemlich strange vor."

„Wir haben viel zu sehr den Kontakt zur Natur verloren."

„Oder nie gehabt." Susan sah sich um. Wann hatte sie je einen Wald geatmet? „Dass Indrani eine Tochter hat, hat mich echt überrascht."

„Das hat man gemerkt. Askria ist toll, viel zu schade für die Stadt."

„Lebt sie immer hier?"

„Ja, sie hält unsere Eltern auf Trapp."

„Kann ich mir vorstellen." Susan sah auf den Boden. Ihre nackten Füße versanken in dem weichen Moos. „Hast du auch Kinder?"

„Nein, ich hab noch nicht mal eine Frau." Er sah ihr in die Augen. „Komm, ich zeig dir das Beste." Fünf Minuten gingen sie schweigend durch tiefen Wald, dessen Boden weich wie Watte und grün wie Smaragde war, dann gelangten sie an einen kleinen Bach. Das Wasser rauschte glasklar durch das Flussbett und polierte die großen Kiesel zu glitzernden Kugeln. „Hier wird unser Achtsamkeitspfad enden", meinte Mischa. So, als hätte er alles schon vor Jahren geplant. „Hier auf der Wiese mit Blick auf den Bach können wir Kurse anbieten. Yoga, Chi Gong, Atmen, Meditieren, Bächen zuhören."

„Bächen zuhören?"

„Hör doch nur. Der Bach spricht mit dir", meinte er und zwinkerte ihr zu.

„Bist du eigentlich genauso bekloppt wie deine Schwester?" Sie konnte sich einfach nicht von seinen Augen lösen.

„Bekloppter."

„Mal im Ernst, glaubst du, das könnte wirklich was werden mit diesem Achtsamkeitspfad?"

„Das wird was, das kannst du mir glauben, Münchner Madl."

Herbst

Sie gingen Arm in Arm nach draußen, als das Auto in der Auffahrt zu hören war.

„Das ist so aufregend", rief Greta und hüpfte auf und ab. „Heute wird richtig gefeiert."

„Machen wir das nicht ständig?", fragte Mareike lächelnd.

„Nicht oft genug, aber das wird sich ändern." Greta zwinkerte ihr zu, schaute zur Auffahrt und stutzte. „Das ist sie ja gar nicht."

Mareike sah den roten Sportwagen, der ihnen langsam entgegenfuhr. „Nein, das ist sie gar nicht."

„Ist das etwa Karsten?"

„Sieht ganz so aus."

„Was will Karsten denn hier?"

Mareike antwortete nicht, sondern ging dem Auto entgegen und öffnete die Fahrertür. „Hallo Karsten", sagte sie lächelnd.

Er stieg aus dem Wagen und gab ihr einen Kuss auf die Wange, während er Greta zuwinkte. „Hi Greta, alles klar?"

Greta winkte zurück. Mareike sah das riesengroße Fragezeichen auf deren Stirn. Gemeinsam gingen sie zu ihr.

Karsten umarmte Greta herzlich. „Schön, dich zu sehen, Greta."

„Ja, ähm, ich freu mich auch."

„Wie geht es deinem Fisch?"

„Rüdiger? Beleidigt wie immer." Dann sah Greta Mareike an. „Rike, ich dachte …"

„Was denn?"

„Ach nichts."

Karsten nahm Greta wieder in den Arm. „Keine Sorge, Lady, ich bin nur hier, um ein paar Bücherkisten zu holen, die stehen noch im Keller rum."

„Ach so." Gretas Gesichtsausdruck entspannte sich.

„Dann werde ich die mal ins Auto schaffen."

„Sollen wir dir helfen?"

„Nein, nein, das schaffe ich alleine, aber danke."

Zehn Minuten später hatte Karsten seine Kisten im Wagen und winkte Mareike und Greta zu. „Ich wünsche euch einen schönen Abend."

„Dir auch, und ruf mal an", entgegnete Mareike und nahm ihn zum Abschied in den Arm.

Als Karstens Wagen die Ausfahrt hinausfuhr, sahen sie das andere Auto.

„Sie kommt!", rief Greta nach oben. Kurze Zeit später polterte Florian die Treppen herunter, Julie folgte ihm.

„Ich mach den Champagner auf", sagte Greta.

Mareike hob eine Augenbraue. „Ist es dafür nicht noch etwas früh?"

„Quatsch, zum Feiern ist es nie zu früh."

Susan stieg mit einer Tasche aus dem Wagen. Ihre Möbel und restlichen Sachen waren schon vor ein paar Tagen gebracht worden.

„Hallo."

„Dann sind wir jetzt komplett", meinte Julie lachend.

„Champagner", rief Greta und lockte sie auf die Terrasse.

Sie standen um den Tisch herum. Niemand mochte sich setzen, die Sonne hatte ihre Kraft verloren. Es war sehr kalt.

„Das ist übrigens der Champagner, den Karsten zu meiner Party mitgebracht hat", meinte Greta. „Hab ich extra für einen besonderen Anlass aufbewahrt." Dann stutze sie. „Wartet mal einen Moment."

Sie hörten Greta die Treppe hochspringen.

Susan sah fragend zu Mareike und Julie, die mit den Schultern zuckten.

„Und, Florian, gefällt dir dein neues Zuhause?", fragte sie.

„Ist cool, vor allem das Bad."

„Die Bäder sind wirklich schön geworden, finde ich, genau wie die Wohnungen", ergänzte Julie.

Dann hörten sie Greta auf der Treppe poltern, kurze Zeit später stand sie wieder auf der Terrasse, unter dem Arm das Goldfischglas, das sie auf den Tisch stellte. „Was wäre eine Feier ohne Rüdiger?", grinste sie und erhob das Glas. „Auf das Leben."

„Auf das Zusammenleben", entgegnete Susan.

Mareike lächelte in die Runde. „Ich musste das Konzept Wohngemeinschaft einfach noch mal ganz neu denken", sagte sie und hob ebenfalls ihr Glas. „Auf das Leben!"